ノーラ・ロバーツ/著
香山 栞/訳

永遠の住処《すみか》を求めて（上）

HIDEAWAY

扶桑社ロマンス
1546

親族や心がつながっている家族に捧ぐ

永遠の住処《すみか》を求めて（上）

登場人物

ケイトリン・サリヴァン――――――女優
ディロン・クーパー――――――――牧場主
エイダン――――――――――――ケイトリンの父
シャーロット・デュポン――――――ケイトリンの母
ヒュー―――――――――――――ケイトリンの祖父
リリー・モロー―――――――――ケイトリンの祖母
ダーリー――――――――――――ケイトリンの友人
ジュリア・クーパー―――――――ディロンの母
マギー・ハドソン――――――――ディロンの祖母
レッド・バックマン―――――――保安官
ミカエラ・ウィルソン――――――保安官代理
グラント・スパークス――――――シャーロットのパーソナルトレーナー
フランク・デンビー―――――――詐欺師
ノア・タナカ――――――――――ケイトリンの恋人

第一部　失われた無邪気さ

大事なのは娘たちだ。

——ジェームス・マシュー・バリー

幼子はどんな人でも好きになるわ——
そのあどけなさを一変させる出来事が起こるまでは。

——フラナリー・オコナー

1

二〇〇一年　ビッグ・サー

九十二歳のリアム・サリヴァンが自宅のベッドで六十五年連れ添った妻に見守られながら眠るように息を引きとったとき、世界中がその死を悼んだ。

ひとりの大物俳優の死を。

リアムはアイルランドのクレア州グレンドリー村のそばにある緑の丘陵や草原に囲まれた小さなコテージで生まれた。シーマス&アイリッシュ・サリヴァン夫妻の七番目の子供で末っ子だった。リアムは不作の年には飢餓に苦しんだことを覚えているし、母親に作ってもらったパンとバタープディングの味や、怒られて当然のことをしでかして尻を叩《たた》かれた経験を一生忘れなかった。

第一次世界大戦でおじと一番上の兄を亡くし、姉が十八歳で第二子を出産して命を落としたときは悲しみに打ちひしがれた。

彼は幼いころからムーンという名の農耕馬を使って大地を耕す重労働を行い、羊の毛の刈り方や子羊のさばき方、乳搾りや石垣の積み方を学んだ。

長い人生を振り返って脳裏によみがえるのは、家族で火を囲む夜の光景だった――泥炭の煙のにおい、天使のように澄んだ母の歌声、母に微笑《ほほえ》みかけながらバイオリンを弾く父の姿。

そして、ダンスだ。

少年時代、リアムは地元住民がビールジョッキ片手に農業や政治について語りあうパブで歌を歌い、小遣いを稼ぐこともあった。そのテノールの歌声は人々の涙を誘い、しなやかな体ですばやく巧みなステップを踏むダンスは気分を高揚させた。

リアムは大地を耕したり乳搾りをしたり、グレンドリーの小さなパブで小銭を稼いだりすることよりもはるかに大きな夢を抱いていた。

十六歳の誕生日を間近に控えた彼は、貴重なお金をポケットに入れ、実家をあとにした。大西洋横断の船旅では、よりよい生活を求めて新天地をめざす人々と狭い船室につめこまれた。嵐で船が激しく揺れ、嘔吐物《おうとぶつ》の悪臭や恐怖のにおいに包まれたとき、自分が鋼のごとき意志の持ち主であることを感謝した。

旅の終わりに投函《とうかん》することを夢見て、家族宛の手紙をまめに書き、歌やダンスで旅仲間を楽しませながら気力を保った。

道中、コーク州出身のメアリーと仲良くなり、何度か熱いキスも交わした。亜麻色の髪をした彼女はブルックリンに到着したら、立派な屋敷のメイドとして働くことになっていた。

メアリーとともに甲板に立ち、ようやくひんやりとした新鮮な空気を吸いながら、高々とたいまつをかかげる自由の女神像を目にした瞬間、本当の意味で自分の人生が始まったのだと実感した。

新天地は色と騒音と活気にあふれ、ものすごい数の人間が密集していた。ここと生まれ育った農場とを隔てているのは海だけでないように思えた。まるで別世界だ。

それが、今や自分の世界となったのだ。

リアムはミートパッキング・ディストリクトで精肉店を営む母方のおじ、マイケル・ドナヒューのもとで見習いをすることになっていた。みんなから歓迎を受けたリアムは、いとこふたりと同室のベッドが与えられた。わずか数週間足らずで、精肉店の音やにおいにうんざりしたが、生計は立てられるようになった。

それでも、もっと多くを得たいと夢見ていた。

自分がいったい何を求めているのか初めて気づいたのは、一生懸命稼いだ給料で亜麻色の髪のメアリーと映画を観《み》に行ったときだった。銀幕には、魔法や、リアムが知りもしなかった世界、男が望むすべてがつまった世界が映しだされていた。

それは精肉店の骨のこぎりや大包丁の音なんかしない世界だ。かわいいメアリーですらかすんでしまうほど、彼は銀幕の世界に夢中になった。

美女と英雄たち、ドラマティックな展開、無上の喜び。現実に戻ってまわりを見まわすと、観客たちの魅了された表情や涙、笑い声、拍手喝采する姿が目に入った。

これこそ空腹を満たす食事であり、寒さをしのぐ毛布であり、傷ついた魂を癒す光だ。

船の甲板からニューヨークを目にした日から一年も経《た》たないうちに、リアムは西部へと旅立った。

大陸を横断するあいだに、国土の広大さ、変化する景色や季節に目をみはった。道中は草原や納屋で寝泊まりしたり、バーで歌って奥の部屋の簡易ベッドを使わせてもらったりした。

ウィチタという町では殴りあいになり、牢屋《ろうや》でひと晩過ごしたこともあった。

その後、列車を利用して警察を避ける術《すべ》を覚えた。リアムは俳優になってから受けたインタビューでたびたび、その大陸横断旅行が人生最大の冒険だったと語った。

二年近く旅をして、ハリウッドランドという白い文字の大きな看板を目にしたとき、この街で富と名声をつかんでみせると心に誓った。

リアムは機転と歌声と強固な気骨により、人生を切り開いた。まず野外撮影用のセット作りの仕事を言葉巧みに手に入れると、歌声によって身を立てた。自分が観た作品のシーンを演じたり、東海岸から西海岸に移動する道中で耳にしたさまざまな訛《なま》りを練習したりした。

発声映画が登場すると、すべてが一変し、映画製作用防音スタジオが建てられた。彼が尊敬していた無声映画の俳優たちも甲高い声やだみ声の持ち主は、人気がすたれて姿を消してしまう。

やがてリアムに大きなチャンスが訪れた。仕事中に歌っていた曲を映画監督が耳にしたのがきっかけだった――歌ったのは無声映画のスターだった俳優が、相手役の女性を射止めるために歌う曲だった。

リアムはその俳優がひどい音痴だと知り、吹き替えを使うという噂《うわさ》を小耳にはさんでいた。あとは、自分がその吹き替えを担当できるよう、ちょうどいいタイミングでちょうどいい場所に居合わせさえすればよかった。

スクリーンに顔は映らなかったものの、リアムの歌声は観客を魅了した。それを機に、俳優への道が開けた。

エキストラから通行人役、初めて台詞《せりふ》を口にする端役へと。

こつこつと経験を積み重ね、努力と才能、そしてサリヴァン家特有の揺るぎないエネルギーによって土台を築いていった。

クレア州の農場で育った少年は、今や代理人《エージェント》を雇って契約を結び、ハリウッドの黄金期から何十年も何世代も続く俳優人生を歩み始めた。

やがて、ミュージカル作品での共演が縁で、人生の伴侶となる陽気な人気女優ローズマリー・ライアンと出会った——それを皮切りにふたりは五つの作品で共演することになる。撮影スタジオはふたりのロマンスのネタをゴシップ誌に提供したが、そんな宣伝は無用だった。

ふたりは出会って一年足らずで結婚したからだ。ハネムーン先はアイルランドで、彼の実家やメイヨー州で暮らす彼女の家族を訪ねた。

リアムとローズマリーはビバリーヒルズに豪邸をかまえ、息子と娘を相次いで授かった。

ビッグ・サーの土地も購入したのは、ふたりの馴《な》れ初《そ》め同様、ひと目惚《ぼ》れしたからだ。海を望むように建てた屋敷は、サリヴァンズ・レストと名付けられた。本来は休暇用の別荘のはずだったが、長年のあいだに自宅同然となった。

長男のヒューはサリヴァン家とライアン家に何世代にもわたって受け継がれてきた才能を発揮し、子役から主演男優へとのぼりつめた。長女のモーリーンはニューヨークのブロードウェイを主戦場に選んだ。

ヒューは両親に初孫の男の子を与えてくれたが、彼の最愛の妻はモンタナ州でのロケーション撮影を終えた帰りに飛行機の墜落事故で命を落とした。

　その後、初孫もスクリーンで活躍するサリヴァン家の映画スターとなった。リアムとローズマリーの孫息子エイダンもサリヴァン家の伝統どおり、最愛の伴侶と出会い、ブロンド美人のシャーロット・デュポンと豪華絢爛《けんらん》な結婚式を挙げた――その独占写真が、『ピープル』誌に掲載された。彼は新婦のためにホルムビー・ヒルズの豪邸を購入し、リアムに女の子の曾孫《ひまご》を与えた。

　サリヴァン家の四世にあたるその曾孫は、ケイトリンと名付けられた。ケイトリン・ライアン・サリヴァンが生後二十一カ月で『ウィル・ダディ・メイク・スリー?』に出演し、縁結びのキューピッドとなる悪戯好きな幼児役を演じると、たちまちハリウッドの人気子役となった。

　大半のレビューが主演の男女や、同性愛者役を演じた実の母親より幼いケイトを絶賛したことが、一部の人々に衝撃を与えた。

　ケイトが子役として脚光を浴びるのはそれが最後と思われたが、六歳のとき、曾祖《そうそ》母《ぼ》によって『ドノヴァンズ・ドリーム』の自由奔放なメアリー・ケイト役に抜擢《ばってき》された。撮影はアイルランドで六週間にわたって行われ、彼女は父や祖父、曾祖父母と共演した。

　ケイトはまるでアイルランドで生まれ育ったかのように訛りのある台詞を口にした。

レビュー的にも商業的にも成功をおさめたその作品は、リアム・サリヴァンの最後の出演作となった。晩年、彼は太平洋の波音が絶え間なく響くなか、満開のスモモの木の下に座って珍しくインタビューに答え、ドノヴァン同様夢がかなったと語った。六十年連れ添った最愛の女性とヒューとエイダン、まぶしく光り輝く曾孫のケイトとすばらしい作品を作りあげることができたのだ。

自分はこれまで数々の映画に出演し、最高の冒険を味わってきた。最後の作品は、魔法のような自らの人生を完璧に締めくくってくれたとリアムは述べた。

リアムが他界した三週間後、未亡人となったローズマリーの強い意向により、まだ肌寒いよく晴れた二月の昼下がりに家族や、長年のあいだに親しくなった友人がリアムの充実した人生を祝福するためにビッグ・サーの屋敷に集まった。

ロサンゼルスで行われた厳かな葬儀は、著名人が集結し、リアムへの称賛の言葉があちこちでささやかれたが、この集いは彼が人々に与えた喜びを振り返るためのものだった。

スピーチで逸話が紹介されると、涙ぐむ人もいた。だが、その場には音楽や笑い声があふれ、子供たちは屋内や屋外で遊びまわり、料理やウィスキーやワインがたっぷりふるまわれた。

サンタルチア山脈の頂を覆う雪のように髪が白くなったローズマリーは、応接間の石造りの暖炉の前に腰を落ち着けると、一日の余韻に浸った。正直、やや疲れていた。ここからなら子供たちを――冬の寒さなど笑い飛ばす幼子たちを見守りながら、その先に広がる海も眺められる。

ヒューが隣に座ると、ローズマリーは息子の手をつかんだ。「こんなことを言ったら頭のおかしなおばあさんだと思われるかしら。でも、今もあの人がすぐ隣にいるような気がするの」

リアム同様、ローズマリーの声にもアイルランド訛りが残っていた。

「おかしいと思うわけないだろう。母さんと同じように感じているのに」

おしゃれなショートカットの白髪に鮮やかなグリーンの瞳のローズマリーは、ユーモアたっぷりの表情で息子のほうを向いた。「あなたの妹には、ふたりとも頭がおかしいって言われそうね。どうしてわたしからモーリーンみたいな現実主義者が生まれたのかしら」

ローズマリーは息子からさしだされた紅茶を受けとったとたん、片方の眉をぱっとあげた。「ウィスキーをたらしたの？」

「母さんのことはよく知っているからね」

「そうね、でも、何もかも知っているわけじゃないでしょう」

紅茶をひと口飲んで吐息をもらすと、息子の顔をしげしげと見つめた。父親にそっくりの、まさにアイルランド系美男子だ。あんなに幼かったのに、髪にかなり白いものがまじっている。でも、その目は昔と変わらず鮮やかなブルーのままだ。

「あなたがリヴィーを失ったとき、どれほど悲しみに打ちひしがれたかわかっているわ。突然あんな残酷な形で命を奪われて。わたしには彼女の面影がケイトのなかに見えるの。単に外見のことだけじゃないわ。あの子の輝きや喜び、激しさのなかに、リヴィーの面影が見える。わたしったら、またおかしなことを言っているわね」

「いや。ぼくにも見えるよ。それに、あの子が笑うと、リヴィーの笑い声が聞こえるんだ。あの子はぼくの宝物だよ」

「そうね。わたしやリアムにとっても同じよ。それに、長年独り身だったあなたがリリーと出会って幸せを手に入れたことも、本当によかったと思っているの。リリーは子供たちにとっていい母親だし、この四年間はケイトの愛情深い祖母でもあった」

「ああ」

「モーリーンも幸せだし、あの子の子供たちやその家族も元気に暮らしているから、わたしは決心したわ」

「何を？」

「今後の人生について。わたしはこの家が大好きよ。それに、この土地も。天候や季節によってこの家がどう様変わりして見えるかも熟知している。あなたも知ってのとおり、ロサンゼルスの家を売却しなかったのは思い出がつまっているし、撮影があるときに滞在するのに便利だからよ」

「今は売りたいのかい？」

「いいえ。あそこでの思い出も大切だから。ニューヨークにも家があるけど、あれはモーリーンにあげるつもり。あなたはロサンゼルスの屋敷とこの家のどちらがほしい？　アイルランドに行く予定だから、その前に知りたいの」

「旅行かい？」

「いいえ、移住するのよ。待って」息子が口を開く前にさえぎった。「わたしは高校時代からボストンで暮らしているけど、今もアイルランドに家族がいるし、ルーツがあるわ。それに、リアムの親族もいる」

ヒューは母の手に手を重ねると、大きな窓のほうを見て、外にいる子供たちや家族を眺めた。「母さんの家族はここにもいるじゃないか」

「ええ。ここや、ニューヨークやボストン、クレアやメイヨー、ありがたいことに、今ではロンドンにも。かなり広範囲に散らばっているわ」

「そうだね」

「みんなに会いに来てほしいとは思っている。でも、今いたい場所はアイルランドなの。豊かな緑に囲まれて静かに暮らしたいの」

ローズマリーはきらりと目を輝かせ、ヒューに向かって微笑んだ。

「年老いた未亡人は黒パンを焼いて、ショールを編むのよ」

「母さんはパンの焼き方もショールの編み方も知らないじゃないか」

ローズマリーはぴしゃりと息子の手を叩いた。「年老いたからって、今から学べないわけじゃないわ。あなたにはリリーと暮らす自宅があると知っているけど、わたしはもう子供たちに資産を託していいころよ。リアムとわたしは大好きなことをして途方もないお金持ちになったわ」

「才能があったからだよ」ヒューは母親の頭を人さし指でそっとつついた。「それに頭脳も」

「ええ、そうね。でも、今はもう築きあげた資産の一部を手放したいの。リアムと選んで購入したメイヨー州のかわいいコテージで暮らしたいから。ねえ、どっちがほしい、ヒュー？　ビバリーヒルズ、それともビッグ・サー？」

「ここだ。この家だよ」ローズマリーが微笑むと、彼はかぶりを振った。「きく前から答えはお見通しだったんだろう」

「わたしのほうが息子をよく理解しているのよ、あなたが母親のことを知っているよりもね。さてと、これで決まったわ。ここはあなたのものよ。あなたならちゃんと維持してくれると信じているわ」

「それ以上言うのはやめて。わたしはもう決断したの。ここを訪ねるときは、ちゃんとわたしの寝る場所があることを期待しているわよ。実際、会いに来るから。わたしとあなたのお父さんはここでいい年月を過ごしたわ。だから、わたしたちの子孫にもここでいい年月を過ごしてもらいたいの」

ローズマリーは息子の手をぽんと叩いた。「外を見てごらんなさい、ヒュー」ケイトがとんぼ返りをするのが見え、思わず笑い声をあげた。「あそこに未来が広がっているわ、わたしもあの未来の土台を担っていると思うと感慨深いわね」

ケイトがとんぼ返りをして年下のいとこふたりを楽しませていたちょうどそのとき、彼女の両親はゲスト用のスイートルームで口げんかの真っ只中《ままただなか》だった。この集いのために髪をシニヨンに結ったシャーロットは、いらだたしげに指を鳴らすようにクリスチャン・ルブタンのヒールを響かせながら、板張りの床を行ったり来たりしていた。

彼女から放たれるむきだしのエネルギーは、かつてエイダンをとりこにしたが、今は疲労を募らせるだけだった。

「もうこんな場所にいたくないわ、エイダン」

「明日の午後にはここを発《た》とう、予定どおり」

「ああ、でも――」

ぱっと振り向いたシャーロットは唇を尖《とが》らせ、目に怒りの涙を浮かべていた。大きな窓からさしこんだ穏やかな冬の日ざしが、後光のように彼女を照らしている。

「もううんざりよ、わたしが我慢の限界だってなんでわかってくれないの？　いったいなぜ明日もばかげた親族のブランチに出席しなきゃならないの？　ゆうべみんなでディナーを食べて、今日も延々と一緒に過ごしてるのに――もちろん葬儀だって執り行ったでしょう。あの果てしなく続く葬儀を。偉大なリアム・サリヴァンにまつわるエピソードをあと何回聞かなきゃならないの？」

かつてエイダンは、家族との強い絆《きずな》をシャーロットが理解してくれていると思っていたし、そうなることを願った。だが、今はもうお互いわかっている。妻が彼の家族と我慢してつきあっているだけだと。

やがて我慢もしなくなった。

エイダンは心底疲れ果てて腰をおろし、しばし長い脚をのばした。次の作品のためにのばし始めたひげがむずがゆくていらいらする。

今この瞬間、まったく同じいらだちを妻に抱いていることがいやでたまらなかった。険悪だった夫婦関係が改善したばかりなのに、また暗礁に乗りあげた気分だ。「シャーロット、この集いは祖母や父や、ぼくや家族にとって大事なものなんだよ」

「わたしはあなたの家族にのみこまれてるも同然よ、エイダン」

シャーロットはヒールでくるっとターンすると、両手を振りあげた。なんて仰々しいメロドラマだ。だが、あと数時間でこれも終わる、と彼は思った。

「あとひと晩だけじゃないか。ディナーのころには、ひと握りの身内しか残っていないはずさ。明日の今ごろには自宅に戻っているよ。だけどまだ招待客がいるんだ、シャーロット。今すぐ階下《した》におりるべきだ」

「だったら、あなたのおばあさんにお客様の相手をしてもらえばいいじゃない。それか、あなたのお父さんか、あなたがすればいいでしょう。どうしてわたしは飛行機に乗って自宅に戻れないの？」

「あれがぼくの父親のプライベートジェットだからだ。それに、明日になればケイトリンとぼくと父とリリーと一緒にきみもその飛行機で帰れる。とりあえず、今は家族で一致団結するときだ」

「もしわたしたちがプライベートジェットを所有していれば、こんなふうに待たずにすむのに」

エイダンのまぶたの奥で頭痛が始まった。「本気でそんなことを議論しないといけないのか？　しかも今」

彼女は肩をすくめた。「わたしがいなくなったって、どうせ誰も気にしないわ」

エイダンはまたしてもいらだちをのみこみ、微笑んだ。経験上、妻には厳しい言葉より甘いささやきのほうが効果的だとわかっている。「ぼくは寂しいよ」

シャーロットは吐息をもらすと、微笑み返してきた。

男の心をわしづかみにする微笑みだ。

「わたしは厄介者ね」

「ああ。だが、きみはぼくの愛する厄介者だ」

シャーロットは噴きだして夫に歩み寄り、膝に座って身を寄せた。「ごめんなさい。少しは悪いと思っているのよ。あなたも知っているでしょう、わたしは昔からここが好きじゃないの。あまりにも人里離れていて、閉所恐怖症の気分になるから。まあ、意味がわからないと思うけど」

賢い彼は、妻がきれいに結ったつややかなブロンドを撫《な》でる代わりに、こめかみにそっとキスをした。「わかったよ。でも、明日には自宅に戻れる。あともうひと晩だけここに泊まってほしいんだ、ぼくの祖母や父、そしてぼくのために」

シャーロットは不満げにため息をもらすと、エイダンの肩をつつき、いつものように唇を尖らせた。珊瑚《さんご》色のふっくらした唇、まつげにびっしりと縁取られた物憂げなクリスタルブルーの瞳。「ご褒美がほしいわ。大きなご褒美が」

「カボ・サン・ルーカスでゆったり週末を過ごすのはどうだい？」

彼女ははっと息をのみ、夫の顔を両手ではさんだ。「本当に？」

「撮影が始まるまでまだ二週間ある」そう言いながら、彼は自分のうなじをこすった。「ビーチで数日過ごそう。ケイトも大喜びするはずだ」

「あの子は学校があるわ、エイダン」

「家庭教師を連れていけばいい」

「ねえ、こうするのはどう？」シャーロットは夫の体に両腕をまわして、喪服に包まれた体を押しつけた。「ケイトにはヒューやリリーとゆったり過ごしてもらいましょう。あの子はきっと大喜びするはずよ。そして、あなたとわたしはカボ・サン・ルーカスに数日間滞在するの」そう言って、夫にキスをした。「ふたりきりで。ふたりで過ごしたいわ。わたしたちにはふたりだけの時間が必要よ、そう思わない？」

おそらく妻の言い分は一理ある――夫婦げんかを丸くおさめたからといって、アフターフォローがいらないわけではない。ケイトを残していくのは気が進まないが、きっとシャーロットの言うことが正しい。「じゃあ、そう手配するよ」

「ええ！　わたしはグラントにメールして、追加レッスンを頼めるかきいてみるわ。ビキニが似合う完璧な体にしたいから」

「すでに完璧じゃないか」

「あなたは優しいからそう言うのよ。わたしの手厳しいパーソナルトレーナーはなんて言うかしら。あっ！」彼女はぱっと立ちあがった。「ショッピングもしないと」

「もう階下におりたほうがいい」

シャーロットは一瞬いらだちに顔をしかめたが、それをかき消した。「オーケー。あなたの言うとおりね。でも、お化粧直しをするから数分待ってちょうだい」

「きみはとびきりきれいだよ、いつものように」

「優しい旦那様ね」シャーロットは夫を指さすと、ドレッサーに向かった。「ありがとう、エイダン。この数週間はリアムの追悼イベントが続いて、みんな大変だった。数日間のバカンスに出かけるのは、わたしたちにとっていいことよ。わたしもすぐに階下へおりるわ」

両親が仲直りをしていたころ、ケイトはその日最後の屋外ゲームのかくれんぼを取り仕切っていた。親戚が集まるときに決まって行うお気に入りの遊びで、いくつかルールや制限、ボーナスポイントがある。

屋外限定というのが今回のルールだ——数人の大人から決して家のなかを走りまわってはいけないと命じられたのだ。かくれんぼの鬼は隠れている子を見つけるたびにポイントを稼ぎ、最初に見つかった子が次の鬼になる。鬼になった子が五歳以下なら、隠れている子を一緒に探すパートナーを選べる。

そして、鬼が三回代わるあいだ、一度も見つからなければ、ボーナスポイント十点をもらえる。

一日中このゲームの計画を練っていたケイトは、どうすれば勝てるか心得ていた。

最初に鬼になった十一歳のボイドが数え始めると、ケイトはその場から駆けだした。いとこは祖母のモーリーンのようにニューヨークで暮らし、ビッグ・サーを訪れるのはせいぜい年に二、三度だ。当然、ケイトほどここの敷地には詳しくない。

それに、彼女は新しい隠れ場所に行くことをすでに決めていた。

五歳のいとこのエイヴァが白いテーブルクロスの下から這《は》いだすのを見て、ケイトはぐるりと目をまわした。きっと二分後にはボイドに見つかるだろう。

エイヴァにもっといい隠れ場所を教えるために引き返そうかとも思ったが、ケイトひとりで子供たち全員の面倒を見る必要はないはずだ。

すでにほとんどの客がいなくなり、帰り支度をする人が増えてきた。それでも、まだ大勢の大人がパティオや野外のバーカウンターのまわりをぶらついたり、たき火を取り囲むように座ったりしている。その理由を思いだしたとたん、ケイトの胸はきゅっと痛くなった。

彼女はひいおじいちゃんが大好きだった。いつもお話を聞かせてくれて、レモンドロップをポケットに忍ばせていてくれた。パパからひいおじいちゃんが天国に旅立ったと知らされたときは大泣きした。パパも泣いていた。ひいおじいちゃんは幸せに長生きし、大勢の人にとってとても大事な存在だったから、決して忘れ去られることはないと話しながら。

ケイトは共演した映画でひいおじいちゃんと一緒に石垣に座り、アイルランドの風景を眺めながら、ひいおじいちゃんが口にした台詞を思いだした。

〝よくも悪くも、人生にはわれわれが行ったことが刻まれる。その善《よ》し悪《あ》しを判断して記憶にとどめるのは、あとに残された者たちだ〟

ケイトはレモンドロップやひいおじいちゃんと交わしたハグを思いだしながら、ガレージまで走ると、その脇にまわった。ここでもパティオやテラスや塀に囲まれた庭園からの話し声が聞こえる。彼女がめざしているのは大きな木だった。地上三メートルの高さにある三番目の枝までよじのぼれば、太い幹の後ろに隠れて、すごくいい香りがする緑色の葉に覆われる。

あそこなら誰にも見つかりっこないわ！

ケイトは髪を――ケルト族特有の黒髪をなびかせて走った。前髪は顔にかからないよう、乳母のニーナが左右に分け、蝶《ちょう》のバレッタでとめてくれた。鮮やかなブルーの瞳を輝かせながら、多階層の屋敷が見えなくなり、ちょっとしたビーチへと続く階段があるゲスト用コテージや海を望むプールのはるか先まで走り続けた。

今日はひいおじいちゃんを偲《しの》ぶために最初はワンピースを着なければならなかった。でも、その後ニーナが普段着を出してくれた。セーターは汚さないように気をつけないといけないけれど、ジーンズは汚しても大丈夫だ。

「勝つのはわたしよ」そうささやき、カリフォルニアゲッケイジュの一番下の枝に手をのばすと、最近お気に入りの紫色のスニーカーを履いた足を節穴に突っこんだ。

そのとき背後で物音がした。まだボイドが探しに来るはずがないとわかっていても、心臓が跳ねあがった。

そこにいたのは、ブロンドのひげを生やし、髪をポニーテールにした給仕姿の男性だった。彼のかけているサングラスがきらりと光った。

ケイトはにっこりして人さし指を唇にあてた。「かくれんぼをしてるの」

給仕係が微笑み返した。「持ちあげてあげようか?」彼はうなずきながら、ケイトを持ちあげようとするように一歩近づいた。

次の瞬間、ケイトは首の脇を鋭い針で刺されたように感じ、虫を追い払うかのごとく手で叩いた。

やがて白目をむき、何も感じなくなった。

男は即座に少女に猿ぐつわをはめ、両手両足を縛った。あの麻酔で二、三時間は意識が戻らないだろうが、念のための措置だ。

少女は羽根のように軽かった。たとえ成人女性だったとしても、日ごろから体を鍛えている彼にとって数メートル先に用意しておいた荷車まで運ぶのはたやすい。

車輪がついたケータリング用の大箱に少女を押しこむと、このために用意したケータリング業者用の大型バンまで運んだ。スロープ板を使って荷車を乗せたあと、バンの扉を閉める。

二分足らずで長い私道をくだり、私有地の半島の端にたどり着いた。セキュリティゲートで、手袋をはめた指で暗証番号を入力した。開いたゲートを通り抜け、道を折れ、やがて州道一号線に合流した。

衝動に抗《あらが》い、ウィッグや偽物のひげは外さなかった。

まだだめだ。多少かゆくても我慢しよう。そんなに遠くまで行くわけではないし、一千万ドルの身代金を要求するために誘拐したガキを豪邸に――現在家主がマウイ島にいる留守宅に――監禁できるはずだ。誰かがあの小娘の捜索を思いつく前に。州道から脇道に入り、傾斜のきつい私道をのぼりながら口笛を吹いた。行く手には、どこかのまぬけな金持ちが林と岩と藪《やぶ》に囲まれた場所に建てた豪華な別荘がある。

これまでのところ、万事順調だ。

豪邸の二階のベランダを落ち着かない様子で歩きまわる相棒を見て、男はあきれたように目をまわした。あいつもまぬけだな。

もう成功したも同然なのに。このままガキは気絶させておくが、念のためマスクをかぶろう。おれたちは二日後には――いや、たぶんもっと早く――大金を手に入れ、あのガキはサリヴァン家に帰される。おれは新たな名前とパスポートを手に入れてモザンビークへ高飛びし、堂々とまぶしい日ざしを味わうのだ。

車は別荘の脇にとめた。別荘は道路からはよく見えないし、建物の脇に駐車した車は緑で覆われ、誰の目にもとまらないはずだ。

車からおりると、相棒が駆け寄ってきた。

「ガキをつかまえたか？」

「ああ。簡単な仕事だった」

「誰にも見られなかっただろうな。本当に――」

「くそっ、デンビー、落ち着け」

「名前を呼ぶな」デンビーはぴしゃりと言い、サングラスを押しあげると、林のなかから誰かが飛びかかってくるのではないかとあたりをうかがった。「おれたちの名前をガキに聞かれるわけにはいかないんだぞ」

「ガキなら気絶してる。二階に運んで監禁したら、おれはこの変装道具をさっさと取りたいんだ。それにビールも飲みたい」

「まずはマスクをかぶれ。おまえは医者じゃないだろう。今もガキが気絶したままだって百パーセント断言できないはずだ」

「わかったよ。おまえも自分のマスクを取ってこい。おれはこのままでいい」男はひげを叩いた。

デンビーが屋敷に引っこむと、男は大型バンのドアを開け、大きな荷車の蓋を開けた。まぎれもなく気絶している。ケイトを床におろして扉まで引きずり、バンからおりた――その間、彼女はぴくりともしなかった。

振り返ると、ペニーワイズ・ダンシング・クラウンのマスクとウィッグをつけたデンビーが目に入り、男は笑い転げた。「屋敷に運びこむ前にガキが目を覚ましたとしても、きっと殺人ピエロのマスクにびびってまた気絶するな」

「ガキは怯《おび》えさせておいたほうがいい。そのほうが言うことを聞くはずだ。甘やかされた金持ちのガキだからな」

「ああ、そのマスクならうまくいく。おまえは殺人ピエロを演じたティム・カリーじゃないが、そのマスクならうまくいくはずだ」男はケイトを肩にかついだ。「準備はすべて整ってるか?」

「ああ、窓は開かないようにした。まあ、山脈の絶景は見えるがね」デンビーは相棒に続いて、落ち着いた雰囲気のベルベット張りの玄関に入り、開放的なリビングルームへ進んだ。「もっとも、このガキが景色を楽しむことはない。ずっと気絶させられたままだろうから」

そのとき、相棒のベルトに取りつけられた携帯電話から《メキシカン・ハット・ダンス》の曲が流れ、デンビーはびくっと飛びあがった。

「くそっ、グラント！」

グラント・スパークスは無頓着に笑った。「おまえもおれの名前を呼んだな」ケイトをかついだまま階段をのぼる。二階は梁《はり》がむきだしになったカテドラル天井だ。

「落ち着けよ。おれのハニーからメールが届いただけさ」

グラントがケイトを運びこんだのは、別荘の裏手に面し、専用のバスルームがあるという理由で選んだ寝室だ。デンビーがシーツしか敷かなかった四柱式ベッドに少女を落とした――ふたりが調達したこの安物のシーツは、ことがすんだら持ち去ることになっている。

バスルームつきの部屋にしたのは、ケイトを引きずりだしたり、粗相をされて掃除したりするのがいやだったからだ。シーツなら汚されても洗えばすむ。すべて片付いたら、もともとあった寝具できちんとベッドメーキングをして、窓が開かないように打ちつけた釘《くぎ》も抜く。

グラントは周囲を見まわし、武器になりそうなものや、窓ガラスを割るのに使えそうなものをデンビーがすべて撤去したことに満足感を覚えた――まあ、このガキが武器を使うことはまずないだろう。麻酔のせいですっかり頭が朦朧《もうろう》としているはずだ。だが、リスクを冒すことはない。

おれたちが立ち去るときには、この屋敷はもとどおりの状態になる。侵入者がいたことなど誰も気づかないだろう。

「電球を全部外したんだな」

「ああ、ひとつ残らず」

「上出来だ。ケイトはずっと暗闇に閉じこめておこう。もう手足を縛った結束バンドを切って、猿ぐつわを外していいぞ。目が覚めたら、トイレに行かないといけないだろうし、ベッドでもらしてほしくないからな。どんなにケイトがドアを叩いて泣き叫ぼうと、まったく問題はない」

「いつまでガキは気絶してるんだ？」

「あと二、三時間かな。ケイトが目を覚ましたら、睡眠薬入りのスープを持ってこよう。そうすればひと晩中寝てるはずだ」

「いつ電話するつもりだ？」

「日が暮れてからだ。まだあいつらはケイトを探してもいないだろうからな。聞いていたとおり、こいつはみんなでかくれんぼをしていて、おれがさらった場所までまっすぐやってきた」

グラントはデンビーの背中をぴしゃりと叩いた。「万事順調だな。さあ、結束バンドを切って、猿ぐつわを外せ。ドアに鍵をかけるのを忘れるんじゃないぞ。おれはこの忌々しい変装道具を取るよ」ウィッグとその下のネットを外したとたん、おしゃれに短くカットされた日に焼けたブラウンの髪が現れた。「さてと、ビールを飲むとするか」

2

招待客が去り、身内だけになったところで、シャーロットは己の義務としてローズマリーの隣に座り、リリーやヒューとも会話した。このあとのご褒美を思えば、嫁の務めを果たす努力をする甲斐《かい》はあると自分に言い聞かせながら。

嫁の務めを果たすのは、決して容易なことではない。姑《しゅうとめ》のリリーはアカデミー賞に二度ノミネートされたからという理由で大物女優ぶっている——受賞したこともないくせに！　そのうえ、うわべでは愛想よくふるまいながら、姑はわたしのことを嫌っている。

ばかげた南部訛りの老女の二メートル以内に近づくたび、そう感じるのだ。

でも、シャーロットだって愛想よくふるまうことはできるし、リリーがけたたましい笑い声をあげれば、作り笑いを浮かべさえした。リリー・モローのトレードマークの赤毛同様、あの笑い声も偽りに違いない。

シャーロットはヒューが応接間の隅のバーカウンターで用意してくれたカクテルを

ひと口飲んだ。少なくとも、サリヴァン家の人間はおいしい飲み物の作り方を心得ている。

シャーロットはグラスを傾けながら笑みを浮かべ、誰かが語る聖リアムの話にさも関心があるそぶりを見せた。

そして、この苦行から解放されるのをじっと待った。

真っ赤な太陽がブルーの水平線に沈み始めたころ、子供たちが戻ってきた。薄汚れて騒々しい、食べ物をがつがつむさぼる子供たちが。

全員手と顔を洗ったが、なかにはディナーやお風呂のために着替えさせられた子もいた。大人が食事をし、年少の子供が眠りにつくなか、年長の子供は自分たちが選んだ映画をホームシアターで観ることになっていた。

キッチンでは乳母たちが特別なリクエストに応じた食事を用意していた――ピーナッツアレルギーがあったり、乳糖不耐症だったり、厳格な菜食主義者として育てられたりした人たちに配慮した料理を。

ニーナは新鮮なフルーツを手早くカットしながら部屋を見まわし、子供の人数を数えた。ボイドが揚げたてのポテトチップスをつまむのを見て、思わず微笑む。

「ケイトリンはまだおなかがすいていないのかしら？」

「知らないよ」ボイドは肩をすくめ、サルサもつまんだ。「ケイトは勝てなかったよ。

あんなに勝って言ってたのに負けたんだ」ディナーの前につまみ食いをするのは厳禁だったが、彼の乳母が妹にかかりきりになっている隙に、クッキーを一枚くすねた。「かくれんぼは終わりだよっていくら叫んでも、ケイトは出てこなかった。だから失格になったんだ」

「ケイトリンはみんなと一緒に戻ってこなかったの？」

乳母がこっちを見ないとも限らないので、賢いボイドは急いでクッキーを食べ終えた。

「誰もケイトを見つけられなかった。だから勝ちだって言うだろうけど失格だよ。たぶん途中でこっそり家に入ったんじゃないかな。でもそれはズルだから、どっちみち、ケイトの負けだよ」

「ケイトリンはズルなんかしないわ」ニーナは手をふき、少女を探しに行った。

ケイトが着替えたりバスルームを使ったりしているかもしれないと、まず彼女の部屋をのぞいた。二階を見まわすと、多くの部屋のドアが閉まっていたので、広々とした片持ち梁のテラスに出た。

心配よりもいらだちのまじる声でケイトの名前を呼びながら、手すりつきの橋を渡ってプールに向かい、ふたたびもとの場所に戻って階段をおりた。

ケイトのお気に入りである塀に囲まれた庭園も確認し、その先の小さな果樹園を歩きまわりながら、彼女の名前を呼び続けた。

さらに日が沈んで影が長くなり、空気がひんやりしてきた。やがて、ニーナの心臓が激しく打ちだした。

ロサンゼルスで生まれ育った都会っ子のニーナ・トレーズは、田舎に対してもっともな警戒心を抱いていた。必死にケイトの名前を呼んでいると、毒蛇やクーガー、コヨーテ、熊が頭に浮かび始めた。

ばかね、そんなのただの妄想よ。ケイトリンなら大丈夫、あの子はただ……広大な屋敷のどこかで居眠りしているだけ。それとも……。

ゲスト用コテージに駆け寄って、なかに飛びこみ、自分が世話をしている少女の名前を呼んだ。コテージの海側は全面ガラス張りだった。海を眺めるうち、幼い少女が海にのまれる光景がいくつも脳裏を駆けめぐった。

ケイトはビーチが大好きだったことを思いだし、コテージを飛びだして階段を駆けおり、何度も名前を呼んだ。岩場に寝そべっているアシカがそんなニーナを物憂げな目で見つめていた。

ふたたび階段を駆けあがると、プールサイドの更衣室や園芸用具入れの小屋を確認した。次に屋敷の一階へ駆けこみ、ホームシアターや居間、リハーサルスタジオや倉庫まで見てまわった。

屋敷の反対側から外に飛びだしたニーナは、ガレージも確認した。

「ケイトリン・ライアン・サリヴァン！　今すぐ出てきなさい！　わたしはこんなに心配しているのよ」

そのとき、古い大木のそばに蝶のバレッタが落ちているのを発見した。今朝、ケイトの髪にとめてあげたものだ。

これがここに落ちていたからといって、何か意味があるわけではない。そう思いながらも、バレッタを握りしめた。あの子はそこら中を駆けまわり、とんぼ返りやピルエットをしたり、ジグを踊ったりしていた。きっとその最中に外れて落ちたに違いない。

そう何度も自分に言い聞かせながら、屋敷に戻った。涙で視界がかすむなか、巨大な玄関扉を開けて屋内に駆けこんだところで、危うくヒューとぶつかりそうになった。

「ニーナ、いったいどうしたんだ？」

「み、見つからないんです、ミスター・ヒュー。ケイトリンがどこにもいないんです。でも、これを見つけました」

バレッタをさしだし、彼女はわっと泣きだした。

「落ち着くんだ、心配することはない。きっとケイトはどこかで居眠りしているだけさ。みんなで探してみよう」

「ケイトリンはかくれんぼをしていました」ヒューに導かれながら、ニーナは震えていた。たどり着いたリビングルームには、サリヴァン家の人々の大半が集まっている。「わ、わたしは幼いサーシャや赤ん坊の世話をしているマリアを手伝うために屋敷に戻りました。あの子がほかの子供たちと遊んでいたので」

二杯目のカクテルを手に座っていたシャーロットが、ヒューに導かれて入ってきたニーナに目を向けた。「ああ、もう、ニーナ、いったい何があったの？」

「そこら中を探しましたが、見つからないんです。ケイトリンがいないんです」

「きっと二階の自分の部屋にでもいるわよ」

「いいえ。そこも確認しました。敷地内をくまなく探したんです。何度も名前を呼びながら。ケイトリンはいい子ですし、わたしが呼んでいれば、決して隠れたりしないはずです。わたしが心配しているとわかれば」

エイダンがぱっと立ちあがった。「最後にケイトを見たのはいつだ？」

「子供たちがかくれんぼを始めたのは、一時間――いいえ、それ以上前です。ケイトリンがほかの子たちと一緒にいたので、わたしは赤ちゃんや幼い子たちを世話するために屋敷へ戻りました。ミスター・エイダン……」

ニーナはバレッタをさしだした。「わたしが見つけたのはこれだけです。ガレージのそばの大きな木の根元に落ちていました。これはケイトリンのバレッタで、今朝わたしがつけてあげたものです」

「みんなであの子を見つけよう。シャーロット、二階をもう一度確認してきてくれ。いや、一階と二階を」

「わたしも手伝うわ」リリーが立ちあがると、彼女の娘もそれにならった。

「まずこの階から始めましょう」ヒューの妹がシャーロットの肩をさすった。「きっとケイトは大丈夫よ」

「あの子を見守るのがあなたの役目でしょ！」シャーロットがぱっと立ちあがった。

「ミズ・シャーロット――」

「シャーロット」エイダンが妻の腕をつかんだ。「ケイトは大勢の子供たちと一緒に遊んでいたんだ。そのあいだは、ニーナがケイトから片時も目を離さずにいる必要はなかったはずだ」

「だったら、あの子はどこにいるの？」シャーロットはそう詰問し、娘の名前を呼びながら部屋を飛びだした。

「ニーナ、さあ、こちらへ来て、隣に座ってちょうだい」ローズマリーが手をさしのべた。「男性が屋外を隅から隅まで捜索し、残りの人たちが屋敷中を探してくれるわ」

ローズマリーはニーナを慰めようと微笑んだが、その笑みは目元まで届かなかった。

「ケイトが見つかったら、わたしがしっかりお説教するから」

それから一時間以上かけて、一同は広大な屋敷や離れ、敷地をくまなく捜索した。リリーは子供たちを集めて、最後にケイトを見たのはいつか尋ねた。すると、かくれんぼをしようとケイトが提案したとき以来、誰も姿を見ていないことがわかった。捜索のせいで真っ赤な髪を振り乱したまま、リリーはヒューの手をつかんだ。「警察に通報したほうがいいわ」

「警察ですって！」シャーロットが甲高い声で叫んだ。「わたしのベイビー！　きっと、あの子の身に何かあったんだわ。ニーナはクビよ！　あの無能な女をクビにして。エイダン、ああ、エイダン」

彼女が夫の腕のなかで気を失いかけたとき、電話が鳴った。

ヒューが深く息を吸い、歩み寄って受話器をつかんだ。

「もしもし、サリヴァンですが」

「ケイトリンと再会したければ一千万ドルを用意しろ。印がついてない、番号が連続してない紙幣で。身代金を支払えば、ケイトリンを無傷で返してやる。もし警察に知らせたら、人質は殺す。連邦捜査局《FBI》に連絡しても殺す。誰に連絡しても殺すからな。この電話はいつでもつながるようにしておけ。詳しい指示は、また電話で連絡する」

「待ってくれ。どうか――」

だが、電話はすでに切れていた。

受話器をおろしながら、ヒューは恐怖に駆られた目を息子に向けた。「誰かがケイトを預かっている」

「ああ、よかった！　あの子はどこにいるんですか？」シャーロットが強い口調で尋ねた。「エイダン、今すぐあの子を引きとりに行きましょう」

「父さんが言ったのはそういうことじゃない」シャーロットをきつく抱きしめながら、エイダンは意気消沈した。「そうだろう、父さん？」

「やつらは一千万ドルを要求している」

「いったいどういうこと？」シャーロットはエイダンの腕のなかから抜けだそうとした。「一千万ドルって……。えっ——あの子は——わたしの娘は誘拐されたの？」

「警察に通報したほうがいいわ」リリーがふたたび言った。

「ああ。だが実は……犯人からこう言われたんだ。もし通報すれば、ケイトに危害を加えると」

「危害を加える？　まだあんな幼い子供に。わたしのかわいい娘に」すすり泣きながら、シャーロットはエイダンの肩に顔を押しつけた。「ああ、なんてこと。どうしてこんなことになったの？　ニーナね！　きっとあのあばずれが誘拐にかかわっているのよ。彼女を殺してやるわ」

シャーロットはエイダンを押しのけ、リリーにつめ寄った。「誰も警察に通報しないで。わたしのかわいい娘を傷つけさせるわけにはいかないわ。わたしの娘なのよ！　身代金なら用意できるでしょう」エイダンのシャツをつかんだ。「お金なんてなんの価値もないわ。エイダン、わたしたちのかわいい娘のためよ。犯人に身代金を払うと言って、いくらでも払うと言ってちょうだい。お金は払うからケイトを返してほしいと」

「心配しなくていい。ぼくらはケイトを取り戻す。無事に取り戻すから」

「身代金は問題じゃない、シャーロット」ヒューはこみあげる恐怖に両手で顔をこすった。「もしそれを払っても、やつらが……ケイトに危害を加えたとしたら？　われわれには助けが必要だ」

「もし？　もし、ですって！」ヒューのほうを向いたとき、シャーロットのきれいに結われたシニヨンはほつれ、髪が肩にたれていた。「ついさっき、身代金を払わなければケイトに危害が加えられると言いましたよね？　警察に通報しても、あの子に危害が及ぶと。娘を危険にさらすわけにはいきません。絶対にそんなことは認めないわ」

「警察なら犯人からの通話をたどれるかもしれない」エイダンが口を開いた。「誰があの子をさらったか、突きとめられるかもしれないんだ」

「かもしれないですって？」シャーロットが黒板を釘で引っかいたかのような甲高い

声で叫んだ。「あなたにとってあの子はその程度の存在なの?」

「あの子はぼくのすべてだ」エイダンは脚が震え、こらえきれずに座った。「ぼくらは考えなければならない。ケイトにとって何が最善かを」

「犯人の要求どおり身代金を支払って、なんでも言われたとおりにしてちょうだい。エイダン、ああ、エイダン、身代金なら用意できるわ。わたしたちの娘のためなのよ」

「わたしが払おう」ヒューがシャーロットの泣きはらした顔と息子の怯えた顔をじっと見つめた。「ケイトはわたしの父の家から連れ去られた。わたしが母から譲り受けたこの屋敷から。だから、わたしが払う」

シャーロットはまたすすり泣き、ヒューに抱きついた。「このご恩は決して忘れません……。ケイトはきっと大丈夫です。犯人の要求にさえ応じれば、あの子が傷つけられることはないでしょう。わたしはかわいい娘を取り戻したい。ただそれだけなんです」

シャーロットにしがみつかれたヒューの合図を読みとり、リリーが歩み寄った。「さあ、二階に連れていってあげるわ」そして、末娘に向かって言った。「ミランダ、あなたたちは子供たちの面倒を見てちょうだい。ホームシアターに連れていって映画を観せたらどうかしら。そのあとシャーロットに紅茶を持ってきてくれる? もう大丈夫よ」シャーロットを慰めつつ、ヒューから引き離した。

「娘に会いたいわ」

「もちろんそうでしょうとも」

「コーヒーをいれてちょうだい」ローズマリーが言った。青白い顔で座り、両手をきつく握りあわせているが、その背中はぴんとのびていた。「わたしたちは頭を働かせないといけないわ」

「何本か電話をかけて、身代金を手配する。だめだ」ヒューは出ていこうとするエイダンを制した。「シャーロットのことは今はリリーにまかせるんだ。それが最善だよ。われわれは身代金の準備以外にも考えるべきことがある。犯人はいったいどうやってわれわれの鼻先からケイトをさらったんだ？　相手は素人なのに。それが何より恐ろしい」

「なぜ素人だと思うんだ？」エイダンが詰問した。

「一千万ドルだぞ、エイダン。しかも現金だ。なんとか身代金は準備したとして、そのあとはどうする？　そんな多額の紙幣をどうやって受け渡すんだ？　現実的に考えれば、うまいやり方じゃないだろう。どこかの口座に送金させるほうが、よっぽど賢いよ。だが、この犯人のやり方はそうじゃない」

その場の全員がいっせいに口を開き、怒りや不安の声を張りあげると、ローズマリーがゆっくりと立ちあがった。「いいかげんにしなさい！」女家長の権威を感じ、一同はしんと静まり返った。「誰か一千万ドルの現金を目にしたことがあるの？　この件に関しては、ヒューの言うとおりよ。警察に通報すべきだという意見が正しいように。でも――」また騒がしくなる前に、人さし指をかかげる。「どうするか決めるのは、エイダンとシャーロットよ。みんなもケイトリンを愛しているけど、あの子はふたりの娘だから。身代金はわたしたちが用意するわ。ヒューとわたしが。わたしたちにはその責任がある」ヒューに向かって言った。「ここはまだわたしの家で、もうじきあなたに受け継がれるから。さあ、リアムのホームオフィスに行って、さっさとするべきことをしましょう。シャーロットには紅茶を届けてあげてね」さらに続けた。「それと、このなかに睡眠薬を持っている人が誰かいるでしょう。シャーロットの性格や今の精神状態を考えると、今は睡眠薬をのんで眠るように説得したほうがいいと思うわ」

「ぼくが紅茶を持っていく」エイダンが言った。「それと、シャーロットは睡眠薬を持参しているから、それをのませるよ。その前に、警察に通報したほうがいいともう一度説得してみよう。ぼくもおばあさんに同感だから。ただ、万が一何かあった場合……」

「とりあえず、ひとつひとつ対処していきましょう」ローズマリーはエイダンに歩み寄って孫息子の両手を握った。「あなたのお父さんとわたしで身代金は用意する。それから、わたしたちは全員、あなたとシャーロットの決断に従うわ」

「おばあさん」エイダンはローズマリーの両手を持ちあげ、自分の頬に押し当てた。

「ぼくの世界はケイト中心にまわっているんだ」

「わかっているわ。あの子のためにも強くなりなさい。さあ、ろくでなしに要求されたお金を用意するわよ、ヒュー」


ケイトはゆっくりと目覚めた。とたんに頭が痛みだし、思わず目をぎゅっとつぶり、痛みを押しのけようと身構えた。喉がひりひりし、おなかがごろごろして吐きそうだ。吐きたくなんかないのに、吐き気がする。

今すぐニーナか、パパか、それかママに来てほしい。誰かにこの吐き気をとめてほしい。

まぶたを開けると、真っ暗だった。なんだかとっても変だ。すごく具合が悪いのに、ひどい病気になった記憶がない。

ベッドもおかしい――硬すぎるし、シーツがざらざらしてる。これまでいろんな部屋のいろんなベッドに寝てきた。わたしたちの家の自分のベッド、おじいちゃんとグランマ・リリーの家のベッド、ひいおじいちゃんとひいおばあちゃんの家のベッド、それから――。

あっ、ひいおじいちゃんは天国に旅立ったんだっけ。だから、ひいおじいちゃんの人生を祝うために、みんなで集まったんだった。わたしは子供たち全員と遊んでた。鬼ごっこをしたり、いたずらしたり、かくれんぼをしたりして。それから……。たしか、わたしが隠れていた場所に男の人が現れて、それで転んだのかな。

ぱっとベッドから起きあがった拍子に頭がくらくらしたが、ニーナを呼んだ。どこにいても、ニーナは必ずそばにいる。暗闇に目が慣れるにつれ、何もかもおかしいことに気づき、ベッドから這いだした。夜空に散らばる星や三日月の薄明かりを頼りに、ドアを見つけて駆け寄った。

開かないドアを拳で叩き、大声でニーナを呼んだ。

「ニーナ！　部屋から出られないわ。具合が悪いの、ニーナ。パパ、お願い。ママ、ここから出してちょうだい」

少女の懇願する声を、男たちはあとで役立つかもしれないと考えて録音していた。

やがてドアが勢いよく開き、ケイトはぶつかって倒れた。廊下からさしこんだ明かりで部屋が明るくなったとたん、鋭い歯をしたピエロの恐ろしい顔が浮かびあがった。

少女の悲鳴にピエロが笑った。

「おまえの悲鳴は誰にも聞こえない。だから黙ってろ。さもないと腕をへし折って、むさぼり食うぞ」

「落ち着け、ペニーワイズ」

続いて狼男《おおかみおとこ》が入ってきた。ケイトが仰向けのままあわてて後ずさりすると、狼男はその脇を通って、手にしたトレイをベッドに置いた。

「スープと牛乳を持ってきたから、飲め。さもないと、この相棒におまえを押さえつけてもらって、喉に流しこむぞ」

「パパに会わせて！」

「ハハハ」ペニーワイズと呼ばれたピエロが意地悪な笑い声をあげた。「このガキはパパに会いたいんだとよ。残念だったな、もうおまえのパパは八つ裂きにして豚の餌にしてやった」

「黙ってろ」狼男が言った。「なあ、お嬢ちゃん、こうしようじゃないか。おまえは与えられたものをすぐに食べて、あそこにあるバスルームを使うんだ。トラブルを起こさず、粗相もしなければ、二日後にはパパのもとに帰してやる。だが、言うことを聞かないとひどい目に遭うぞ。こっぴどい目に」

ケイトの胸に不安と怒りがこみあげた。「あなたは本物の狼男じゃないわ。それは偽物のマスクだもの」

「おまえは自分が賢いと思ってるようだな」

「ええ、そうよ！」

「だったら、こうしてやる」狼男の背後からペニーワイズが手をのばし、腰から銃を抜いた。「これは本物に見えるか、くそガキ。本物かどうか試してみるか?」

狼男がペニーワイズに噛《か》みついた。「落ち着け。それに、おまえは――」続いて、ケイトも怒鳴りつける。「生意気なガキだな。そのスープを飲め、残すんじゃないぞ。牛乳もだ。さもないと、戻ってきておまえの指をへし折るからな。言われたとおりにすれば、二日後にはまたプリンセスに戻してやる」

ペニーワイズが身をかがめたかと思うと、ケイトの髪をつかんで引っ張り、のけぞった喉元に銃口を押しつけた。

「やめろ、忌々しいピエロめ」狼男がピエロの肩をつかんだが、ペニーワイズはその手を振り払った。

「このガキにはまずしつけが必要だ。ガキが口答えしたらどうなるか、おまえは知りたいのか? 〝いいえ、違います〟って言え! さっさと言うんだ」

「いいえ、違います」

「とっとと、そのディナーを食べろ」

ピエロが足音荒く出ていくと、ケイトは床に座りこんだまま身を震わせてすすり泣いた。

「いいからスープを飲め」狼男がつぶやいた。「そして、おとなしくしてろ」

狼男は部屋を出て、ドアに鍵をかけた。

床が冷たかったので、ケイトはベッドに這い戻った。毛布はなく、震えがとまらない。少しおなかがすいているような気もしたけれど、あのスープは飲みたくなかった。かといって、ピエロのマスクをかぶった男に指を折られたり撃たれたりするのもいやだ。ニーナが来て、歌を歌ってくれたらいいのに。パパにお話を聞かせてもらったり、ママにお店で買ったきれいな服を見せてもらったりしたい。

きっと三人ともわたしを探してるわ。三人だけじゃなく、みんなが。わたしを見つけたら、みんながマスクの男たちを一生刑務所に放りこんでくれるはずだ。

その考えに慰めを見いだし、ケイトはスプーンでスープをすくった。いいにおいじゃない。ちょっと飲んでみると味もおかしかった。変だわ。

こんなの食べられない。どうしてあのふたりはわたしがスープを飲むかどうか、あんなに気にしてたのかしら。

眉をひそめながら、ふたたびスープのにおいをかぎ、グラスに入った牛乳のにおいもかいだ。

たぶん毒を入れたのね。そう思ったとたん、体が震えだし、両腕をこすってあたためながら、気持ちを落ち着かせようとした。毒のわけがないわ。でも、味が変よ。映画を何本も観たから、悪いやつらが時々食べ物に毒を入れるのは知ってる。誘拐されたからって、わたしはばかじゃない。それぐらいはわかってる。わたしは縛られず、ただ閉じこめられただけだ。

窓に駆け寄ろうとしたケイトは、音をたててはいけないと自分に言い聞かせた。ゆっくりベッドから抜けだすと、忍び足で窓辺へと移動した。林や真っ暗な丘の輪郭が見えたが、家や明かりは見当たらなかった。

どきどきしながら振り返り、窓を開けようと試みた。鍵を開けようとした瞬間、釘に気づいた。

思わずパニックを起こしそうになり、まぶたを閉じて、ただ息を吸って吐いた。ママはヨガが好きで、時々ケイトにもやらせるのだ。ヨガの呼吸法を。

あのふたりはわたしがまぬけだと思ってる。ただのまぬけな子供だと。でも、わたしはばかじゃない。誘拐犯が毒を入れた可能性が高いスープや牛乳なんか飲まないわ。

ケイトはボウルとグラスをつかむと、慎重な足取りでバスルームに向かった。まずトイレにそれぞれの中身を捨て、こらえきれずに用を足した。

そして、水を流した。

あのふたりが戻ってきたら、寝たふりをしよう。ぐっすり眠っているふりを。やり方は知ってる。わたしは女優だもの。それにまぬけじゃないから、スプーンをこっそり枕の下に忍ばせた。

今何時なのか、目が覚めるまで何時間眠っていたのかもわからない。あのふたりのどちらかに注射されたせいで。でも、犯人がトレイをさげに来るまで、じっと待とう。どうかスプーンがなくなっていることに気づかれませんように。

ケイトはもう泣くのはやめようと決めた。それは容易なことではなかったけれど、自分が何をすべきか考えなければならない。泣きながらじっくり考えることなんて誰にもできない。だから泣かないことにした。

永遠とも思える時間が過ぎ去り、待ちくたびれて危うく寝そうになったころ、鍵を外す音がしてドアが開いた。

ゆっくりと規則正しく呼吸して。ぎゅっとまぶたを閉じたらだめよ、触れられてもびくっとしないこと。狸寝入《たぬき》りなら前にもしたことがある。本を読みたくて夜更かししたときに——あのときはニーナにさえ見破られなかった。

次の瞬間、音楽が流れだし、思わず飛びあがりそうになった。あの男が罵ってる——狼男の声だ。木によじのぼろうとしたわたしに、持ちあげてあげようかと言った男の声。だが、あのときとはまったく違う声で電話にこたえた。

「やあ、ハニー。もし警察に調べられてもあの女が疑われるように、まぬけな乳母の携帯電話でかけてきたのかい？　うまいやり方だな。ええと、なんだっけ。ああ、あの子なら元気だ。今ちょうど目の前にいる。赤ん坊のように寝てるよ」

狼男が相手の話に耳を傾けながら、ケイトの脇腹をぐいと押したが、彼女は横たわったままぴくりともしなかった。「それでこそ、おれのハニーだ。その調子で続けてくれ。おれをがっかりさせるなよ。じゃあ、三十分後に二度目の電話をかける。おれの気持ちはきみも知ってるだろう、ハニー。あとたった二、三日で、必ず成功をおさめる。それを心待ちにしてるよ」

ケイトは物音がしても身動きせず、男が遠ざかる足音に耳を澄ました。

「まぬけなやつらだ」狼男が嘲笑《あざわら》うようにつぶやいた。「どいつもこいつもばかだな。なかでも女が一番まぬけだ」

ドアが閉まり、鍵がかかる音がした。

ケイトは動かなかった。ただじっと待ちながら、頭のなかで百まで数え、さらに百数えたところで薄目を開けた。

狼男の姿は見当たらず、足音も聞こえなかった。それでも、寝ているような呼吸を保った。

ゆっくり起きあがり、枕の下からスプーンを取りだした。できるだけ物音をたてないようにして窓辺に近づく。前に一度、おじいちゃんと鳥の巣箱を作ったことがある。だから、釘を打ったり引き抜いたりする方法は知ってる。

スプーンで試してみたが、汗ばんだ両手が滑って危うくスプーンを落としかけ、また泣きそうになった。ジーンズで両手とスプーンをふき、ふたたび釘を引き抜こうとした。最初、釘はびくともしなかったが、やがて動く感触が伝わってきて、さらにスプーンに力をこめた。

釘が抜けたと、ほぼ抜けたと思った瞬間、おもてから話し声がした。恐怖のあまり床にしゃがみこんだケイトは、こらえきれずにあえいだ。

続いて、車が走りだす音が聞こえた。砂利道にタイヤの音が響き、ドアがばたんと閉じた。玄関のドアだ。片方の男がとどまり、もう片方はどこかに出かけたようだ。そろそろと顔をあげると、遠ざかるテールライトが見えた。

出かけた男が戻ってくるのを待ったほうがいいのかもしれない。でも、怖すぎてとても待っていられそうにない。ケイトは歯をくいしばり、ふたたび釘を抜こうと試みた。

やがて釘が勢いよく抜け、勢い余って床に落ちた。ケイトにはそれが爆発音のように聞こえた。あわててベッドに飛びこみ、じっと横たわって深く息を吸おうとしたが、体の震えはとめられなかった。

誰も来ないとわかって、安堵《あんど》の涙がこぼれる。

両手はまた汗ばんでいたものの、二本目の釘を抜くことにした。その釘をポケットに入れて汗をぬぐったころには、指が痛くなっていた。なんとか窓の鍵をまわし、わずかに窓を開けると、大きな音がした。だが、誰も来なかった。さらに窓をこじ開けても、誰も来ない。ようやく頭を出したところで、肌寒い夜気を感じた。

高すぎる。飛びおりるには高すぎるわ。

波や車の音や人の気配がしないか、じっと耳を澄ましたが、そよ風とコヨーテの遠《とお》吠《ぼ》えとフクロウの声しか聞こえなかった。

手が届く範囲に木はなく、壁にも出っ張りや格子など這いおりるための足がかりになりそうなものはいっさいなかった。でも、なんとか壁を這いおりて逃げるしかない。ここから抜けだして助けを求めないと。

ケイトはシーツを使うことにした。まず数枚のシーツを引き裂こうとしたが、うまくいかなかった。結局、複数のシーツをできるだけきつく結んで、さらに枕カバーも追加した。

部屋のなかでシーツを結びつけられる場所は、ベッドの支柱しかなかった。まるでラプンツェルみたい、わたしの場合は髪じゃなくてシーツだけど。でも、塔から這いおりるのは同じだ。

そのとき、車が戻ってくる音がして、みぞおちがきゅっと締めつけられた。もし誘拐犯のどちらかが様子を見に来たりしたら見つかってしまう。やっぱり待てばよかった。

絶体絶命の窮地に陥り、ケイトは床に座りこむことしかできなかった。ドアが開き、狼やピエロのマスクをつけた男たちが銃を手に入ってきて、彼女の指を折る場面を想像しながら。

思わず身を丸めて、きつくまぶたを閉じた。

開いた窓から、ふたたび話し声が聞こえてきた。今あのふたりが見あげたら、わたしが窓を開けたことに気づくかしら。

狼男が言った。「ああ、くそっ。こんなときにハイになっていいとでも思ってるのか？」

ピエロが笑った。「当たり前だろ。で、やつらは身代金を用意してるのか？」

「あっさり言うことを聞いたよ。特にあの録音を聞かせたあとは」狼男の声が小さくなり、玄関のドアがばたんと閉じた。

ケイトは怯えるあまり、もはや物音に気をつける余裕などなくシーツで作ったロープを窓辺まで引っ張っていき、外にたらした。すぐに短すぎたことに気づき、バスルームにタオルがあったことを思いだした。

でも、男たちがいつやってくるかわからない。ケイトは身をくねらせて窓から這いだすと、シーツをつかんだ。その瞬間、手が十センチほど滑り、悲鳴を嚙み殺した。

改めてシーツをぎゅっとつかみ、ゆっくりとおり始めた。

するとと明かりが見えた――眼下の窓からもれる明かりだ。今、誘拐犯が外に目を向けたら、シーツやケイトに気づくだろう。そうなればつかまってしまう。それどころか、銃で撃たれるかもしれない。まだ死にたくないわ。

「お願い、お願い、お願い」

本能的にシーツに両脚を巻きつけ、ロープの先端までおりたところで屋内が見えた。広々としたキッチン――ステンレス、ダークブラウンの石のようなものでできたカウンター、ペールグリーンの壁。

ケイトはまぶたを閉じ、シーツを放して飛びおりた。

痛いっ。地面に落下した瞬間、またしてももれそうになった悲鳴をのみこんだ。足首をひねり、肘を打ちつけたが、じっとしてはいなかった。

まずは林をめざした。あそこに駆けこめば、絶対に見つからないわ。

林のなかに逃げこんだケイトは、そのまま走り続けた。

エイダンはシャーロットと一緒に使っている寝室に静かに入った。すっかり疲れ果て、恐怖に怯えながら、窓辺に近づく。ぼくのケイトがあのどこかにいるのだ。たったひとりで、怯えながら。ああ、神様、どうか誘拐犯が娘に危害を加えませんように。

「わたしは眠っていないわ」シャーロットが上体を起こした。「睡眠薬は半分しかのまなかったの、冷静になりたかっただけだから。本当にごめんなさい、エイダン。ヒステリーを起こしても誰の助けにもならないわよね。もちろん、わたしたちの娘を助けることもできない。でも、怖くてたまらないの」

エイダンはベッドに近づき、腰をおろして妻の手を取った。「また犯人から電話があった」

シャーロットははっと息をのみ、彼の手を握りしめた。「ケイトリンは?」

娘の無事を確認するためにケイトと話をさせろと迫ったことをシャーロットに伝えるつもりはない。あの子が悲鳴をあげ、パパに会いたいとすすり泣くのを聞いたことも。

「誘拐犯にはあの子を傷つける理由はない。傷つけてはいけない理由は山ほどあるが」ああ、数えきれないほど。

「犯人はなんて言ったの? あの子を解放してくれるの? 身代金は用意してるの?」

「犯人は明日の深夜までに身代金を手に入れたがっている。受け渡し場所はまだ指定されていない。また電話すると言われたよ。身代金は父と祖母が手配してくれてる。犯人は身代金を手にしたら、ケイトの居場所を明かすつもりらしい」

「あの子は取り戻せるわ、エイダン」シャーロットは夫を抱きしめ、体を揺らした。「そうしたら、もう手放さないようにしましょう。あの子が無事に戻ってきたら、もう二度とここには来ないわ」

「シャーロット――」

「いやよ！　こんなことが起きた屋敷には、もう二度と来たくないの。ニーナをクビにしてちょうだい。あの女にはそばにいてほしくないわ」シャーロットは身を引き、涙に濡《ぬ》れた瞳を怒りに燃えあがらせた。「わたしはベッドのなかで怯えながら想像せずにはいられなかった。どこかに監禁された娘が大声でわたしを呼ぶ姿を。ニーナはただの不注意な乳母かもしれないけど、最悪の場合、犯人の仲間の可能性だってあるのよ、エイダン」

「シャーロット、ニーナはケイトを愛しているよ。ちょっと聞いてくれ。犯人はおそらくケータリング業者だ。それかスタッフか、どちらかに扮《ふん》した者だろう。そして、あの子を連れ去るのに車かトラックかバンを使ったに違いない。きっと事前に計画を練っていたはずだ」

シャーロットの冷ややかなブルーの瞳から涙があふれ、青白い頬を伝った。「親族か友人の誰かかもしれないわ。知り合いなら、あの子はついていったはずよ」

「そんなことはあり得ない」

「もうどうだっていい」シャーロットは一蹴した。「わたしはただあの子を取り戻したいだけ。あとのことはどうだっていいわ」

「いったい誰がどうやってケイトをさらったのか突きとめることは重要だ。もし警察に通報すれば――」

「だめよ、絶対にだめ！　あなたにはケイトリンよりもお金のほうが大事なの？　わたしたちのかわいい娘よりも」

その発言は許そう、と彼は自分に言い聞かせた。妻はすっかりやつれ、具合も悪そうなのだから、そんなばかげた台詞を口にしたこともいずれ許せるはずだ。

「そんなわけがないと、きみもわかっているはずだろう。きみがどれだけいらだっていようと関係ない、もう二度とぼくに向かってそんなことを言うな」

「だったら、あなたも警察なんて口にしないで。通報すればあの子が殺されるかもしれないのよ！　わたしはあの子に無事帰ってきてほしいの。でも、ここは安全じゃないし、あの子がニーナと一緒にいるのは危険よ」

エイダンは妻がまたヒステリーを起こしかけていることに気づいたが、そんな彼女を責めることはできなかった。

「わかったよ、シャーロット。あとですべて話しあおう」

「そうね。あなたの言うとおりだわ。でも、怖くてたまらないの、エイダン。かわいい娘がひとりぼっちで怯えていると思うと耐えられなくて、またヒステリーを起こしそうになってしまうの。ああ、エイダン」彼女は夫の肩に頭をゆだねた。「わたしたちの娘はいったいどこにいるの？」

3

走り続けたケイトは、もうそれ以上走れなくなったところで地面に座りこみ、凍えながら身を震わせた。月明かりが木でさえぎられたときに二、三度転んだせいで、両手には血がにじみ、ジーンズは破けている。膝も足首も肘も痛いけど、長く立ちどまってはいられない。

どこに閉じこめられていたにしろ、もうあの家の明かりが見えなくなって、ほっとした。これで誘拐犯に見つからずにすむわ。

問題は、今自分がどこにいるのかわからないことだ。あたりは真っ暗だし、寒くてたまらない。

時々コヨーテの遠吠えや野生動物が動きまわる音が聞こえた。熊や大山猫のことは考えないようにした。ここはそんなに高い丘じゃないはず。でも、わからない――熊や大山猫は高い場所に住んで、人間を避けるっておじいちゃんは言っていたけど。

ケイトはこれまで林に分け入ったり、たったひとりで暗闇で過ごしたりしたことが一度もなかった。

間違いなくわかっているのは、あそこから遠ざかるためには同じ方向に進み続けなければならないってことだ。ただ、最初はすっかり怯えていたせいでちゃんと注意を払わなかったし、まっすぐ進んでいたのかわからない。

ケイトはもはや走らずに歩いていた。息が切れていないほうが、周囲の物音がよく聞こえる。もし誰かが――何かが――追いかけてきたら、気づけるはずだ。

もう心底疲れ果て、丸くなって眠りたかった。でも、そんなことをすれば野生動物に襲われかねない。いや、それよりも恐ろしいのは、またあの部屋で目覚める可能性だ。

もしそうなれば指を折られて、撃たれるだろう。

おなかがすきすぎて胃が痛み、からからになった喉が張りついてる。歯がかちかち音をたて始めたけれど、それが恐怖のせいなのか、寒さのせいなのかもわからなかった。

ちょっと眠ろう。木によじのぼって枝の上で眠ればいい。あまりにも疲れ、凍えきっているせいで、ちゃんと頭が働かない。

ケイトは立ちどまって木にもたれ、樹皮に頬を寄せた。木にのぼって眠れば、夜が明けたとき、自分がどこにいるかわかるかもしれない。太陽が東からのぼって太平洋が西側にあるのは知っているから、海が見えれば……。

何を言ってるの？　どこに連れていかれたかわからない以上、自分の居場所を突きとめられるはずがないわ。

それに、日がのぼれば犯人に見つかってしまうかも。

疲労困憊《こんぱい》してうなだれながら、とぼとぼ歩き続け、やがて足が持ちあがらなくなって引きずり始めた。

うとうとしつつ歩いていると、何か物音がして微笑んだ。あわててかぶりを振り、耳を澄ます。

波の音？　たぶん、間違いない……。それに、ほかの音もする。

まぶたをこすり、前方に目を凝らす。明かりだ。明かりが見える。それをじっと見つめて、歩き続けた。

波の音がだんだん大きくなり、海が近くなってきたようだ。もしも足を踏み外して崖から落ちたらどうしよう。でも、明かりにも近づいているわ。

やがて林を抜けると、月明かりに照らされた草原が見えた。広々として草が生い茂っている。それに……牛もいるわ。草原のはるか向こうの一軒家から明かりがもれていた。

ケイトは牛を取り囲む有刺鉄線に危うく突っこみそうになった。

なんとか通り抜けた際、ちょっと切り傷ができ、新品のセーターにも穴が開いてしまった。ケイトはアイルランドで映画を撮ったとき、牛が本で見たり遠くから眺めたりするより、実物のほうがはるかに大きいと知ったことを思いだした。

次の瞬間、牛の糞《ふん》を踏んづけた彼女は、十歳の少女らしく〝げっ〟と嫌悪の声をもらした。スニーカーの底についた糞を草になすりつけて落とし、それからは足元に目を光らせるようになった。

はっきり見えるようになった一軒家は海に面して立ち、一階と二階の両方にベランダがあった。明かりは一階の窓からもれていた。納屋もあるし、ここは牧場なのね。

ふたたび有刺鉄線に行き着き——さっきよりうまくくぐり抜けられた。

トラックと乗用車が一台ずつ駐車してあり、堆肥や家畜のにおいがする。

また転んだあと、ケイトはその家に向かって駆けだそうとした。あそこにいる誰かがわたしを迎え入れ、きっと助けてくれる。だが、はっと踏みとどまった。

もしかしたら悪人かもしれない。どんな人たちかなんて、わかりっこないもの。もしかしたら、あの部屋にわたしを閉じこめたふたり組の仲間かもしれない。用心しないと。

きっともう真夜中だから寝ているはずよ。わたしは家に入って電話を見つけ、緊急電話をかければいい。あとは、警察が駆けつけるのを待つだけ。

そろそろと家に近づき、正面の幅広いポーチにあがった。てっきり鍵がかかっているものと思ったが、玄関のドアに手をかけるとドアノブがまわった。ケイトは安堵のあまり、しゃがみこみそうになった。

忍び足でなかに入る。

窓辺のランプは芯が短かったが、それでも燃え続けていた。広々とした部屋に置かれた家具や、大きな暖炉、二階へとのびる階段が見える。

電話が見当たらなかったので、キッチンに向かった。幅広い窓台に並ぶ赤い鉢植え、四脚の椅子とテーブル。テーブルの上には果物が入ったボウルが置かれていた。

ケイトはグリーンに輝くリンゴをつかんでかじった。リンゴを嚙みしめると、果汁が舌や喉を直撃した。こんなにおいしいものは食べたことがない。彼女はトースターの脇のカウンターに受話器を見つけた。

そのとき、足音がした。

キッチンには隠れる場所がなく、あわてて隣のダイニングルームに駆けこむ。リンゴを持つ手に果汁が伝うなか、大きな食器棚の脇の暗い隙間に身を押しこんだ。

キッチンの明かりがつき、さらに身を縮ませた。

彼が冷蔵庫に直行するのがちらっと見えた。見たところ、ケイトよりも年上で背も高かったが、大人ではなく少年だった。ダークブロンドの髪はぼさぼさで、ボクサーパンツしか身につけていない。

もしこんなに怯えていなければ、いとこではない少年のほぼ全裸に近い姿を見て、羞恥心に駆られたり、興味を引かれたりしただろう。

痩せっぽちの少年は冷蔵庫からフライドチキンを取りだしてむさぼりながら、紙パックではなく水差しに入った牛乳を取りだした。

水差しから直接牛乳をごくごく飲むと、カウンターに置いた。彼は鼻歌を歌いだし、パイらしきものを覆っていた布を取り去った。

そしてぱっと振り返り、歌いながら引き出しを開けた拍子にケイトに気づいた。

「うわっ！」びっくりした少年が飛び退《の》いた隙に、ケイトは逃げようとした。だが勇気を奮い起こす前に、彼が小首を傾《かし》げた。「やあ。道に迷ったのかい？」

近づいてくる少年を見て、ケイトは身を縮めた。

数十年後にこのときのことを思い返しても、彼がどんな顔で、どんなふうに、なんて言ったか、きっとはっきりと覚えているだろう。

まるで公園かアイスクリーム屋で出会ったかのように、少年はケイトに微笑み、気さくに話しかけてきた。「大丈夫だよ。もう大丈夫だ。誰もきみを傷つけたりしない。おなかはすいてないかい？　おばあちゃんのフライドチキンは最高なんだ。冷蔵庫にまだ残ってる」証明するようにまだ手にしていたフライドチキンを振ってみせた。

「ぼくはディロン。ディロン・クーパーだ。ここはぼくらの、ぼくとおばあちゃんとお母さんの牧場だよ」

ディロンは話し続けながらさらに二、三歩近づいてくると、腰をかがめた。その拍子に目の色が変化した。グリーンの目だわ、おじいちゃんの目よりもっと淡いグリーンだ。

「出血してるね。どうしてけがしたんだい？」

ケイトはふたたび体が震えだしたが、ディロンを恐れてはいなかった。「転んだの。それに、牛がたくさんいるところに鋭い針金があって」

「ぼくらが手当てしてあげるよ。ほら、キッチンに来て座って。ここに救急箱があるから。名前はなんていうんだい？　ぼくはディロンだよ、さっきも言ったけど」

「ケイトリンよ。頭文字がCのケイト」

「さあ、キッチンに来て座ってくれ、ケイト。ぼくらが手当てしてあげるから。お母さんを呼んでくるよ。お母さんはとってもクールなんだ」ディロンはあわてて言い足した。「本当に」

「わたし、警察に電話しないと。そのために電話が必要で、この家に入ったの。ドアに鍵がかかってなかったから」

「わかったよ。まずお母さんを呼びに行かせてくれ。もし寝ているあいだに警察が来たら、お母さんはびっくりして怯えてしまうだろうから」

ケイトの顎が震えた。「パパにも電話していい？」

「もちろんだよ。まず座ったらどうだい？　そのリンゴを食べ終えるといいよ。ぼくはお母さんを呼んでくる」

「悪人たちがいるの」彼女のささやきにディロンは目をみはった。

「くそっ、信じられない。あっ、ぼくが〝くそっ〟て言ったことは、お母さんには内緒だよ」ディロンが手をさしだすと、ケイトはその手をつかんだ。「その悪人たちはどこにいるんだ？」

「わからない」

「ああ、泣かないでくれ。もう大丈夫だから。さあ、座って。ぼくはお母さんを呼んでくる。逃げないでくれよ。ぼくたちが助けてあげる。約束するよ」

彼を信じて、ケイトはうなずいた。

ディロンは一刻も早く母親に相談しようと裏の階段を駆けあがった。冷蔵庫の中身をあさりに行ったら、隠れていた子供を見つけるなんて、本当にクールだ――いや、ケイトの体に切り傷やあざがあったから、クールとは言えないな。あの子はもらしそうなほどびびっていた。

ただ、ケイトが警察に通報したがっていることを考えると、やっぱりクールじゃないか。しかも悪人がからんでいるなんてますますクールだ。まだ子供のケイトを誰かが傷つけたことはクールじゃないけど。

ディロンはノックをせずに母親の部屋に駆けこむと、母の肩を揺さぶった。「お母さん、お母さん、今すぐ起きて」

「ああ、もう、ディロン、いったいなんなの？」

ディロンの手を振り払って寝返りを打とうとした母の肩をもう一度揺さぶる。「いいから起きて。下に子供がいるんだ。女の子で、けがをしてる。彼女は悪人たちがいると言って、警察に通報したがってる」

ジュリア・クーパーがぼんやりと片目を開けた。「ディロン、また寝ぼけているのね」

「違うったら。神に誓って、違うよ。彼女はひどく怯えてて逃げだしちゃうかもしれないから、ぼくは早くキッチンに戻らないと。お母さんも来てよ。ちょっと出血もしてるんだ」

今やジュリアははっきりと目覚め、がばっと起きあがると、顔にかかった長いブロンドの髪を払いのけた。「出血ですって？」

「とにかく急いで。しまった、ぼくはジーンズをはかないと」

ディロンは自分の部屋に駆けこみ、ルールを破って床に放っておいたジーンズとスウェットシャツをつかんだ。まずジーンズに片足を突っこみ、飛び跳ねながらもう片足も突っこむ。裸足《はだし》で木の階段を足音荒く駆けおりながら、スウェットシャツをかぶった。

ケイトがまだテーブルに座っているのを見て、安堵の吐息がもれた。「もうすぐお母さんが来る。ぼくは食品庫《パントリー》から救急箱を取ってくるよ。手当ての仕方はお母さんが知ってる。もし食べたければ、そのフライドチキンを食べてもいいよ」さっきダイニングテーブルに落としたフライドチキンを指した。「ぼくはまだひと口しか食べていないから」

だが、誰かが階段をおりてくる足音がすると、彼女は身を縮めた。

「お母さんだよ」

「ディロン・ジェームズ・クーパー、もし嘘《うそ》だったら……」少女を見たとたん、ジュリアの言葉が途切れ、彼女の顔から眠気といらだちがかき消えた。息子同様、彼女も傷ついて怯えている者にどう接するべきか心得ていた。

「わたしはディロンの母親のジュリアよ。あなたの手当てをさせてちょうだい。ディロン、救急箱を取ってきて」

「今すぐ持ってくる」ディロンは大きなパントリーの棚から救急箱を取ってきた。

「あと清潔な布と、あたたかいお湯が入ったボウル。それと毛布も。キッチンの暖炉にも火をおこして」

　彼は母親の背後でぐるりと目をまわしたものの、言いつけに従った。

「あなたの名前は？」

「ケイトリンです」

「ケイトリン、すてきな名前ね。まずこの腕の切り傷を消毒するわね。縫う必要はないと思うわ」ジュリアがそう言いながら微笑んだ。

　その金色の瞳にはグリーンがまざっていた。ディロンと同じグリーンだ。

「わたしが手当てをしているあいだに、何があったか話してもらえる？　ディロン、牛乳をしまう前に、ケイトリンのグラスにも注《つ》いであげて」

「牛乳はいりません。あの人たちはわたしに牛乳を飲ませようとしたけど、変な味がしたの。牛乳は飲みたくありません」

「わかったわ。じゃあ——」

　ケイトがびくっとしたのを見て、ジュリアは口ごもった。マギー・ハドソンが階段をおりてきて、少女をひと目見るなり、小首を傾げた。「いったいなんの騒ぎかと思ったよ。どうやらお客さんが来たようだね」

　その女性もブロンドだったが、ディロンや彼の母親より明るい色だった。肩までたれた髪には、ブルーのメッシュがひと筋入っている。

彼女は髪がくるくるカールした女性の顔写真と〝JANIS〟という文字がプリントされたTシャツと、花柄のパジャマのズボンという格好だった。

「わたしの母よ」ジュリアがケイトの腕の切り傷を消毒しながら言った。「ケイトリンの肩に毛布をかけてあげて、ディロン。彼女は凍えているわ」

「ここの暖炉も火をつけるといいよ」

「今やろうとしてるところだよ、おばあちゃん」少年が不満げに言い返したが、マギーは黙って孫の髪を撫で、テーブルに近づいた。「わたしの名前はマギー・ハドソン。でも、おばあちゃんって呼んでいいよ。あなたはホットチョコレートが飲みたそうだね。実は、とっておきの秘密のレシピがあるんだ」

マギーは食器棚に手をのばすと、ホットチョコレートの箱を取りだし、ケイトに向かってウインクした。

「お母さん、この子はケイトリンよ。今、彼女の身に何があったのか、話そうとしてくれていたの。じゃあ、話してもらえる、ケイトリン？」

「ひいおじいちゃんの人生をお祝いしたあと、みんなでかくれんぼをしました。ガレージの隣の木によじのぼって隠れようとしたら男の人が現れて、わたしは首に何かを刺され、目が覚めたら知らない場所にいました」

マギーは大きなマグカップを電子レンジに入れながら、ジュリアは傷口に軟膏《なんこう》を塗りながら、ケイトの話を聞いていた。かがんでキッチンの暖炉に火をおこそうとしていたディロンは、彼女の話を聞いて目を丸くした。

「意地悪なピエロと狼男のマスクをかぶった男たちに、言うことを聞かないと指を折るぞって脅されました。銃を持ったピエロは、わたしを撃つって言いました。でも、スープも牛乳も変な味がしたから飲みませんでした。きっと眠り薬を入れたんです、悪人がよくやるように。だからトイレに捨てて、寝たふりをしました」

「びっくり仰天だな！」

ジュリアにひとにらみされて、ディロンは押し黙った。

「あなたは頭がいいのね。ケイトリン、誘拐犯に何かひどいことをされた？」

「勢いよく開けられたドアがぶつかって倒れたり、意地悪なピエロに髪を引っ張られたりしました。でも、そのあとはわたしが眠ってると犯人は思っていたはずです。片方が――狼男のほうが、部屋に入ってきて電話で話してたときも眠ったふりをしました。わたしはスープと一緒に渡されたスプーンをこっそり隠しておいて、それを使って窓の釘を引き抜きました。窓が開けられないように釘が打ってあったんです。そのうち犯人のひとりが車で出かけました。ふたりの話し声が外から聞こえたあと、片方が車で走り去りました。わたしはなんとか窓をこじ開けて頭を出したけど、高すぎて飛びおりられませんでした」

電子レンジの音が鳴っても、ケイトはジュリアの瞳をじっと見つめ続けた。金色とグリーンが入り交じった瞳を見つめていると安心できた。三人の優しさもケイトを安心させた。

「わたしはシーツをつなぎあわせようとしました。でもうまく引き裂けなくて、結びあわせることにしたんです。そのうち、車で出かけた男が戻ってきました。彼がまた部屋にやってきてわたしのしたことを見たらきっと指を折られると思って、本当に怖かったです」

「もう誰もあなたを傷つけないよ」マギーがテーブルにホットチョコレートを置いた。

「結局、壁を這いおりるしかなくて、両手は汗でつるつる滑るし、一階は電気がついてるし、最後はシーツの長さが足りなくて飛びおりました。ちょっと足首を痛めたけど、そのまま逃げました。木がたくさん生えてる林に駆けこんで、転んで膝をすりむいても走り続けました。自分がどこにいるのかわからないまま」

ケイトの頬を涙が伝うと、ジュリアがそっとぬぐった。

「そのうちに波の音が聞こえてきて、それがどんどん大きくなって、明かりも見えました。ここの明かりがついていたので、それを目印に進み、やがて牛や家が見えました。でもあなたたちも悪人かもしれないと思ったから、こっそり忍びこんだんです。警察に電話をかけたくて。でもその前に、おなかがすきすぎてリンゴを盗んだら、一階におりてきたディロンに見つかりました」

「すごい話だね」マギーがディロンの肩に腕をまわした。「あなたは今まで出会ったどの女の子よりも勇敢だよ」

「もし悪人たちがここにいるわたしを見つけたら、わたしだけじゃなく、みんなも撃たれるわ」

「誘拐犯がここに来ることはないわ」ジュリアはケイトの顔にかかった髪を後ろに撫でつけてやった。「あなたはどこでかくれんぼをしたの？」

「ひいおじいちゃんの家です。ひいおじいちゃんはその家をサリヴァンズ・レストって呼んでました」

「まあ」マギーが腰をおろした。「あなたはリアム・サリヴァンの曾孫なの？」

「はい。ひいおじいちゃんが天国に旅立ったから、みんなでひいおじいちゃんの人生をお祝いしてたんです。ひいおじいちゃんを知ってるんですか？」

「いいえ。でも尊敬しているわ、彼の作品も人生も」

「さあ、ホットチョコレートを飲みなさい、ケイトリン」ジュリアが微笑みながら、ケイトの乱れた髪を手ぐしでとかした。「あなたの代わりに警察に電話をかけてあげる」

「パパにも電話できますか？　わたしが見つかったと言ってもらえますか？」

「もちろんよ。電話番号はわかる？　もしわからなければ――」

「わかります」ケイトは電話番号を伝えた。

「いい子ね。お母さん、ケイトリンは何か食べたいんじゃないかしら」

「ああ、そうだね。ディル、おまえはケイトリンの隣に座って、わたしがスクランブルエッグを作るあいだ、おしゃべりしているといい。真夜中のスクランブルエッグほどうまいものはないからね」

ディロンは祖母の言葉に従った。ケイトはお客さんだし、もてなすのが当然だ。でも、隣に座って話しかけた一番の理由は、彼女のことを本気ですごいと思ったからだった。

「きみはシーツでロープを作って、窓から這いおりたの？」

「そうするしかなかったから」

「誰にでもできることじゃない。すごいよ。誘拐されたのに犯人を出し抜くなんて」

「あのふたりはわたしをまぬけだと思ってた。それはすぐにわかったわ」

どうやらケイトは食べる気がなさそうだったので、ディロンはさっきのフライドチキンをつかんで頬張った。「きみは全然まぬけじゃないよ。閉じこめられたのは、普通の家だったの？」

「ええ、たぶん。きっと家の裏側の部屋だったと思うわ。林と丘しか見えなかったから。誘拐犯は部屋を真っ暗にしてたの。　壁を這いおりたとき、キッチンが見えた。あなたの家には負けるけど、すてきなキッチンだった。でも……閉じこめられてた家がどこにあるのかはわからない。林のなかを夢中で逃げまわったから。それに、犯人に針を刺されてどのくらい眠ってたのかもわからないわ」

ケイトは今も怯えているようだが、それ以上に疲れて見えた。ディロンは元気づけようとフライドチキンを振りまわした。「きっと警察官がその家と悪いやつらを見つけてくれるよ。ぼくらの友人に保安官がいて、すごく頭が切れるんだ。犯人たちはまだきみが逃げだしたことにも気づいていないかもしれないし」

「そうね。犯人は電話で誰かにこう言ってた……」男の言葉を思いだそうと、ケイトが眉をひそめたとき、ジュリアが受話器を手に近づいてきた。

「ケイトリン、ある人があなたと話したがっているわ」

「もしかしてパパ？」ケイトは受話器をつかんだ。「パパ！」ふたたび涙があふれて頬を伝うと、ジュリアが髪を撫でてくれた。「わたしは大丈夫。逃げだしたから。ずっと逃げ続けて、今はジュリアとおばあちゃんとディロンと一緒にいるわ。迎えに来てくれる？　わたしがどこにいるかわかる？」

ジュリアが身をかがめ、ケイトの頭のてっぺんにキスをした。「あなたのお父さんにここの住所を教えるわ」

「おばあちゃんがスクランブルエッグを作ってくれてるの。もうおなかがぺこぺこよ。わたしも愛してるわ、パパ」

ケイトはジュリアに受話器を返し、涙をぬぐった。「パパも泣いてました。パパの泣き声を聞いたのは初めてです」

「きっとうれし涙だよ」マギーがスクランブルエッグとトーストをのせた皿をケイトの前に置いた。「かわいい娘が無事だとわかったんだからね」

幼い少女がスクランブルエッグを食べ始めると、マギーは家族にも料理をよそった。

ケイトがスクランブルエッグとトーストを平らげ、ジュリアが目の前に置いてくれたパイを食べ始めたとき、誰かが玄関のドアをノックした。

「犯人かも――」

「そういう連中はノックなんてしないわ」ジュリアが落ち着かせるように言った。

「心配しなくて大丈夫よ」

それでもジュリアが玄関に向かうと、ケイトの胸は誰かに押されたように痛くなった。手を握ってくれたディロンの手をぎゅっと握り返す。ジュリアがドアを開けると、さらに胸が痛くなったが息をとめていた。

次の瞬間、父親の声が聞こえ、張りつめていたものが一気にゆるんだ。「パパ!」

さっと椅子から立ちあがってキッチンを飛びだし、林に向かって走ったときのような勢いで父に駆け寄った。父はケイトを受けとめると、抱きあげてきつく抱きしめた。身を震わせる父の無精ひげが顔をこすり、父が泣いていることに気づくと、彼女の目も涙でかすんだ。

別の誰かがケイトを抱きしめた――その腕のなかで、彼女はぬくもりと安心を味わった。

おじいちゃんだ。

「ケイト。ケイティ。ああ、ぼくのベイビー」エイダンはふたたび娘を引き寄せ、ケイトの顔を見つめながら、また目をうるませた。「その傷は誘拐犯につけられたのか」

「逃げだしたときに、暗くて転んじゃったの」

「もう安全だ。もう大丈夫だよ」

エイダンが立ったままケイトを抱いて身を揺らすなか、ヒューはジュリアのほうを向き、彼女の両手を握りしめた。「この感謝の気持ちをどう伝えればいいのかわかりません」次に、ジュリアの背後からこちらを見守っているマギーとディロンに目をとめた。「みなさんにも心から感謝します」

「とんでもありません。あなたのお孫さんは賢くて勇敢なお嬢さんですね」

「ディロンがわたしを見つけて、彼のお母さんが傷の手当てをしてくれて、おばあちゃんが卵料理を作ってくれたの」

「ミズ・クーパー」エイダンは口を開いたが、言葉が出てこなかった。

「ジュリアと呼んでください。コーヒーをいれますね。今、保安官がこちらに向かっています。彼に連絡するのが一番だと思ったので。もっとも、あなたはケイトリンを連れ帰って、そちらで対応なさりたいかもしれませんね」

「じゃあ、コーヒーをごちそうになろう。電話をかけて、妻やみんなにケイトと一緒にいることだけ伝えてもいいかな」ヒューはケイトの髪を撫でおろした。「もし差し支えなければ、今ここで保安官と話すのが一番よさそうだ」

「電話ならキッチンにあるよ」マギーが進みでた。「このあたりは携帯の電波が弱くてね。わたしはマギー・ハドソン」そう名乗って、片手をさしだした。

ヒューはその手を無視して、マギーを抱きしめた。

「まあ、今日はなんて一日なの。まだ日も出ていないっていうのに、カリフォルニアで一番勇敢な少女と出会い、ヒュー・サリヴァンにハグしてもらえるなんて。さあ、こちらへどうぞ、ヒュー」

「ケイトの母親はあなたから電話をもらう少し前にようやく睡眠薬をのんで眠ったんです」エイダンが説明した。「ケイト、シャーロットが目を覚ましておまえを見たら、きっと大喜びするぞ。ぼくらは心底怯え、心配でたまらなかった」包帯が巻かれた娘の腕を持ちあげると、そこにキスをした。

「ケイトリンと一緒に座って、ひと息ついたらいかがですか？　わたしはコーヒーをいれてきます。ホットチョコレートのおかわりはどう、ケイトリン？」

父親にぴったりと身を寄せたまま、少女はうなずいた。「はい、お願いします」

そのとき、正面の窓を車のヘッドライトが横切った。「きっと保安官だわ。彼はいい人よ」ジュリアはケイトに向かって言った。

「保安官はあのふたりを見つけてくれますか？」

「きっと見つけるわ」ジュリアは玄関に向かい、ドアを開けてポーチに出た。「保安官」

「ジュリア」

レッド・バックマンは警官というよりサーファーのような風貌だった。四十代も半ば過ぎだが、今でも暇を見つけてはサーフボードをつかんで波乗りに出かけている。日焼けして色褪《いろあ》せた髪、ジャケットの襟にかかる短い三つ編み。ビーチや波の上で長時間過ごすせいで、顔は日に焼け、しわが刻まれている。その顔には無頓着を装う表情が浮かんでいることが多かった。

だが、ジュリアはレッドが優秀で仕事熱心だと知っている。母とベッドをともにする気の置けない仲だということも。

「ウィルソン保安官代理と会うのは初めてだよな。ミカエラ、彼女はジュリア・クーパーだ」

「初めまして」

レッドのかたわらに立つダークブラウンの肌に金褐色の瞳の美女は、染みひとつないカーキ色の制服に身を包んでいた。ぴかぴかの靴を履き、直立不動の彼女を見て、ジュリアは思った。ようやく飲酒が認められる年齢に達したばかりに見える。

「ケイトリンは父親と一緒にリビングルームにいて、祖父も駆けつけたわ」

「まず確認させてくれ。その子は自宅から逃げだしたわけじゃないんだな?」

「それは間違いないわ、レッド。あなたもケイトリンと話せばわかるはずよ。今は落ち着いたけど、あの子はすっかり怯えていた。きっと相当脅されていたのね。ここに来たときは、警察に電話をかけて父親にも連絡したいと言っていたわ」

「よし、わかった。じゃあ、取りかかるとするか」

レッドがなかに入ると、保安官代理もすぐあとに続いた。

エイダンの膝に座っていたケイトは、まばたきもせず、レッドにさっと目を走らせた。「あなたは本物の保安官ですか?」

「そうとも」ポケットからバッジを取りだして彼女に見せた。「ここにそう書いてあるだろう。レッド・バックマンです」レッドはエイダンに向かって言った。「あなたがケイトリンのお父さんですね」

「はい、エイダン・サリヴァンです」

「お嬢さんに話をうかがってもかまいませんか？」

「ええ。バックマン保安官とちゃんと話せるね、ケイト」

「警察に電話をかけたかったんですが、その前にディロンに見つかったんです。それで、ジュリアが通報してくれました」

「きみがしたことは正しいよ。ミック、きみも座るといい」レッドが保安官代理にそう告げると、〝ミック〟と呼ばれた女性は彼をにらんだが、その言葉に従った。レッドはケイトと向かいあうようにコーヒーテーブルに腰かけた。「いったい何があったのか、最初から話してもらえるかな？」

「ひいおじいちゃんが亡くなって、たくさんの人がサリヴァンズ・レストに集まりました」

「そのことは聞いたよ。ひいおじいちゃんが亡くなったのは本当に残念だ。きみは集まった人たちのことを全員知っていたのかい？」

「はい、ほとんどの人は。その人たちが順番にひいおじいちゃんのことやいろんな話をしたあと、わたしは遊び着に着替えて、いとこや幼い子たちと外で遊び始めました。最後に、かくれんぼをすることにしたんです。最初の鬼はボイドで、わたしはもう隠れる場所を決めてました」

ケイトはそう言ったとたん眉間にしわを寄せたが、またすぐに話しだした。

レッドは口をはさまず、マギーがヒュー・サリヴァンを連れてきたときだけ、すっと立ちあがった。コーヒーを受けとると、ケイトに向かってうなずいた。「さあ、続けてくれ」

ケイトが誘拐犯から脅迫されたことを――指を折ったり撃ったりすると脅されたことを話すと、エイダンの顔がこわばった。レッドは少女の父親が涙をこらえている様子に目をとめた。

ミカエラは椅子に座って詳細なメモを取りながら、みんなを観察していた。

「そうしたら、明かりが見えたんです。ううん、最初は波の音が聞こえました」そう言い直し、ケイトはその後の出来事を語った。

「怖くてたまらなかっただろうね」

「ずっと全身が震えてました、体の奥も。でも寝たふりをしたときは、気づかれないようになんとか震えを抑えました」

「どうしてシーツでロープを作ろうって思いついたんだい？」

「映画で観たんです。もっと簡単だと思ったのに引き裂けなくて、しっかりした大きなシーツだったから結ぶことにしました」

「犯人たちの顔は一度も目にしなかったんだね」

「木のそばにいた男の人は一瞬だけ見ました。ひげを生やして、髪はブロンドでした」

「もう一度その顔を見たら、犯人だとわかるかな？」

「それはわかりません」ケイトは身を縮めて、父親に寄り添った。「見ないといけないんですか？」

「今は心配しないことにしよう。じゃあ、彼らの名前は？　犯人は自分たちの名前を口にしたかい？」

「口にしなかったと思います。あっ、わたしが眠ったふりをしてたとき、犯人に電話がかかってきて、相手のことを〝ハニー〟って呼んでました。でも、それは名前じゃないですね」

「窓から這いおりて、ここにたどり着くまでに、どのくらいの時間がかかったかわかるかい？」

ケイトはかぶりを振った。「永遠に逃げ続けてた気がします。真っ暗で、寒くて、体中が痛くて。あの人たちに見つかるか、熊に食べられるかするんじゃないかって不安でした」エイダンに頭をもたせかける。「とにかく家に帰りたかったです」

「そうだろうね。ちょっとだけ、きみのお父さんとおじいちゃんと話してもいいかな。きみはディルに彼の部屋を見せてもらうといいよ」

「わたしも話を聞きたいです。わたしの身に起きたことだから。一緒に話を聞かせてください」

「この子の言うとおりです」ケイトがエイダンの膝からヒューの膝へ移動すると、ヒューが孫娘を撫でた。「この子の身に起きたことですから」

「わかりました。では、当時ご自宅にいた人々の名簿を用意してください。招待客や家政婦、ケータリング業者も含めて」

「用意します」

「名簿を受けとったら、彼らがいつどのように立ち去ったか確認します。あなたがたはいつ、お孫さんがいないことに気づいたのですか?」

「ニーナが、ケイトの乳母が知らせてくれたときです」

「彼女のフルネームは?」

「ニーナ・トレーズです。ケイトの乳母になって六年――いや、七年近くになります」エイダンは言い直した。「ケイトがほかの子供たちと一緒に戻ってこなかったので、ニーナが探しに行きましたが、結局見つけられなくて、わたしたちに知らせに来たんです。それから全員で捜索しました。ニーナが心配した様子でやってきたのは六時過ぎ、たぶん七時近かったと思います」

「七時直前だ」ヒューが口をはさんだ。「われわれは複数のグループに分かれ、屋敷や離れや庭を手分けして探した。ニーナはその前に、ガレージのそばでケイトの髪留めを発見していた」

「バレッタをなくしちゃったの」

「新しいのを買ってあげるよ」ヒューが約束した。

「警察に通報しようとした矢先――」エイダンが話を続けた。「電話がかかってきました」

「どの電話に？」

「家の固定電話で、父が出ました」

「何時でしたか？」

「八時ごろです。そう、八時近かった。男の声で、ケイトを預かったと。もし警察やFBIや第三者にこのことをもらせば……娘を傷つけると言われました。ケイトを無事に取り戻したければ一千万ドルの身代金を用意しろ、詳しい指示はまた追って知らせると言って電話は切れました」

「それでも家族の一部は警察に通報することを望んだ」ヒューはケイトの髪を撫で続けながら、孫娘を自分のほうに向かせた。「みんなおまえのことが心配でたまらなかった。でも、そのころにはシャーロットが半狂乱になり、警察への通報に断固反対していた。だから、われわれは待つことにした。今までの人生でもっとも困難なことだった。身代金を手配して、ただじっと待ち――」ケイトの頭のてっぺんにキスをした。

「祈ることしかできないなんて」

「二度目の電話は十時半ごろでした。身代金の受け渡し期限は、明日の午前零時――つまり、今日の真夜中です。受け渡し場所に関してはまた連絡すると言われ、無事に金を受けとったあと、ケイトの居場所を教えてもらえることになっていました」

「わたしはエイダンと話しあい、ケイトの無事を確認するために、孫と話をさせてほしいと要求することにして……」

「ケイトは叫んでいました。パパに会いたいと」エイダンは両手に顔を埋《うず》めた。

「ケイト、きみは犯人のひとりがしばらく車で出かけたと言っていたね」

「はい。ふたりとも外に出ていって、話す声がおもてから聞こえました。そのあと車のテールライトが見えたんです」

「その男はどのくらい戻ってこなかったんだい？」

「わかりません。でも車が走り去ったときには、わたしは窓から釘を引き抜いて、ロープを作り始めてました。そして、窓から出る直前に車が戻ってきたんです」

「でも、きみはその後なんとか逃げだしたんだね」

「あのふたりが部屋に戻ってきて、わたしが開けた窓やシーツを見つけるんじゃないかと怖くて。だから、這いおりたんです」

「なんて賢い子だ。ディロン、おまえは何時ごろ一階におりて、ケイトを見つけたんだい？」

「正確にはわからないけど、おなかがすいて目が覚めて、フライドチキンが頭に浮かんだんだ」

「わたしがディロンに叩き起こされたのは、午前一時前よ」

「よし」レッドは頭に時系列を書きとめて、立ちあがった。「もうケイトを連れて帰ってもらっていいですよ。あとで、その乳母やご自宅に残っておられる人々と話をさせてください。今朝にでもうかがいたいんですが」

「何時でもかまいません」

「では、午前八時に。そのくらいなら、みなさんも落ち着かれて、少しは眠れるでしょうから」レッドはふたたびケイトのほうを見て、ブラウンの目で微笑みかけた。「またきみに話を聞かないといけないかもしれない、ケイト。それでもかまわないかな？」

「はい。犯人を捕まえてくれますか？」

「ああ、そのつもりだ。それまで、きみも言い忘れたことがないか考えてくれ。そして何か――ささいなことでもいいから、思いだしたら教えてほしい」レッドはポケットから名刺を取りだした。「これがわたしの名前と事務所と自宅の電話番号だ。メールアドレスもある。それをなくさないでくれ」

ケイトの脚をぽんぽんと叩くと、レッドは立ちあがってテーブルをまわった。「では、八時ごろうかがいます。まず敷地内を見てまわります。特にケイトが誘拐犯を目にした現場周辺をじっくりと。それから、屋敷内の方々とお話しさせてください。招待客や家政婦などの名簿もお願いします」

「八時までに用意しておこう」ヒューはケイトをエイダンに返し、立ちあがってレッドと握手を交わした。それからディロンにも歩み寄って握手した。「本当にお世話になったね」

「いいえ、たいしたことじゃありません」

「いや、とんでもない。みなさんには本当に感謝している。明日か明後日にまた来てもかまわないかな？」

「いつでもどうぞ」ジュリアがこたえた。

「自宅までパトカーで付き添うよ」レッドがケイトにウインクした。「サイレンは鳴らせないけど、警告灯をつけようか？」

それを聞いて、ケイトはにっこり笑った。「いいですね」

レッドは外に出て運転席に乗りこむと、ミカエラが助手席に座るのを待って警告灯をつけた。

高級なセダンのあとについて牧場の道を進んだ。「これは内部の人間による犯行だ、ミック」

「ミカエラです」保安官代理が訂正し、ため息をもらした。「ええ、間違いありませんね」

4

ケイトは父に身をすり寄せながら、牧場の私道から道路に出るまでにその腕のなかで眠りに落ちた。

「この子はすっかり疲れ果てている」エイダンはつぶやいた。「早く医者に診せたいが……」

「まずは寝かせてやろう。ベンを自宅に呼んで診てもらえばいい。彼ならそうしてくれるはずだ」

「怖いんだ……。ケイトはまだ十歳だけど、もしかしたらあの男が――やつらが――」

ヒューは手をのばして息子の腕をぎゅっとつかんだ。「わたしもだ。だが、そんなことは起こらなかった。やつらはケイティにそういうことはしなかった。もうこの子は安全だ」

「ケイトがずっとあんな近くにいたなんて。ほんの数キロの距離だ。ああ、父さん、ケイトはなんて勇敢で賢い子だろう。文字どおり、この子は自力で脱出した。ぼくの恐れ知らずのかわいい娘は、自力で逃げだしたんだ。今はもうケイトを目の届かない場所に行かせるのが怖いよ」

私有地の半島を守る厳重なゲートに近づくと、ヒューは車のスピードをゆるめ、ゲートが開くのを待った。「犯人はなんらかの手を使ってここに出入りした。暗証番号か許可証がなければ、そんなことは不可能だ。しかも、今日に限って朝から晩まで大勢の人間が出入りしている」

外灯に照らされた蛇行する私道をたどって海から遠ざかり、高台に鎮座する多階層の屋敷へ向かった。

あれはヒューの両親が自分たちや家族のための安らぎの場所として建てた屋敷だ。亡き父を称《たた》えていた日に、何者かが忍びこみ、その安らぎの場所を汚して、わたしの孫娘をさらった。

この安らぎの場所がわたしのものとなった今、もう二度と誰にも汚されないよう、できる限りのことをするつもりだ。

「わたしが玄関のドアを開けるよ」だがヒューが車をとめるなり、家族が続々と屋敷から出てきた。妻、妹、義理の弟が車に駆け寄るなか、ヒューは屋根つきの玄関ポーチにたたずむ母に歩み寄った。

ローズマリーはやつれ果て、弱々しく今にも崩れそうに見えた。

ヒューは母の顔を両手で包むと、親指で涙をぬぐった。「ケイトは大丈夫だよ、母さん。あの子は今は眠っている」

「いったいどこに――」

「なかで話すよ。さあ、家に入ろう。エイダンがケイトを二階のベッドに連れていく。あの子は大変な日に遭ったがもう安全だよ、母さん。それに傷つけられてない。擦り傷やあざができただけだ」

「脚が震えているわ。いつもあとになって震えだすのよ。手を貸してちょうだい」

ヒューは母を支えながら、暖炉のそばのお気に入りの椅子へ導いた。その椅子に座ると、ちょうど大きな窓から海が眺められるのだ。

エイダンに抱きかかえられたケイトを見たとたん、ローズマリーは片手を唇に押し当てた。父親の肩に頭をゆだね、ケイトはいかにも子供らしくだらりと手をたらしたまま眠っていた。

「この子をベッドに寝かせたいんだ」エイダンが静かな声で言った。「ケイトが目を覚ましたときに備えて、ずっとそばについていないと。この子が起きたときに、ひとりにしたくない」

「紅茶と食べ物を持っていくわ」モーリーンがエイダンに言った。「シャーロットがまだ眠っているかどうかも確かめてくる。もし起きていたら、彼女もすぐ連れていくわ」

「ケイトを寝かせるのを手伝いましょう、エイダン。わたしが上掛けをめくっておくわ。それからシャーロットの様子を確認しましょう。モーリーン、あなたはそのあいだにエイダンの食事を用意してあげて」リリーがエイダンを先導するように足早に階段をのぼり始めた。

「リリーとモーリーンが戻ってくるまで待ちましょう」ローズマリーが告げた。「そして、寝る前にヒューから話を聞かせてもらわないと」

「途方もない話だよ。まずみんなに伝えたいのは、もう警察が捜査に乗りだしているってことだ——数時間後に、彼らは事情聴取のためにこの家にやってくる。だから、少し寝たほうがいい」

エイダンがケイトのスニーカーを脱がせているあいだ、レッドとミカエラは丘の中腹の急な坂道を車でのぼっていた。

「林を抜けたとき、草原やフェンスや牛が見えたってことは、ケイトはクーパー家の牧場の南側からやってきたと推測できる」

「あるいは、進路を変えたり、ぐるっとまわったり、高台から駆けおりてきたりした

「ああ、どれもあり得る。だが、この先には豪華な二階建ての別荘がある。そこから南には一キロ半以上ほとんど建物がないし、クーパー家の牧場は五キロ弱の距離だ。ちょっと確かめてみるだけの価値はあるだろう」

「別荘の持ち主を知っているんですか?」

「この地域に配属されたなら、地元住民は把握しておいたほうがいい。当然、わたしは別荘の家主が今ハワイにいることを知っている」

助手席のミカエラが身じろぎし、蛇行する道路を見あげた。「つまり、今は無人なんですね。なんて都合のいい」

「わたしもそう思った。外灯はついていないな。だが、向こうに小さな明かりが見える。防犯灯をつけっぱなしにしてあるんだろう」

車の速度を落とすと、ヘッドライトに照らされて別荘の輪郭が浮かびあがった。

「裏手の明かりのようです。北側のカーポートにトラックが一台とまっていますね。家主のものですか?」

「ああ、そうだ。トラック以外にはSUVを所有している。おそらくその車で空港に向かったんだろう。銃はいつでも抜けるようにしておけ、ミック」

ミカエラがホルスターのロックを外し、ふたりはそれぞれ車からおりたった。

「まずちょっとぐるりとまわってみよう。あの子は監禁された部屋が建物の裏手にあって、丘に面していたと言っていたな」

「男が車で出かけたとき、テールライトが見えたんですよね。別荘の向きからして、一号線までジグザグの山道をくだるわけですし、それならテールライトが見えてもおかしくありません」

「もし本当にここが監禁場所だとしたら、誘拐犯はとうの昔に逃げだしているだろう。だが……」

立ちどまったレッドは、頭上の窓からたれる白い布のロープを見あげた。「どうやら監禁現場はここで間違いないみたいだな。信じられない、ミック、あの子がまんまとやってのけたことを見てみろよ」

かぶりを振りながら裏口のドアに近づく。「鍵はかかっていない。なかを確認しよう」

ふたりとも銃を抜き、屋内に入ると、ひとりは右手に、もうひとりは左手に向かった。

ミカエラは食べかけのドリトスの袋や――クールランチ味だ――ビールの空き缶が入った段ボール箱に目をとめた。ドラッグのにおいがする。そのまま洗濯室と洗面所、趣味用の部屋を確認したのち、リビングルームでレッドと合流した。

一緒に二階へ向かい、正面の主寝室と大きなウォークインクローゼット、広大な続き部屋ものぞいた。ゲストルームもバスルームつきだった。二番目のゲストルームを確認したのち、最後の部屋に向かった。

「一番狭いな」レッドが言った。「それに、裏手に面している。犯人たちはどうしようもないまぬけではなかったようだ」

「そして、とっくの昔に逃げました」ミカエラは窓を確かめた。「ケイトの脱走に気づいたとたん、逃げだしたんでしょう。今も一枚の窓は釘が打たれて開かない状態です」続いて床を指した。「ここにはケイトが引き抜いた釘とスプーンがあります。スプーンは曲がって擦り傷がついていますね。あの子が必死にがんばった証《あかし》でしょう」

レッドは銃をホルスターにしまい、窓から地面を見おろした。「ケイトが大人だったら、ビールを一杯おごってやるんだが。いや、樽《たる》でごちそうしたいところだ。ここから逃げだすなんてあの子は相当ガッツがある。ケイトを喜ばせるためにも悪党どもをとっつかまえるぞ、ミック」

「ええ、そうしましょう」

　エイダンがベッド脇の椅子でうとうとしているうちに、窓から朝日がさしこんできた。やがて、ケイトがベッドのなかでもがき、すすり泣き始めた。

彼はびくっとして目覚め、心身ともに重くのしかかる疲労をなんとか払いのけた。さっと立ちあがってベッドの端に座り、ケイトの手を握って髪を撫でる。

「大丈夫だよ、ベイビー、もう大丈夫だ。パパはここにいるよ」

ケイトがぱっとまぶたを開けて目をみはり、まばたきをした。かすかにすすり泣きながら、父の腕のなかに飛びこんだ。

「いやな夢を見たの。とっても怖い、いやな夢を」

「パパがここにいるよ」

ケイトは父親にすり寄って身を丸め、はなをすすったが、はっと思いだして凍りついた。「あれは悪夢じゃなかった。あの悪人たちが――」

「もう大丈夫だ。パパのそばにいれば安全だよ」

「わたしは逃げだした」ケイトは長々と息を吐くと、こわばっていた体がふたたびゆるんだ。「そして、パパとおじいちゃんが迎えに来てくれた」

「そうだよ」エイダンは娘を仰向かせて鼻にキスをした。顔に残るあざや目の下のくまを見て、またかすかに胸が痛んだ。「世界で一番大切な娘のためなら、いつだって迎えに行く」

ケイトは父の肩に頬を寄せ、顔をしかめた。「セーターに穴が開いちゃったの。それに、汚しちゃった」

「そんなことは気にしなくていい」お互いを落ち着かせようと、エイダンは娘の背中を撫で続けた。「起こさないようにしていたが、こうして起きたなら、お風呂や着替えを手伝ってあげようか？」

「パパ！」心底ぞっとした顔で、ケイトがエイダンを押しやった。「パパがわたしをお風呂に入れられるわけないでしょ！　わたしは女の子で、パパはそうじゃないんだから。それに、今はシャワーを浴びたいの」

なんて普通なんだ。エイダンは涙をこらえ、喉をつまらせた。すっかりいつもどおりだ。「うっかりしていたよ。じゃあ、ママが起きているかどうか確かめてくる。ママはすっかり怯えて心配していたから、やっと睡眠薬をのませて眠らせたんだ。おまえを見たら大喜びするぞ」

「まあ！」パジャマにカシミアのローブを羽織ったリリーが戸口で顔を輝かせ、入ってくるなりケイトを抱きしめた。「すっかり目が覚めたのね」

「しかも、もうぼくの手を借りてお風呂に入る年齢じゃないそうだ」

リリーは真っ赤な眉をつりあげた。「当たり前でしょう。わたしはあなたを少し休憩させようと思って来たのよ、エイダン。今からしばらく女の子同士で過ごさせて」

「わたし、セーターをだめにしちゃったの、グランマ・リリー」

リリーはケイトがまだ着ているセーターの裂け目を指でたどった。「これは名誉の勲章よ。さあ、体を洗ってすっきりしましょう」ふたたびエイダンに向かって眉をつりあげると、南部のレディを気取ってややもったいぶった口調で告げた。「では、失礼させていただくわ」

「ぼくはお払い箱か」

エイダンはケイトににっこり微笑みかけたが、部屋を出たとたん真顔になった。幼い娘はこれからも悪夢で飛び起き、恐怖に身を震わせながらぼくにしがみつくようになるのだろうか？

あの悪党たちはぼくの娘の無垢《むく》な幼少期にどれほどの影響を与えたのだろう。切り傷やあざと違って、目に見えない傷がどれだけ深くあの子を傷つけたのだろう。

自分の寝室に入ると、シャーロットはまだ眠っていた。エイダンがカーテンを閉めきっておいたから、朝日で目覚めなかったのだ。睡眠薬をのんだ妻がまだ眠っていることに、彼はほっと胸を撫でおろした。

シャーロットが目覚めるころには、ケイトはシャワーを浴びて着替えているだろう。娘が戻ってきたことを祝ったのち、今後どうするか話しあおう。もし誘拐犯がすぐに逮捕されなければ、私立探偵を雇う手もある。ケイトにはセラピーが必要だ――いや、ぼくたち全員に必要だと、エイダンは思い直し、静かにバスルームに入ってシャワーを浴びた。

自宅やケイトの学校や旅行中の警備を再確認したほうがよさそうだ。

ニーナを解雇するのは心苦しく、残念でならない。彼女が不注意だったせいで娘がさらわれたとは一瞬たりとも思わなかった。ただ、ニーナを解雇しない限り、シャーロットは安心しないだろう。

シャワーの熱いしぶきで疲れを癒しながら、契約したばかりの新しい作品のことを考えた。

二週間後にはニューオーリンズで撮影が始まる。

降板すべきだろうか？　それともケイトに学校を休ませ、家庭教師とともにニューオーリンズへ連れていくべきか？

いっそすべての仕事をキャンセルし、ケイトの精神状態が安定して、もう安全だと思えるまで自宅にいたほうがいいのか？

こういった未知の領域では、慎重に一歩ずつ進むのが賢明だ。

エイダンはジーンズとセーターを身につけ、寝室へ戻った。もうカボ・サン・ルーカスでのロマンティックな休暇は取りやめだ。今はそんなことをしている場合ではない。娘を置いて休暇に出かけるなんて無理だ。

シャーロットだって同じことを言うに違いない。

エイダンは妻を寝かせたまま部屋を出て、静かにドアを閉めた。

ケイトの寝室のドア越しにくすくす笑う声や、義母のほがらかな笑い声が聞こえ、エイダンの心が軽くなった。リリーがいてくれてよかった。そう思いつつ、一階に向かった。

家族がいてくれて本当によかった。

そう思っていたら、裏のテラスでコーヒーを飲みながらじっと丘を眺める父を見つけて驚いた。エイダンもカップにコーヒーを注ぎ、テラスに出た。

藪やセコイヤや松の木を吹き抜けて、丘や海のにおいを運んでくるそよ風。山脈の頂にはまだ雪が積もり、眼下の地面には朝靄《あさもや》が広がっている。

「まだ外はちょっと肌寒いね、父さん」

「新鮮な空気を吸いたかったんだ。あの山脈の景色がどんなにすばらしいか、時々忘れてしまうことがある。ケイトは？」

「リリーと一緒にいるよ。怯えて目を覚ましたが……あの子には立ち直る力がある」

「おまえは少しは眠れたのか？」

「ああ、少しは。父さんは？」

「ああ、少しは」

「父さん、ぼくらのために身代金を用意しようとしてくれてありがとう。お金だけのことじゃなくて――」

「賢いおまえなら、わざわざ感謝なんかしなくていいとわかっているはずだ」

「ああ。そんなことをすれば、父さんをいらだたせることもね」エイダンは自然と微笑んだ。「でも、感謝せずにはいられないんだ。父さんを愛しているって言わずにはいられないように」

「それなら言われてもいらいらしないぞ」ヒューはエイダンの肩をつかんだ。「家族のためなら、わたしはなんだってする。おまえも同じだろう」

「ぼくは今、家族のためにどうするのが最善か考えているよ。二週間後には『静寂な死』の撮影でニューオーリンズへ行くことになっている。たとえケイトとシャーロットを連れていったとしても、シャーロットは来月ロサンゼルスで『シズル』の撮影があるから途中で帰ることになる。撮影で長時間拘束されるし……だからぼくは降板することも検討しているんだ」

「エイダン。おまえにはあの役をあきらめてほしくない。あれはすばらしい役だ。降板を考慮する理由はわかるが、納得いかない。今回のことは本当に腹立たしいよ。よかったら、おまえの撮影中、ケイトはわたしとリリーが預かろう」

「あの子を置いていけそうにないんだ、今はまだ」

ああ、ケイトを置いていくなんて絶対にできない。娘のためだけではなく自分自身のためにも。

「シャーロットは『シズル』の役を手に入れようと必死に努力してきた。だから、降板して、ぼくの撮影中ずっとニューオーリンズにいてほしいとは頼めない」

ヒューは山の頂や頭上を覆う雲をじっと見あげた。あたかもその雲が今にも覆いかぶさり、自分たちを窒息させるかのように。

「おまえは正しいよ。わたしもおまえの立場なら同じようにするだろう」

「今考えているのは、半年、いやたぶん一年間の休業だ。ケイトをアイルランドに連れていって、おばあさんが現地に腰を落ち着けるのを手伝うつもりだ。きっとふたりとも大喜びするだろう」

胸が痛んだが、ヒューはうなずいた。母と息子と大事な孫娘が海の向こうに行ってしまう。「たぶんそれが一番だろう」

「もしあの悪党たちが逮捕されなければ、私立探偵を雇いたいと思っている。懸賞金も出すつもりだ」

ヒューが息子のほうを向いた。まだひげを剃《そ》っていないせいで、グレーがかった黒い無精ひげが顎や頬を覆っている。「それに関しては、まったく同感だ」

「よかった。だったら、ぼくは間違っていないね。それと、評判のいいファミリー・セラピストを雇いたい。ケイトに立ち直る力があろうとなかろうと、第三者と話すべきだ。それは娘を含むぼくたち三人にあてはまるけど」

エイダンは腕時計に目をやった。「もうじき警察が来る。それが次のステップだ。シャーロットを起こさないと」ガラス越しに室内を見ると、ケイトが朝食用カウンターに座って足首を組み、ニーナがボウルに小麦粉をふるい入れるのを眺めていた。

「ほら、あれを見てくれ」エイダンは父親に言った。

「胸が締めつけられるな」ヒューがつぶやく。「最高の意味で」

ヒューがガラス戸に歩み寄って開けると、エイダンも一緒になかへ入った。

「おや、そこにいるのはぼくの娘じゃないか」

エイダンは娘に歩み寄って頭のてっぺんにキスをしたあと、コーヒーカップを片手に大きな冷蔵庫にもたれているリリーに目で感謝した。

ケイトは祖母に結ってもらったつややかなポニーテールを弾ませ、祖母と一緒に選んだ花柄のポケットつきのジーンズと鮮やかなブルーのセーターを着ていた。

こめかみのあざや目の下のくまさえなければ、どこにでもいそうなかわいい十歳の少女にしか見えない。

「ニーナがパンケーキを作ってくれてるの」

「そうか」

「ケイトリンにせがまれて、それで……」ニーナはエイダンに懇願のまなざしを向けた。泣きはらしたその目にもう暗い影はなかった。

「ぼくもパンケーキは大好物だよ」

エイダンはシャーロットを呼びに行くのをもう少し待つことにした。リリーがキッチンから出ていく前に合図したのに気づき、エイダンは彼女のあとについて祖父の書斎だった部屋に入った。

リアム・サリヴァンが獲得した光り輝くオスカー像や数々の賞。額におさめられた出演作のスチール写真や、俳優や監督やハリウッドの著名人たちと撮ったオフショットが四方の壁に飾られている。

幅広いガラス戸の向こうには、祖父の大好きだった庭が広がっていた。

「エイダン、わたしがレッド・ベルベット・ケーキよりケイトを好きだって知っているわよね」

彼は思わず微笑んだ。「ええ。それに、あなたが大のレッド・ベルベット・ケーキ好きなことも」

「ニーナのことだけど」リリーがずばり切りだしてくる。「彼女にはキッチンのそばの部屋に移ってもらったわ。シャーロットの目に入らないように。でも、わたしたちが二階からおりてきた音に気づいて、ケイトの様子を見に出てきたのよ。ケイトはニーナと会えてすごくうれしそうだった。そして気づいたら、あの子がパンケーキをせがんでいたの。ニーナは不注意だったわけでも無責任だったわけでもないわ、エイダン。彼女は――」

「わかっている」

エイダンにさえぎられて、リリーは息をのんだ。色白の彼女のトパーズ色の瞳に、安堵と失望がよぎった。「それでもニーナを解雇するのね」

「もう一度シャーロットを説得してみるつもりだけど、彼女が心変わりするとは思えない。それにリリー、ニーナもわが家で働き続けるのは居心地が悪いんじゃないかな」

「それもシャーロットが原因よね」南部訛りのせいで、その言葉がより辛辣に響いた。

エイダンは義母を心から慕っているが、リリーとシャーロットがそこまでの愛情を互いに抱いているとは思っていない。

「ああ。ぼくはニーナの次の勤め先探しにできるだけ協力し、解雇手当をたっぷり払うつもりだ」

「わたしが権力を駆使して、彼女の勤め先を見つけてみせるわ。みんな、わたしの言うことなら聞くから」

「それは、相手に断る選択肢を与えないからだろう」

リリーはエイダンの胸を人さし指で突いた。「なぜ与えなければならないの？」彼の頬にキスをした。「ケイトはいずれすっかり元気になるわ。時間と愛情があれば、あの子は立ち直れる」

「ぼくもそう期待している。それで、パンケーキは食べないのかい？」

「エイダン、自分の年齢や職業を考えると、わたしはパンケーキがある部屋に立ち入ることすら許されないのよ」彼女は自分のヒップをぽんと叩いた。「でも、今朝は例外にするわ」

ケイトがキッチンでパンケーキを食べるなか、時計をちらちら確認していたエイダンは、ニーナが静かに出ていったことに気づいた。

「ママを起こしてくるよ、ケイト。きっとクリスマスの朝みたいに、シャーロットは大喜びするだろう。そして、今日はおまえがクリスマスツリーの下に置かれた最高のプレゼントだ」

ケイトはかすかに微笑み、まだ皿に残っていたパンケーキをつついた。「ひいおばあちゃんはまだ眠ってるの？」

「ああ、たぶん。でも、確認してみるよ。モーリーンおばさんとハリーおじさんもまだここにいる。ミランダやジャックや子供たちの数人も」

「今日、わたしたちは家に帰るの？」

「さあ、どうかな。ゆうべバックマン保安官に会ったのを覚えているかい？　彼が今日みんなに話を聞きに来るんだ」

ケイトはフォークを置き、カウンターの下で両手をぎゅっと組みあわせて、じっと皿を見つめた。「保安官は犯人を捕まえてくれる？」

「わからない、ケイティ。でも、おまえはもう安全だよ」

「パパはすぐ戻ってきてくれる？　二階に行っても、すぐに戻ってきてくれる？」

「ああ、すぐ戻るよ。それに、グランマ・リリーとおじいちゃんがずっと一緒にいてくれる」

「ニーナも？」

「ニーナは今ちょっと忙しいの」リリーが何気なく言った。「ねえ、ジグソーパズルを取ってこない？　あなたがあまりにも好きすぎて、わたしが罵りたくなるあのジグソーパズルを」

ケイトは笑顔になった。「リビングルームでやってもいい？　そうすれば海が見えるし、暖炉があるから」

「最高のアイデアだ」ヒューが立ちあがった。「でも、ジグソーパズルはわたしが選ぶよ」

「簡単なパズルはだめよ！」ケイトはスツールからおりて、あわてて祖父を追いかけようとしたが、ふと立ちどまり、懇願するように父を見つめた。「すぐに戻ってきてくれる？」

「ああ、すぐ戻る」エイダンは約束した。

「時間と愛情よ、エイダン」リリーは娘を見送る彼に思いださせるように告げた。

エイダンはうなずくと、階段へ向かい、二階にあがった。寝室に入ってカーテンを開けたとたん、まぶしい朝日がさしこんだ。

シャーロットが横たわるベッドに近づいて腰かけた。その髪はもつれ、日ざしのようにきらめいている。顔にかかった髪をそっと払いのけ、彼女にキスをした。

シャーロットはぴくりともしなかった――睡眠薬をのまなくても、眠りが深いタイプなのだ。エイダンは妻の手を取って指にキスすると、名前を呼んだ。

「シャーロット。起きてくれ」

身じろぎした彼女は、彼がとめなければ寝返りを打っていただろう。「シャーロット、今すぐ起きるんだ」

「もうちょっとだけ寝させて……」

次の瞬間、シャーロットのまぶたがぱっと開き、たちまち目が涙でうるんだ。「ケイトリン!」早くもすすり泣き、エイダンの胸に飛びこんだ。「ああ、かわいい娘がさらわれたのに、なぜ眠れたのかしら。どうしてわたしは――」

「シャーロット。落ち着くんだ。ケイトならここにいる。もう安全だ。あの子は一階にいるよ」

「なぜそんな嘘をつくの？　どうしてわたしを苦しめるの？」

「黙るんだ！」エイダンはシャーロットを引き離し、ヒステリーを起こしかけている妻を軽く揺さぶった。「あの子は一階にいる、シャーロット。ケイトは逃げだしたんだ。もうあの子は安全だし、今はリビングルームにいる」

妻の目がうつろになった。「いったい何を言っているの？」

「ぼくらの娘のことだよ、シャーロット」こみあげる涙にふたたび喉をつまらせた。「ぼくらの勇敢な幼い娘は窓から這いおりて、まんまと逃げだして助けを求めたんだ。ゆうべ父さんとぼくは警察と話したあと、ケイトを連れ帰った。ここに到着したときには、あの子はもう眠っていて、きみも睡眠薬がきいていた。だから――」

「あ、あの子が窓から這いおりた？　ああ、信じられない！　彼らは――。警察って言ったわね、あなたが警察に通報したの？」

「通報したのは、ケイトを保護してくれた家族だ。バックマン保安官と保安官代理が十分後には到着し――」

「警察がここに来るの？　彼らを捕まえたの？　ケイトリンをさらった男たちを捕まえたの？」

「わからない。誘拐犯たちはマスクをしていたらしいし、ケイトはどこに監禁されていたのかわからないと言っている。逃げだしたケイトが牧場の家を見つけたのは、まさに神の奇跡だ。その家族があの子を助け、ぼくらが駆けつけるまで面倒を見てくれた。シャーロット、あの子は今一階にいる。さあ、起きてくれ」

「ああ、どうしよう。わ、わたし、睡眠薬のせいでふらふらするわ。頭がちゃんと働かない」シャーロットは上掛けをはねのけ、ベッドから飛びだした。寝間着用のシルクシャツしか身につけていなかったので、部屋から飛びだす前にエイダンに引き留められた。

「スウィートハート、せめてローブを着たほうがいい。警察が来るから」

「どうしてそんなことを気にしないといけない――」

エイダンはベッドの足元にあったローブをつかんで妻に着せた。

「体が震えて、とまらないわ。今回のことはすべて恐ろしい悪夢みたいだった。ケイトリン」

またすすり泣き、シャーロットは部屋を飛びだして階段を駆けおりた。そして、床に座ってジグソーパズルをするケイトを見たとたん、叫び声をあげた。

シャーロットは駆け寄ってひざまずくと、ケイトをひしと抱きしめた。「ケイトリン、ケイト。わたしのケイティ。わたしのベイビー！　信じられない、あなたが――」

そこで言葉を切り、ケイトの顔中にキスの雨を降らせた。

「ああ、顔をよく見せて、わたしに見せてちょうだい。ああ、ダーリン、彼らに傷つけられたの？」

「犯人たちに閉じこめられたけど、その部屋から逃げだしたの」

「ああ、いったいどうしてこんなことに？」シャーロットはふたたびケイトをぎゅっと抱き寄せた。「あなたの身に何かあったらと思うと――。ニーナよ！　彼女を逮捕してもらって！」

「シャーロット」ヒューが口をはさもうとした矢先、ケイトがシャーロットの腕のなかから抜けだし、母親を押しやった。

「ニーナは何もしてないわ！　ニーナに意地悪しないで！」

「あなたを見守って面倒を見るのがニーナの役目よ。わたしは彼女を信頼していたわ。でも、絶対に許さない。あの女が誘拐事件に荷担していたっておかしくないわ。ああ、わたしのかわいいベイビー！」

「ニーナは悪くない」ケイトはシャーロットがのばしてきた手をまたしても押しやった。「あそこに隠れるように言ったのはママじゃない。かくれんぼをして、あの木に隠れるように言ったのは。あそこなら誰にも見つからないし、わたしが勝つからって！」

「ばかなことを言うのはやめてちょうだい」

エイダンが口を開く前に、ヒューが片手をあげてゆっくりと立ちあがった。「いつそこに隠れるようにお母さんから言われたんだい、ケイト？」

「この子を悩ませるのはやめてください！　そうでなくてももう十二分に大変な思いをしているのに。エイダン、今すぐケイトを連れてここを出ましょう。もうこの子を自宅に連れ帰っていいころよ」

「いつ言われたんだい、ケイトリン？」ヒューが繰り返した。

「お祝いの日の朝よ」やや声を震わせながらも、ケイトはシャーロットの顔をじっと見つめた。とうにわかっていたことに気づいたかのような目で。

「ママから散歩に誘われたの、ひいおばあちゃんもまだ起きてない時間に。朝早かったわ。ママはわたしに最高の隠れ場所を見せたあと、誰にも言わないように口止めした。これはふたりだけの秘密で、外遊びの最後にかくれんぼをしなさいって」

「そんなのたわ言だわ。ケイトは混乱しているのよ。さあ、わたしと一緒に来なさい、ケイトリン。二階にあがって荷造りするわよ」

「〝彼ら〟」顔面蒼白《そうはく》のエイダンが歩みでて、妻と娘のあいだに割りこんだ。「ケイトが戻ってきて、もう無事だときみに告げたとき……。きみの最初の反応はショックで、安堵じゃなかった。今振り返ると、そうだ。それに、きみは〝彼ら〟と言った。警察は〝彼らを捕まえたの？　ケイトリンをさらった男たちを捕まえたの？〟と」

「もういいかげんにして、エイダン。それがなんだって言うの？　あのときは睡眠薬の影響が残っていたのよ。それに――」

あまりにも冷酷な父の声に、ケイトは身を震わせた。そんな孫娘をリリーが抱き寄せた。

「きみが睡眠薬をのんだ時点では、ぼくらは犯人の片方しか知らなかった。ひとりの男しか。だが、実際はふたりだった。ふたり組の犯行だった。どうしてきみはそれを知っていたんだ、シャーロット？」

「知らないわよ！」シャーロットはローブをひるがえして向きを変え、胸に手をあてた。「知るわけないでしょう！　ただの言葉のあやじゃない。それに、あのときのわたしは頭がくらくらして動揺していたのよ。やめてちょうだい。もう家に帰りたいわ」

ケイトはみぞおちが震えたが、ふたたび歩みでた。「保安官と話したときは忘れてたけど、今思いだしたわ」

リリーがケイトの手をつかんだ。「何を思いだしたの？」

「わたしが眠ったふりをしてたとき、犯人は誰かと電話で話してた。乳母の携帯電話でかけてきたのかってきいてたわ。そして、もし警察に調べられても乳母のせいになると言ってた」

「ケイトリンは混乱しているのよ。さらわれたとき、彼らに何をされたかわから――」

「混乱なんかしてないわ」涙が頬を伝ったが、ケイトの濡れた瞳は燃えあがった。

「それに、ちゃんと覚えてる。最後にかくれんぼをして、あそこに隠れるように、ママから言われたことも。犯人が乳母の携帯電話でかけてきたのかって誰かにきいたことも。あれはママだったのね。本当はわかってた、心の奥では。だから今朝、ママに会いたくなかったの、グランマ・リリー。パパにしか会いたくなかったの」

「今すぐそんなくだらないことを言うのはやめなさい」シャーロットがケイトをつかもうとすると、リリーが阻止した。

「ケイトにさわらないで」

「そこをどきなさいよ、このやつれたばばあ」シャーロットが怒りにまかせてどついても、リリーはびくともしなかった。「さっさと太ったヒップをどかさないと――」

リリーは目をぎらつかせながら、シャーロットと顔を突きあわせた。「どかなかったらどうするつもり？　わたしを撃つ？　あなたには魂がないし、母親失格よ。まともに演技もできないあなたが、その下手な芝居で逃げおおせるとでも思っているの、この安っぽい大根役者。さあ、わたしを刺したらどう？　きっと目覚めたときには、あなたは床に倒れてエイダンのお金で整形手術をした鼻から血をたらしているでしょうけど」

「やめてくれ！」エイダンが両手を振りあげて、ふたりのあいだに押し入ると、ヒューがその場からケイトを遠ざけた。「もうやめるんだ。シャーロット、リリー、ふたりとも座ってくれ」

シャーロットは髪を振り払い、人さし指でリリーを指した。「わたしは彼女と同じ家にとどまるつもりはないから。二階にあがって着替えてくるわ。エイダン、今すぐ帰りましょう」

彼は足音荒く出ていこうとした妻の腕をぎゅっとつかんだ。「座れと言ったんだ」

「わたしに向かってそんな口の利き方をするのはやめてちょうだい。いったいどうしちゃったの？」シャーロットはすすり泣き、夫にもたれた。「もうこんな場所にはいられないわ！ エイダン、ああ、エイダン、あの女はわたしを嫌っているのよ。昔からそうだった。さっきの言葉を聞いた？ 彼女がわたしになんて言ったか聞いた？ 彼女があんなふうにわたしを侮辱したのにどうして許せるの？」

「あなたを侮辱する言葉ならほかにも山ほどあるわよ」リリーが言い返した。「長年溜《た》めこんできたから」

エイダンが無言のまなざしで懇願すると、リリーは和解の印として手をかかげた。

「座るんだ、シャーロット」エイダンは繰り返した。

「もうあの女と同じ家にはいられない。ましてや同じ部屋で腰かけるなんて無理よ」

「今はリリーのことは関係ない。これはケイトリンにかかわることだ。そして、きみがケイトの身に起きたことに関与しているってことだ」

「あんなたわ言を信じるの？　わたしはケイトリンの母親よ！　わたしたちの娘は動揺して、混乱しているだけよ」

「そんなことないわ」

シャーロットはぱっと娘のほうを見たが、激しく燃える目で見つめ返され、一瞬言葉につまった。「あなたには助けが必要だからセラピーを受けさせるわ、ケイティ。大変な目に遭ったんだもの」

「あそこに隠れるように言ったのはママでしょう。まだ誰も起きてこないうちに散歩に行って、秘密の隠れ場所を見せてあげるって言ったのは」

「わたしはそんなこと言っていないわ！　あなたは混乱しているのよ。きっとニーナと散歩に行ったのね。そして――」

「ケイトはあなたと一緒だった」ローズマリーが戸口にたたずみ、かすかに身を震わせていた。「あなたを見たの。昨日の朝、潮のにおいをかぎたくて外に出たとき、あなたとケイトを見たわ」

「きっとそれは夢ですよ。みんなよってたかってわたしを陥れようとして！　あなたたちは――」

「静かにしろ。黙ってさっさと座るんだ」吐き気を覚えながら、エイダンはシャーロットを引っ張って椅子に座らせた。「おばあさん、昨日の朝、何を見たんだい？」

「ふたりが一緒に歩いているのを見かけたわ。丘の上から太陽が顔を出して、海が輝き始めたばかりの夜明けに、ふたりで散歩するなんてとてもすてきだと思った。だから声をかけようと思ったけど、ふたりきりの時間を味わってほしくて思いとどまったの」

「きみはなんてことをしたんだ」

「わたしは何もしていないわ！　あなたはいつだってそうよ」シャーロットはエイダンに唾を吐きかけた。「いつだってわたしじゃなく、ほかのみんなの味方をするのよね」

「いや、実際はそうじゃなかった」

ゲートのベルが響き、エイダンは窓のほうに目をやった。「きっと保安官だ」

「ゲートを開けるわ」リリーがロックを解除するために部屋を出ていった。

「その椅子から立とうとしても」シャーロットが立ちあがろうとするのを見て、エイダンが警告した。「ぼくに押し戻されるだけだぞ」

「もしわたしに手をあげたら――」エイダンが一歩近づくと、シャーロットは口ごもって身をすくめた。「あなたは頭がどうかしているわ」
シャーロットは両手で顔を覆って、いつもの防衛手段を使った。涙という防衛手段を。

5

「さあ、向こうにお座り、ケイティ。母さんもケイトの隣に座ってくれ」

「おじいちゃんはわたしを信じてくれるよね？」

「ああ」ヒューは孫娘をぎゅっと抱きしめてから、小さなお尻をぽんと叩いてソファのほうに行かせた。「残念だが、おまえの言葉を信じるよ」

続いて母親のもとに行って抱きしめ、ケイトの隣へ導いた。

「リリー」彼は戻ってきた妻に声をかけた。「ニーナに携帯電話を持ってここへ来るように頼んでくれないか？」

「あの嘘つきを連れてくるなんてやめてちょうだい」

「黙れ。いくらでも嘘泣きするのはかまわないが、口は閉じていろ。わたしは保安官たちを出迎えてくる」ヒューはエイダンに言った。

ヒューが玄関に向かう途中、妹が階段を駆けおりてきた。「いったい何があったの？　叫び声が聞こえたけど」

「どうやらシャーロットがケイトの誘拐にかかわっていたようだ」

「えっ――なんですって？」

ヒューは両手で顔をこすった。「ちょっと頼みがある。誰かにコーヒーを用意してもらってくれないか。保安官たちが飲みたいだろうから。そのあとハリーも呼んで、一緒に話を聞いてもらいたい。子供たちはミランダとジャックに頼んで、二階にいさせるか、ホームシアターに連れていったほうがいいだろう。今からここですごいショーが繰り広げられるが、子供たちには見せたくない」

「ヒュー、どうしてあなたは彼女が――わかったわ」兄がかぶりを振るのを見て、モーリーンは言った。「まかせてちょうだい」

ヒューが玄関ドアを開けると、レッドとミカエラがパトカーからおりたつところだった。

「おはようございます、ミスター・サリヴァン。ケイトリンの様子はいかがですか？」

「ヒューでいい。ふたりとも、どうかヒューと呼んでくれ。ちょうど今朝……新展開があった。ケイトがあることを思いだしたんだ。さらなる詳細を」

「それは助かります」だがレッドは、ヒューの表情から過度の疲労と激しい怒りを読みとった。「お孫さんは犯人からもっとひどいことをされていたんですか？」

「いや、そういうことではない。実は……」ヒューは両脇で握りしめていた拳をどうにかゆるめた。「いや、直接聞いてもらったほうがいい。どうぞ入ってくれ」

天井が高く、空と海が一望できる部屋に入ると、レッドは目の前の興味深い光景をしげしげと観察した。

幼い少女は涙で頬を濡らしながら目に怒りを宿し、曾祖母に肩を抱かれて座っていた。少女の反対側には、映画で観たことがあるグラマーな赤毛の女性がソファの肘掛けに腰かけている。

まるで少女を守る護衛のように。

白いシルクのローブをまとったブロンドの美女がすすり泣き、その夫——ゆうべ会ったブロンドの男性——は、妻が座る椅子の背後に立っている。

「わたしの母のローズマリーと」ヒューが口を開いた。「妻のリリー、それから妹のモーリーンだ」

「もうじきコーヒーが運ばれてくるわ。ハリーは今、着替えているところよ」モーリーンはヒューに目をやると、ソファに近づいて母親の隣に腰をおろした。

一致団結だな。レッドは胸のうちでつぶやいた。明らかにブロンド美人だけ仲間外れのようだが。

「こちらはバックマン保安官とウィルソン保安官代理だ。彼女がケイトリンの乳母のニーナ」

「その女をわたしの視界に入れないで！」

シャーロットが癇癪《かんしゃく》を爆発させたせいで、ニーナはよろめいて一歩さがった。「ミズ・リリーがどうしても携帯電話を持ってここに来てほしいとおっしゃったんです」

「あなたはクビよ！　いい、わかった？」

かろうじて二十五歳になるかどうかの小柄な乳母は、これまでずっとシャーロットに黙従し脅されてきたが、堂々と胸を張った。「では、あなたの言いつけに従う必要はもうありませんね」

レッドが興味深く見守るなか、シャーロットはすすり泣いていたかと思うと一気に怒りを爆発させたが、今度は立ちあがろうとした。すると、エイダンが妻の肩をつかんで椅子に押し戻した。

「わたしにさわらないで。保安官、助けてください」

シャーロットがたちまち目をうるませたことに、レッドは気づいた。

「どうかお願いです。この人たちはわたしを虐待しているんです。身体的にも、精神的にも。ひどいことも言われました。どうか助けてください」その美女は感情もあらわな瞳でレッドを見あげ、懇願するように両手をあげた。

「われわれはみなさんのお力になりたいと思っています」レッドはさりげなく答えた。

「では、全員お座りください」

別の女性がワゴンを押しながら入ってくると、コーヒーのにおいがした。

「ありがとう、スーザン」モーリーンがぱっと立ちあがった。「あとはわたしがするから。スーザンはここで母の身のまわりの世話をしてくれています。スーザン、もう行っていいわよ。あっ、今来たのはわたしの夫です。ハリー、こちらはバックマン保安官とウィルソン保安官代理よ。あなたも座ってちょうだい」

ハリーは腰をおろす前にケイトに歩み寄ると、二メートル近い長身を折り曲げて大げさに少女にキスをした。「ゆうべ会いに行ったとき、きみは寝ぼけていたね」

彼も椅子に座り、長い脚をのばした。

よりどりみどりだったため、レッドはブロンド女性とケイトがよく見える椅子を選んだ。母と娘。だが、両者のあいだにはひどく険悪な空気が漂っている。

「今日はどんな調子だい、ケイトリン?」

「もう怯えてません。それに、どこに隠れたらいいか、ママから指示されたことを思いだしました」

顔をあげたケイトは、非難するように母親を指さした。

「その子は混乱しているんです。誘拐犯たちに何かのまされて、きっと記憶がねじ曲げられたのね。ケイトリンは自分でも何を言っているのかわからないのよ」

「わかってるわ」ケイトはじっと母親の目を見据えた。

最初に目をそらしたのは、シャーロットのほうだった。

「昨日の朝早く、ママに起こされたんです。驚かせることがあるからって。普段は起こされない限り早く起きたりしないのに、ママはもう着替えていて、わたしのジャケットと靴を持ってました」

「そんなことしていないわ！」

「いいえ、したわ」

「シャーロット」ローズマリーがため息をもらした。「わたしはあなたを見たわ。あなたたちふたりが屋敷の正面を歩いているところを。あれは夜が明けて三十分ほど経ったころだった」

シャーロットがまた口をはさもうとした矢先、レッドは手をあげた。「まずケイトリンの話を聞かせてください」

「わたしの娘への尋問は認めません」

「これは尋問ではありません」レッドはシャーロットを一瞥《いちべつ》し、ケイトに注意を戻した。「わたしは彼女の話にただ耳を傾けているだけです。じゃあ、覚えていることを話してくれ、ケイトリン」

「ママに誘われて散歩したんです。秘密だって言われたからわくわくしたわ」

口調は荒々しかったが、少女は拳で涙をぬぐった。

「最高の隠れ場所があるから、外遊びの最後にみんなでかくれんぼをするように言われました――ガレージのそばの木に隠れれば、誰にも見つからないし、間違いなくわたしが勝てるからって」

「ヨガ」エイダンがつぶやいた。「ああ、ぼくはなんてばかだったんだ。ぼくの目は節穴だ。あの朝、目覚めたとき、ちょうどきみが寝室に入ってきた。ヨガパンツとタンクトップ姿で。きみはプールのそばにマットを敷いてヨガをやったと言っていた」

「ええ、そのとおりよ。いつからヨガをするのが犯罪になったの?」

「黒いヨガパンツ」ローズマリーがまぶたを閉じ、記憶を呼び覚ました。「黒と白の花柄のタンクトップ」

「それだ」エイダンがうなずいた。

「きっとローズマリーは、わたしがプールサイドから戻ってきたところを見て混乱しているに違いないわ」

「どうやらさまざまな面で〝混乱〟があるようですね」レッドは何気なく言った。

「ケイトリンはかなり確信しているようですが」

「娘はまだショック状態で、恐ろしい誘拐犯たちに何かのまされた影響が残っているのよ」

「恐ろしい誘拐犯たちとは、ここから直線距離で五キロ弱の場所にあるウェンフィールド家のキャビンにケイトを連れ去った悪党どものことですね」レッドはシャーロットから目を離すことなく告げた。「その悪党たちも混乱しているだけだと、あなたはおっしゃるんでしょうね」

レッドが見守るなか、シャーロットはさっと青ざめ、椅子の肘掛けに指をくいこませた。彼女が口を開く前から、嘘のにおいが漂いだした。

「彼らは嘘つきの犯罪者で、そこの冷酷なあばずれと共謀したのよ」シャーロットがぱっとニーナのほうを手で指した。「その女はお金を手に入れるために、わたしが実の娘から責められるように仕向けたんだわ」

「ケイトリンを傷つけたり、誰かが彼女に危害を加えるのを許したりするくらいなら、わたしはこの手を切り落とします。嘘発見器で調べてもらってかまいません」ニーナがレッドに言った。「必要ならなんでもします」

「ニーナの携帯電話で犯人と話していたのはママよ――ニーナじゃない」ケイトが言い張った。「犯人は乳母の携帯電話でかけてきたのかってきいて、うまいやり方だって言ってた。電話の相手を〝ハニー〟って呼んだわ。彼の電話が鳴ったとき、《メキシカン・ハット・ダンス》が流れてた。ダンスのクラスで習ったからその曲は知ってるの」

ニーナがぱっと手で口を覆ったが、あえぎ声はかき消せなかった。

「ほらね、その女は有罪なのよ」

「わたしは何もしていません」ニーナは立ちあがって携帯電話を取りだし、暗証番号を入力してレッドに手渡した。そして、身をかがめてささやいた。「お話ししたいことがあります。でも、ケイトリンの前では言いたくありません」

レッドはうなずくと、リリーに向かって微笑んだ。「リリー、わたしは長年あなたの映画で大いに楽しませてもらいました。わたしたちはおいしいコーヒーをいただいたので、ケイトリンにも何か飲ませてあげたらどうでしょう」

「わたしに聞かせたくないことを話したいのね。でも、これはわたしの身に起きたことです。だから、わたしも話を聞くべきだわ」

ケイトの眉間に頑固そうなしわが寄った。たいしたものだと、レッドは内心つぶやいた。「そうだとしても、まず二、三分時間をもらえないかな、ケイトリン。そうしてもらえると、すごく助かるよ」

「いらっしゃい、ケイト。コーラを取ってきましょう」

「わたしの娘に甘い炭酸飲料を飲ませるなんて認めないわ！」

「あら、そう」シャーロットに向かって片方の眉をつりあげると、リリーはケイトの手をつかんだ。「でも、今日そういうことを判断するのは誰かさんじゃないわ」

レッドはしばらく待ってから、ニーナに向かってうなずいた。「それで、話したいことというのは？」

「できればこんなことは言いたくありませんし、話さずにすむならそうしたいです。本当に申し訳ありません、ミスター・エイダン。心からお詫《わ》びします、でも、ミズ・デュポンは……」ニーナの頬が羞恥心で赤くなった。「彼女はミスター・スパークスと寝ています」

「この嘘つき！」シャーロットはぱっと立ちあがって白いシルクを波打たせ、とめようとしたエイダンの手を叩いてニーナに飛びかかった。ニーナの頬を爪で引っかいたところで、ミカエラに羽交い締めにされた。

それでもシャーロットはもがき続け、蹴り返した。

「それ以上暴れると、手錠をかけられる羽目になりますよ」雨が降りそうだと言わんばかりののんきな口調で、レッドはシャーロットに告げた。「暴行罪と、警官に対する暴行で。刑務所で頭を冷やすことになる前に、お座りになったほうがいい」

「わたしの弁護士があなたたちふたりを訴えてクビにするわ。それから、おまえはお払い箱よ」シャーロットはニーナに吐き捨てた。

レッドは冷静にゆっくりと立ちあがった。「座りなさい。さもないと、今ここで逮捕して連行します。ニーナ、きみは手当てしてもらったほうがいいかな？」

「いいえ、大丈夫です。わたしは嘘なんかついていません」

「じゃあ、どうしてミズ・デュポンがミスター・スパークスと不倫していると思ったのか話してもらえるかい？」

「そう思ったんじゃなくて知っているんです。不倫現場に遭遇したので。黙っていて本当にすみません、ミスター・エイダン。ひと言でもそのことを口にすれば、クビにして別の仕事にもつけないようにしてやると、口止めされてたんです」

「エイダン、そんな話を信じないわよね」シャーロットは顔に愛情と悲しみを浮かべ、夫に向かって手をのばした。「まさかわたしが不倫しているなんて、信じないわよね」

エイダンは握られた手を引き抜いた。「この期に及んで、ぼくがそんなことを気にするとでも思っているのか？　きみがパーソナルトレーナーと寝ていようがいまいが、もはやきみのことなんかどうだっていい」

「ああ、エイダン！」

「嘘泣きはやめろ、シャーロット。お涙ちょうだいの場面はもう終わった」

「ニーナ、なぜきみはミズ・デュポンとミスター・スパークスの関係を今ここで打ち明けなければならないと思ったんだい？」

「ミスター・スパークスの携帯電話の着信音です。前に聞いたことがあります。それがケイトの言っていた、ハット・ダンスなんとかっていう曲なんです」

「まるで、その着信音を使っているのが世界でグラントしかいないみたいな――」

「いいから黙っていろ」エイダンが声を荒らげた。

「ミスター・スパークスは、ミズ・デュポンのことを〝ハニー〟って呼んでいました」ニーナがつけ加えた。「彼がわたしの目の前でそう呼ぶのを聞いたんです。以前ケイトと一緒に彼女の祖父母を訪ねたとき、ケイトが学校の課題で書いた物語をおふたりに見せたがりました。おふたりのお宅はそれほど離れていないので、わたしは課題を取ってくることにしました。ケイトがすごく誇らしく思っていた課題なので。それに、彼らは――ミズ・デュポンとミスター・スパークスは一階のホームジムにいると思ったんです。まさかあんなことをしているとは思わず、二階に駆けあがったら、寝室の――主寝室のドアが開けっぱなしになっていました。まず声が聞こえてきて、それからふたりの姿が見えました。ベッドで抱きあっている姿が」

ニーナは息を吐いた。「わたしは驚いて物音をたててしまったらしく、その音を聞きつけたミズ・デュポンが起きあがって寝室から出てきました。裸のままで。もしひと言でもこのことをもらせば、わたしは一巻の終わりだと告げられました。もし告げ口なんてしたら、わたしが彼女の宝石を盗もうとしたと警察に通報すると。わたしはこの仕事を失うのも、ケイトリンと離れるのもいやだったんです。もちろん、刑務所に行くのも。だから、黙っていました」

「何も言うな」シャーロットが否定しようとした矢先、エイダンが静かに制した。「ひと言も口にするな。ほかにも何かあるかい、ニーナ？」

「すみません、ミスター・エイダン。本当にすみませんでした。その日を境に、ミズ・デュポンはわたしの前ではあまり隠さなくなりました。ミスター・スパークスは彼女を〝ハニー〟と呼んでいました。〝ハニー、その乳母が告げ口することはないさ。だから、ベッドに戻ってこい〟と。ミズ・デュポンに頼まれてホームジムまでワインボトルを持っていったこともあります。そのときも彼はミズ・デュポンをハニーと呼んでいました。いつもそうでした」

「ひとつきいてもいいかな、ニーナ。きみはいつも携帯電話を持ち歩いているかい？」

両手をぎゅっと組みあわせながら、ニーナはレッドに向かってうなずいた。「はい。充電するとき以外はたいてい。充電は夜に行っています」

「昨日、ケイトリンが行方不明だと気づいたあとは？」

「探しまわっていたときは持っていました。その後、ミズ・デュポンに責めたてられ、ミズ・リリーとミズ・ローズマリーから一階のキッチンのそばの部屋に移動したほうがいいと勧められました。これ以上、ミズ・デュポンを怒らせないために。わたしはそれに従い、その部屋に充電中の携帯電話を置いたまま、誘拐犯が電話をかけ直してくるのをみなさんと一緒に待ちました」

「ミズ・デュポンもみんなと待っていたのかい？」

「いいえ、ミズ・デュポンは二階で横になっていました。睡眠薬をのんだので、犯人から電話があったときも眠っていました」

「ありがとう、ニーナ。では、今度はあなたにお尋ねします」レッドはローズマリーに話しかけた。「犯人の電話を待っていたみなさんと顔を合わせることなく、二階からその寝室まで移動することは可能ですか？」

「ええ、複数のルートがあります」

「では、この携帯電話は押収させてもらいます。それからニーナの許可を取って、コンピューターで通話を復元します」

そのはったりにミカエラの目がかすかに泳ぐのが見えた。だがレッドは、はったりをきかせるなら――真っ赤な嘘をつくときも――堂々とふるまうべきだと日ごろから考えていた。

「まず、ケイトがさっき話していた電話がかかってきた時間に、あなたが誰かと一緒にいれば、電話をかけたのはあなたではないとすぐに判明します。次に、通話者の名前がデータに残っていなかった場合、通話の声を音声認識にかけます。これは誘拐事件なので、ＦＢＩの協力が得られるでしょう。彼らはすばらしい装置を持っているんですよ」

レッドに話を合わせ、ミカエラがうなずく。「すでにふたりの男は捕まったので、あとは音声を解析するだけです」

「さあ、ミック、ミズ・デュポンが着替えられるよう二階まで付き添ってくれ」

「わたしを刑務所に入れるなんて認めない。わたしは被害者なのよ。わたしがどんなにつらい思いをしたか、あなたはわかっていないわ」

「もう事件の要点はつかんだつもりですが、証言なさりたければかまいません。それを記録しましょう。ですが、まずはあなたの権利を読みあげますね」彼はポケットから録音装置を取りだして電源を入れ、テーブルに置いた。「これが正式な手順なんです」

レッドはミランダ警告を読みあげながら、シャーロットの顔に計算がよぎったことに気づいた。「すべてご理解いただけましたか、ミズ・デュポン？」

「ええ、もちろん。お願いです、助けてください。わたしは恐ろしい過ちを犯しました。でも、それは脅迫されていたからなんです」

「本当に？」

「たしかに、グラントとは不倫をしていました。それも愚かな過ちです。エイダン、わたしは意志が弱い人間なの。それに寂しくて、ばかだった。どうかわたしを許して」

エイダンの表情にも声音にも、なんの感情も表れなかった。嫌悪感でさえも。「そんなこと、どうだっていい」

「つまり、グラント・スパークスが不倫を理由にあなたを脅迫していたと？」

「パパラッチです。カメラマンにわたしたちの写真を撮られて……」シャーロットはうなだれると、片手で口を覆った。「写真と引き替えに数百万ドルを要求されたんです。お金を払わなければ写真を公表すると。わたしは結婚生活や家族や幼い娘を守りたかった。わたしたち全員を。でも、どうやってそんな大金を工面すればいいのかわからなかった」

「その解決策として狂言誘拐を起こしたということですか？」レッドは問いただした。

「これはグラントのアイデアです。狂言誘拐を持ちかけられて……。わたしは頭がどうかしていたんです。ストレスのあまり、ちゃんと頭が働いていなくて。グラントが決してケイトを傷つけないことはわかっていました。身代金さえ払えば、娘はすぐに家に帰されると。今なら狂気の沙汰だってわかります。わたしはどうかしていました。自暴自棄になっていたんです」

エイダンが妻から遠ざかった。距離を置かずにはいられなかったのだろう。

「脅迫者の名前は？」

「デンビーと名乗っていました。フランク・デンビーです。わたしは一度会っただけで、あとはグラントにまかせました。わたしには対処できないし、耐えられなかったんです。どうか信じてください。ケイトリンがさらわれたあと……わたしは怖くてたまらなかった。もし計画どおりにいかず、大変なことになったらと――」

「彼らがケイトリンをどこに連れ去ったか、知っていたんですか？」

「もちろんよ！　ケイトリンはわたしの娘です。あの子の居場所は把握していました。でも――」

「そんなに怯え、不測の事態が起きることも懸念していたのに、計画を中止しなかったんですか？」

「できなかったのよ！」シャーロットは許しを請うように片手で喉元を押さえ、レッドに向かってもう片方の手をのばした。「どうすればいいのか、わからなかった！どうしてもケイトリンの無事を確かめたくて、電話をしたの」

「やつらはケイトを薬で気絶させたんだぞ」

シャーロットはエイダンに目を向けた。「ただの鎮静剤でしょう。あの子を怯えさせないためよ。ケイトはずっと眠っていたはず――」

「やつらはあの子を怯えさせて、顔にあざをつけ、銃で脅したんだ」

「そんなことをするはずじゃ――」

「きみは金のために、そしてセックスのために誘拐事件をでっちあげた。ケイトは二階の窓から這いおりて、真っ暗ななかを凍えながら何時間もさまよった。きみは自分の子供を利用したんだ。くだらない不倫のために、わが子の身を危険にさらしたんだ」

「あの子は眠っているはずだったの！　牛乳を飲まなかったあの子が悪いのよ！」

「どうして牛乳に鎮静剤が入っていたことを知っているんですか？」詳細なメモを取り続けながら、ミカエラが尋ねた。「あなたが犯人たちに牛乳を使うよう指示したんですか？」

「し、知らないわ！　あなたたちのせいで頭が混乱しているだけよ。ケイトは無傷のまま眠っているはずだったの。身代金の用意が整ったら、わたしが指定された場所に届ける予定だった」

「それも計画の一部だったのか？　きみが受け渡し役になることも？」

「ええ、その後ケイトリンはこの半島に連れてこられて解放されるはずだったのよ」

「そうなれば、きみは打ちひしがれた愛情深い母親を終始演じられるからな」ヒューが立ちあがった。「もしわたしに決定権があるなら、きみをもう二度とあの子には会わせない。サリヴァン家の金も一ペニーたりとも渡さない。この屋敷にも出入禁止だ」

「あなたに決定権なんてないわ！」シャーロットはぱっとヒューのほうを向いた。「わたしを娘から引き離すことなどできないはずよ」

「それを決めるのは法廷です。シャーロット・デュポン、未成年者誘拐および児童虐待、金銭強要の共犯者として逮捕します」

「ちゃんとわたしの話を聞いた？　わたしは恐ろしい目に遭って脅迫されていたのよ」

「それに関しては鵜呑《うの》みにはできませんが、あとでまた話をうかがいましょう。今は、ウィルソン保安官代理が二階まで付き添います。そのままの格好で連行されたいなら話は別ですが」

「わたしの弁護士を呼んでちょうだい」

「あれはぼくの弁護士だ」エイダンが訂正した。「きみの弁護士は自分で雇うんだな」

「ええ、そうするわ」今やシャーロットは嫌悪をむきだしにしていた。「わたしだけじゃなく弁護士だってマスコミへのメッセージの伝え方を心得ているはずよ。あなたたちをひとり残らず破滅させてやるわ」

「あなたが今すべきことは、わたしと一緒に二階へ行くことです」

ミカエラが近寄ってきて腕をつかまれると、シャーロットはさっと身を引いた。

「わたしにさわらないで」

「またそんなことをすれば、逮捕の理由に公務執行妨害も加わりますよ。そうでなくても罪状が多いのに」

シャーロットは立ちあがると、髪を後ろに払った。「あんたたちなんかみんなまとめてくたばればいい、忌々しいサリヴァン一族なんか」

ミカエラに付き添われてシャーロットが二階に向かうと、ローズマリーはまぶたを閉じた。「情けない人間の陳腐な捨て台詞ね。エイダン、こんなことになって本当に気の毒だわ」

「いや、ぼくのほうこそすまなかった。ぼくは彼女を愛していた。愛していたからこそ、何度も見て見ぬ振りをしてきたんだ。彼女がケイトを与えてくれたから。シャーロットが実の子供に、わが子にこんなことをするなんて。ちょっと外の空気を吸いに行きたいんだが、かまいませんか？」

レッドはうなずいた。「もちろんです」

「それで、これからどうなるんだ？」エイダンが玄関から出ていくと、ヒューが尋ねた。

「グラント・スパークスとフランク・デンビーを捜索します」

「さっきもう捕まえたと……」かぶりを振り、ヒューはふっと笑い声をもらした。

「嘘をついたのか。すばらしい演技だ」

「この事件の全容を解明するにはしばらくかかるでしょう。おそらくまたみなさん全員とケイトリンに事情聴取をしなければなりません。今言えるのは、ミズ・デュポンが保釈される見込みは当分ないということです。もう少し彼女が落ち着いて、まともな弁護士を雇ったら、司法取引を望むでしょう。それは認められるはずです」

「ミスター・エイダンにミスター・スパークスのことを打ち明けるべきでした」

「その件で、いえ、どの件に関しても、自分を責めてはだめよ」モーリーンが立ちあがってニーナに歩み寄った。「さあ、一緒に来て。そのひっかき傷を消毒してあげるから。凶暴な猫のひっかき傷は侮れないわ」

「わたしはこれからもケイトリンと一緒にいられるんでしょうか？」モーリーンに部屋から連れだされながら、ニーナがきいた。

「甥《おい》のことだから、あなたはずっとケイトの乳母でいられるはずよ」

ほどなくミカエラが無表情のシャーロットを連れて戻ってきた。

「保安官、さっきの罪状に警官への贈賄未遂を追加してください。自分を逃がしてくれたら、一万ドルさしだすと言われました」

「そんなの嘘よ！」

「こうなることを想定し、携帯電話に会話を録音してあります。わたしが断ったらミズ・デュポンが逆上したため、手錠をはめました」

「じゃあ、彼女をパトカーに乗せるとしよう。また連絡します」レッドはサリヴァン家の人々に言った。「もし何かご質問があれば、連絡先はご存じのとおりです」

保安官たちの背後で玄関のドアが閉まると、ヒューは母親の肩をさすった。「キッチンに行って、もうケイトを連れてきてもかまわないとリリーに知らせてくる」

「ええ、そうしてちょうだい。エイダンにはケイトが、ケイトにはエイダンが必要よ。そしてふたりにはわたしたち全員が必要だわ」

ヒューは身をかがめて、母親の頭のてっぺんにキスをした。「今こそサリヴァン一族が一致団結するときだ。きみも含めてだよ、ハリー」

「シャーロットは昔からぼくらの一員じゃなかった」

物静かなハリーが椅子から立ちあがって義母の隣に腰かけると、ローズマリーは彼の手をぽんと叩いた。

「あなたは昔からシャーロットのことがあまり好きじゃなかったわね、ハリー」

「全然好きじゃなかったよ。でも、エイダンが彼女を愛していたから。誰も家族は選べない、ローズマリー。だけど、この家族を得たぼくはラッキーだ。ああ、泣かないで」

ローズマリーがハリーの肩に顔を埋め、ついにすすり泣くと、彼は義母の体に腕をまわした。

エイダンは歩きまわることで吐き気をこらえ、激しい怒りをいくらか発散した。ケイトのためだと自分自身に言い聞かせながら歩き続け、ひんやりとした潮風を吸いこんだ。ぼくは娘のために気持ちを落ち着かせ、揺るぎない父親でいなければならない。

だが、水面下では怒りの炎が燃え続け、獰猛《どうもう》な獣が血を求めていた。この怒りは永遠におさまることなく血を求め続けそうに思えて怖かった。

そのうえ、その奥底で――歯をむいてうなりながら歩きまわる獣の足元で――エイダンの心は粉々に砕け散っていた。

彼は心からシャーロットを愛していた。

なぜ見抜けなかったのだろう。美しい容姿の裏に貪欲で身勝手でふしだらな女が隠れていたことを。うわべの美しさが薄れ、本性が垣間見えても、ぼくはそれを頭から締めだした。

シャーロットを愛し、信頼していたからだ。それなのに、彼女はぼくとのあいだにもうけたわが子を危険にさらし、利用して裏切ったのだ。

そんな女を一生許すつもりはない。それに、自分自身も決して許さない。

だが、家に戻るころには、冷静さと揺るぎない態度を幾重にもまとっていた。その鎧《よろい》があまりにも分厚かったので、裏手から家に入ってケイトが父に抱きついているのを見ても、鎧はひび割れなかった。

エイダンはケイトの頭越しにヒューと目を合わせた。

「ぼくとケイトは話しあったほうがよさそうだ」

「そうだな」ヒューがケイトを放して微笑みかけた。「いずれ何もかもうまくいく。しばらく時間はかかるかもしれないが、わたしたちは立ち直れるよ」

最後にぎゅっとケイトを抱きしめてから、ヒューは息子と孫娘をその場に残して立ち去った。

「図書室の椅子に座って話さないか、ふたりきりで？」

エイダンがさしだした手を、ケイトがつかんだ。その信頼しきったしぐさに、また胸が少しひび割れた。

娘とふたりきりで過ごしたくてわざと遠回りをし、フォーマルなダイニングルームや、温室、音楽室を通り過ぎたのち、図書室に足を踏み入れた。

丘や庭に面した窓から、小さな果樹園が垣間見える。冬の淡い日ざしのせいか、普段より波が穏やかに見えた。チョコレート色とクリーム色の格天井《ごうてんじょう》の下、四方の壁を覆う本棚には装丁された脚本が並んでいる。光沢がある栗《くり》色の板張りの床には、色褪せたグリーンとローズ色の優雅なオービュソン織の絨毯《じゅうたん》が敷かれている。ダブリンから取り寄せたアンティークの書斎机では、祖母が時々手紙やメモを書いていた。暖両引きのドアを閉めると、エイダンはケイトを大きな革張りのソファに導いた。

炉の火をおこしたあと、自らも腰をおろした。

隣に座り、ケイトの顔を両手で包みこんだ。「ごめんよ」

「パパ――」

「最初に、これだけは言わせてくれ。そうしたら、おまえが言いたいことを全部聞いてあげるから。本当にすまなかった、ケイティ、ぼくのケイト。パパはおまえを危険にさらし、守ってやることができなかった。おまえはパパのすべてだ。もう二度と失望させないと約束するよ」

「パパは失望させてなんかいないわ。ママが――」

「いや、ぼくはおまえを失望させた。もう二度とそんなまねはしない。ぼくにとって、おまえは何よりも、誰よりも大切なんだ。それはこれからも変わらない」ケイトの額にキスをしたエイダンは、娘にそう伝えたことで気持ちが落ち着いたのに気づいた。

「あの部屋に閉じこめられていたときに、ママのせいだってわかったの。木の上に隠れたらいいって教えてくれたのはママだから。わたしをあそこに連れていって、隠れ場所を見せたのはママよ。だから、わかったの。心の奥ではわかっていたんだけど……」

「でも、彼女はおまえの母親だ」

「どうしてママはわたしを愛してくれないの？」

「わからない。でも、パパはおまえを愛しているよ、ケイト」

「ママは……ママはこれからもわたしたちと一緒に暮らすの？」

「いや、もう二度と一緒には暮らさない」幼い娘が震えながら安堵の吐息をもらすと、エイダンはまた心が切り裂かれた。

「わたしたちはまたあの家に住まないといけないの？　もうあそこには戻りたくない、ママがいた家には住みたくないわ。わたしは――」

「じゃあ、あそこに住むのはやめよう。とりあえず今は、おじいちゃんとグランマ・リリーと一緒に暮らさないかい。ふたりだけの家が見つかるまでは」

娘の顔がまばゆいほどの希望で輝いた。「本当？」

エイダンの顔も思わずほころぶ。「サリヴァン一族は一致団結するんだろう？」

ケイトは微笑み返すことなく、震える声で言った。「わたしはママに会わないといけないの？　ママと話さないといけないの？　わたしは――」

「いや、そんなことはしなくていい」その言葉が現実になるよう、彼は祈った。

無邪気さを奪われた鮮やかなブルーの瞳で、ケイトはじっとエイダンの目を見つめた。「ママは犯人たちがわたしを脅したり、痛い思いをさせたりしてもかまわないと思ってた。それに、わたしはどういう人を〝ハニー〟って呼ぶか知ってる。ママはパパにも怖い思いをさせて、傷つけた。ママはわたしたちを愛してないのよ。もう二度とママには会いたくない。あんな人、本物のお母さんじゃない。お母さんなら、そんなことしないはずよ」

「シャーロットのことは心配しなくていい」

「悲しくなんかないわ」ケイトは涙を流しながらも、そう言い張った。「もうどうだっていい。ママのことなんか愛してないし、どうだっていいわ」

エイダンは黙っていた。娘の気持ちは手に取るようにわかった。彼もまったく同感だった。心が粉々に打ち砕かれ、もうどうだっていいと必死に思いこもうとしている。

エイダンはただ娘を抱き寄せ、思う存分泣かせることにした。やがて泣き疲れて眠るまで。

そしてケイトが眠っているあいだ、ひとりでそばに付き添い、暖炉の火を眺めていた。

6

ミカエラ・ウィルソン保安官代理が自ら望んでビッグ・サー勤務になったのは、変化と地元というコミュニティーを求めたからだった。それと、本人は認めるつもりはないが、二年間同棲《どうせい》していた相手が――これから一生をともにすると思っていた男性が、警官とつきあうのは厄介すぎると判断したことも理由だった。

法や秩序、規則、手順、正義といったものを重んじる彼女が、恋人との関係より仕事を優先したことが少なからずあったのは事実だ。

だが、ミカエラにとっては、それが仕事なのだ。

生粋の都会人である彼女が住む場所や文化や生活のペースを変えるというのは、個人的に途方もないチャレンジだった。

それこそ、まさにミカエラが望んだものだった。

たしかに最初の数週間が試練だったことは否めない。レッド・バックマンをサーファー気取りの保安官だと思ったことも。何しろ彼の上腕には、ビキニ姿で波乗りしているグラマーな女性のタトゥーが入っているのだ。

おまけに、いつもピアスをつけており、髪型も言うに及ばずだ。

そういったもろもろに加え、ミカエラに言わせれば、保安官はあまりにものんきで自由奔放で、のろまに見えた。

ミカエラ・リー・ウィルソンにとって、過ちを――とりわけ人物評価の過ちを認めるのは容易なことではなかったけれど、この十八時間でそれを認めざるを得なかった。

レッドはただの中年サーファーに見えるが、実際は骨の髄まで警官だ。

シャーロット・デュポンと彼女が雇った高給取りの弁護士に事情聴取したときも、レッドが筋金入りの警官であることを思い知らされた。

チャールズ・アンソニー・スカルペッティのことはよく知らないが、その弁護士が派手なスーツにグッチの靴という装いでロサンゼルスからプライベートジェットに乗ってやってきたことは知っていた。そして、レッドに前もって警告されていたので、スカルペッティがメディアをうまく利用し、ラリー・キングのトーク番組にいきなり出演するようなタイプであることも知っていた。

スカルペッティが狡猾《こうかつ》な弁護士らしく尊大な物言いで、シャーロットへのハラスメントや威嚇に対する告訴を取りさげ、未成年の子供の親権と配偶者による虐待に関して訴えを起こすと述べるあいだ、レッドは冷静に椅子に座っていた。

どうやらスカルペッティは、シルクハットから次々と兎《うさぎ》を取りだすマジシャンのごとく、ありとあらゆる手を繰りだしてくるつもりのようだ。レッドはしばらく相手のやりたいようにさせていた。

ほんの二十四時間前だったら、その落ち着き払った態度に、ミカエラは髪をかきむしりたくなっただろう。だが、今はそれが用意周到な戦略だとわかっている。

「いやはや、ミスター・スカルペッティ、ずいぶん長々と大層なことをおっしゃいましたね。とりあえずひと区切りついたなら、なぜあなたとあなたのクライアントががっかりすることになるかお伝えしましょう」

「保安官、わたしは今日の午後までにクライアントがお嬢さんと一緒にロサンゼルスの自宅へ戻れるようにするつもりです」

「でしょうね。あなたの話しぶりから、それは明らかだ。だが、それは実現しませんよ。あなたがたはがっかりなさるでしょうが」レッドは親しげに身を乗りだした。

「あなたのクライアントが正直に包み隠さず話したとは到底思えませんね、ミスター・スカルペッティ。わたしが間違っているのかもしれません。それに、弁護士としては己の職務をまっとうするしかないですよね。ですが、あなたのクライアントの言動ややり口を多少なりとも目の当たりにしたわたしから言わせてもらえば、彼女はあなたに真っ赤な嘘を吹きこんだ可能性が高い」

「チャールズ！」シャーロットが弁護士のほうを向き、オレンジ色の囚人服姿でも美しさを損なうことなく憤ってみせた。

弁護士は無頓着に彼女の手をぽんと叩いた。「わたしのクライアントは少々取り乱して――」

「あなたのクライアントは実の娘の誘拐事件の共犯者ですよ――本人もそれを認めています」

「そのときクライアントは取り乱していたんです」スカルペッティが繰り返した。「頭が混乱し、夫に無理やりのまされた睡眠薬のせいでふらふらしていたんだ。彼女の子供も動揺し、父親から指示されたとおりのことを口にしたのでしょう」

「ほう」レッドはシャーロットをしげしげと見つめながらかぶりを振った。「まったく、たいした女だ。保安官代理、ミズ・デュポンを着替えさせるために二階へ連れていったとき、携帯電話で録音した会話を再生してくれないか」

ミカエラはテーブルに携帯電話を置き、その会話を再生した。

シャーロットのやや息を切らしながらも、やけになめらかな声が流れだした。〝警官じゃたいして稼げないでしょう、特に女性警官じゃ〟

それとは対照的な、ミカエラの歯切れのいい冷静な声が響く。〝靴を履いたほうがいいですよ〟

〝わたしにはお金があるわ。あなたの生活を楽にしてあげることもできる。あなたはわたしを逃がしてくれさえすればいいの。あの人たちにはわたしが逃げたと伝えて、十分間わたしに時間をちょうだい。その十分と引き替えに一万ドルあげるから〟

〝逮捕されないように逃がしてくれれば、わたしに一万ドル払うと持ちかけているんですね。どうやってそのお金を支払うつもりですか？〟

〝それぐらい払えるわよ。わたしを誰だと思っているの？　そうだ、この腕時計をあげてもいいわ。ブルガリよ。あなたの年収の十倍以上の値打ちがあるんじゃないかしら〟

〝靴を履いたほうがいいですよ。さもないと裸足で外に出ることになります〟

〝さっさと腕時計を受けとりなさいよ、このまぬけ！　十分だけ時間をちょうだい。そうしたら、報酬も払ってあげる。ちょっとさわらないで！　そんなものをわたしにつけないでよ〟

〝あなたは警官に賄賂を渡そうとして、自ら逃走の恐れがあると証明しました。座りなさい。もう手錠をかけたので、靴はわたしが取ってきます〟

罵り声の途中で、ミカエラは再生を停止した。

「きっとクライアントはこのことを伏せていたんじゃないですか」レッドは首の横をかいた。「自暴自棄になった女性の必死な懇願だとあなたが言いだす前に、手間を省いてあげましょう。これは警察官への贈賄にほかならない。さらに、あなたのクライアントの自白も録音してある——その前にわたしが読みあげたミランダ警告も含めて。すでに捜索指令を出し、彼女のふたりの共犯者もいずれ捕まるはずだ」

「あなたはすでに——」

レッドが黙って微笑むと、弁護士がシャーロットをさえぎった。

「逮捕したと?」レッドは言葉を継いだ。

「あなたはそう受けとったのかもしれませんね。ええ、いずれ捕まえますよ。共犯者のふたりは注意深く指紋をふきとったようですが、全部を消すのは難しい。とりわけ、あわてて逃げる羽目になった場合は。何しろ、子供が逃げだし、いつ警官がやってきてもおかしくないんですから。おかげで指紋が見つかりました」

「子供の誘拐に関しては議論していない」スカルペッティがこたえた。「ミズ・デュポンはその恐ろしい犯罪にはいっさい関与していないのだから」

「じゃあ、彼女は犯人が子供を連れ去ってどこに監禁したか知らないんですね。つまり、監禁場所には一度も行ったことがないわけだ」

「知るわけないでしょう! あなたが録音していたとき、自分でも何を言ったのかわからないんだから。あのときはエイダンにのまされた睡眠薬のせいで、頭がぼうっとしていたのよ。あんなふうに……夫に無理強いされたのは、あれが初めてじゃないわ」

　彼女はひと粒の涙を頬に伝わせると、ぱっと顔をそむけた。

「じゃあ、ウェンフィールド家のことは知らないんですね。例のキャビンの持ち主のことは」

「知らないわ。そんなキャビンがどこにあるのかもわからない。エイダンに強要されたときしか、ビッグ・サーになんて来ないもの。チャールズ！」

「シャーロット、きみは黙っていてくれ。ぼくが対応するから」

「あなたはウェンフィールド家のことを知らず、そのキャビンにも行ったことがない。つまり」レッドは考えこんだ。「彼らが今不在で、そのキャビンが無人だってことを知る由もないわけですね」

「そのとおりよ！　ああ、よかった」

「そうなるとだいぶ困惑するな。きみはどうだい、ミック？　きみも困惑しているかい？」

　ミカエラは無表情を保ったが、内心ほくそ笑んだ。「いいえ、それほどでも」

「じゃあ、わたしだけか。もし本当にウェンフィールド家と面識がなく、そのキャビンの場所も知らないなら、どうしてあなたの指紋が――右手の人さし指の指紋が――一階の化粧室の電気のスイッチに残っていたのでしょうね」

「ちょっとうっかりしたようですね。あなたは共犯者とキャビンを確認しに行ったとき、必要に迫られて化粧室を使ったんでしょう。そして、なんの気なしにあのスイッチを押してしまった」

「そんなの嘘よ」

「きっと警察が仕組んだのよ。チャールズ――」

「もう黙っているんだ」

ミカエラは弁護士のまなざしの変化に気づいた。クライアントが有罪かどうか、彼が気にかけているかは不明だが、こうして証拠が積みあげられ、無頓着ではいられなくなってきたのだろう。

「あなたの供述は嘘や矛盾や逃げ口上だらけで、話についていくのが大変ですよ。ただ、わたしはその手の波乗りが得意でね。脅迫されたなんて、たわ言だ。金銭の強要は犯罪だし、捕まれば一定期間、刑に服すことになる。だが、未成年者を薬で眠らせて誘拐し、凶器を用いるのは、まったく次元が異なる犯罪だ。あなたを脅迫した男は大金を狙っていた。そいつがわざわざケイトリンの誘拐に荷担して、重犯罪のリスクを冒すとは考えられない。つまり、そいつの仕業でも、そいつのやり口でもないということだ」

「でも、彼は写真を持っていたわ！」

「シャーロット、話すのはやめるんだ。もうひと言も口にするんじゃない」

「ミズ・デュポンは、今は睡眠薬のせいで頭がぼうっとしているわけじゃない。それでも写真をネタに脅迫されたことをまた持ちだした。彼女を非難するよう娘が言いくるめられたという話から供述を一変させて。お嬢さんはやつらに注射を打たれたんですよ」

レッドは落ち着きをかなぐり捨て、テーブルを拳で叩いた。「あなたは犯人たちがお嬢さんを誘拐できるように、あの場所を選んだ。そのせいで、十歳のお嬢さんはやつらに注射針を突き刺されたんですよ」

「すべてお金のため」ミカエラがつけ加えた。「さらにブルガリの腕時計を買うためですよね」

「愛のためよ！」

とうとうスカルペッティは手をのばして、シャーロットの腕をぎゅっと握った。

「きみはもうひと言も口を利くんじゃない。保安官、わたしはクライアントと相談しなければならない」

「そう聞いても驚きませんよ」レッドは立ちあがると、録音をとめた。「彼はあなたにこう告げるはずだ。最初に司法取引した者が一番得をすると。その言葉は間違っていない。コーラを飲みたくないか、ミック？　わたしは飲みたい気分だ」

レッドは部屋から出ると、別の保安官代理に戸口で見張るよう合図し、ミカエラについてくるよう手振りで示した。そのまま取調室や仮留置所を通り過ぎ、冷蔵庫にコーラを常備している自分のオフィスに入った。

コーラを二本取りだし、彼女に一本渡して腰をおろすと、コンバースのハイカットスニーカーを履いた足をデスクにのせた。

「よし、もうそろそろだと州検事に知らせよう。あのご立派な弁護士が極上の取引を求めてくるはずだ」

「彼女の刑期はどのくらいになるでしょうか？　何年でも不充分ですが、どのくらいだと思いますか？」

「そうだな」レッドはまた首の脇をかいた。「身代金目的の未成年者誘拐。その子供は薬を盛られ、銃口を向けられた。もっとも、ミズ・デュポンは銃のことなど知らないと言い張るだろうから、それは考慮しないでおこう。彼女はケイトの母親だし、その立場を利用できる。だが身代金要求の罪は、たとえ司法取引をしたとしても重い足かせになるだろう」

「彼女は司法取引をするでしょうね。忠誠心の欠片《かけら》もありませんから」

「ああ、これっぽっちもね。おそらく刑期は五年から十年のあいだかな。彼女の愛人ともうひとりの男は、軽く二十年から二十五年ぐらいの刑になるだろう。そいつらがどのくらいまぬけかによって、終身刑もあり得る。だが、三人ともお互いを非難しあって減刑を嘆願し、二十年か二十五年の刑になるんじゃないか。もし銃を振りまわした人物が特定できれば、そいつは二十五年から終身刑をくらうだろう」

レッドはコーラをごくごくと飲んだ。「だが、それは弁護士と法廷にかかっている。わたしたちはとにかく犯人を捕まえないとな。もし、サリヴァンが賢ければ――そうだと思うが――すでにさまざまな訴訟を起こしているはずだ。親権や離婚、ミズ・デュポンが保釈された場合の娘に対する接近禁止命令も含めて」

彼はまたコーラを飲んだ。「きみはよくやった、ミック」

「わたしはたいしたことは何もしていません」

「いや、きみは自分の職務を果たし、しかもよくやったよ。さあ、州検事にこれから〝司法取引する〟と知らせていいぞ」

ミカエラはうなずき、戸口に向かった。「あの少女はこれからどうなるんでしょう？　きっとマスコミがハエのように群がるでしょうね、保安官」

「ああ、きっとそうなるだろう。それに関してわれわれにできることは何もない。できるのは、声明を発表し、その後ノーコメントで通すことくらいだ。あの子がそんな目に遭う理由などないのに」

そう、誰だってそんな目に遭うべきではない。そう思いつつ、ミカエラはレッドのオフィスをあとにした。

シャーロットが真実をぼかし、真っ赤な嘘をつき、自分に都合のいい言い訳を並べ始めた五分後、スカルペッティは彼女をさえぎった。そして、真実を包み隠さず洗いざらい打ち明けない限り、立ち去ると冷酷に言い放った。

その言葉を信じたシャーロットは何もかも白状した。

シャーロットが洗いざらいしゃべっていたころ、フランク・デンビーはサンタ・マリアの南にあるモーテルのベッドに横たわり、青あざができた目と腫れあがった顎を氷で冷やしながら、ポルノを観ていた。

肋骨《ろっこつ》が痛くてたまらず、できるだけ遠くまで車で逃走したあと休憩することにしたのだ。鎮痛剤をのんで、ちょっとドラッグをやり、顔を氷で冷やしたおかげで、また二時間ぐらい運転できそうな気がした。

あのガキが逃げだしたとわかったとき、スパークスに思いきり蹴られたのだ。まるでおれのせいだと言わんばかりに。まあ、こっちも二、三発殴らなかったわけじゃないが。そうさ、二、三発はお見舞いしてやった。

だが、自分にも責任があるとスパークスが思わなければ、おれは殺されてたかもしれない。

結局、このヤマは大失敗に終わり、身代金もパーになった。今やダッフルバッグに入っているのは、数百ドルの現金とまだ使う予定がない盗んだクレジットカード、五ドルで買ったマリファナの残りだけだ。そして、身をひそめなきゃならない。あのガキにはおれが犯人だとわかるわけはないが、仕事を失敗したときは南に高飛びするに限る。メキシコあたりがいいだろう。国境を越えて南下し、いかさまで小銭を稼ぎ、ビーチでのんびりするとしよう。あちこちの観光地をまわれば、はした金ぐらいは稼げるはずだ。

スパークスはパーソナルトレーナーを装って獲物の映画スターと抱きあったかもしれないが、デンビー自身はさっさと片がつくシンプルな詐欺が好みだった。バーベキュー味のポテトチップスを頬張りながら、デンビーはいささかすねていた。しみったれたモーテルのテレビ画面に映る男はフェラチオをしてもらっているのに、どうしておれはそうじゃないんだ。

スパークスの儲《もう》け話になんか乗るんじゃなかった。だが、あのときはちょろい詐欺だと思った。ろくでなしの金持ちから巻きあげた二百万ドルを山分けできるはずだったし。

百万ドルもあれば、メキシコで王様のように暮らせる。しかも、おれはキャビンの準備と二、三日ガキの見張りを手伝うだけでいいはずだった。

まさかあの生意気なガキが窓から這いおりて姿をくらますなんて、誰が想像できただろう。

もっとも、くそガキはおれの顔も、マスクをしていないスパークスの顔も見ていない。あの映画スターだって、アルマーニの服からブルーの囚人服に着替えたくなければ、うっかり口を滑らせたりしないだろう。

それに、あのあばずれはスパークスにすっかり夢中だ。

まったく、スパークスときたら金持ち女のだまし方を心得ている。

デンビーはまたマリファナを吸い、甘い煙を肺に溜めこんでから吐きだした。消えゆく煙を目で追ううちに不安はほぼかき消えた。

太陽と砂浜とセニョリータたちがおれを待っている。

それに、もっとひどいことになっていた可能性もあった。

次の瞬間、警官がドアから突入してきて、その可能性が現実のものとなった。

グラント・スパークスは時々手を組む相棒ほど楽観的でもまぬけでもなかった。今回の脅迫と誘拐は一年近く前からあたためてきた計画だ。百万ドルの報酬をちらつかせると、デンビーは仲間に加わった。チビでまぬけなデンビーは、二百万ドルをふたりで山分けする話を鵜呑みにし、疑問を抱くことすらしなかった。

それによって、計画立案者であるこのおれが残りの九百万ドルを手にする予定だった——本当はそうなるはずだったのだ。

おれは手に入れた大金を抱えてモザンビークに高飛びし、逃亡犯罪人引き渡し条約がない国で二年くらい贅沢《ぜいたく》三昧するつもりだった。

シャーロットはデンビーほどばかじゃないし、あいつより嘘をつくのがうまい。だが、おれは女の気持ちを理解して操る方法を心得ている。それで生計を立てているくらいだからな。

それなのに、あのガキの心理を読めなかった。そのことに無性に腹が立つと同時に、頭の片隅ではグラントを出し抜いたケイトの手口に感心してもいた。きっと牛乳はトイレに流したに違いない。まったく忌々しいほど賢いガキだ。つまり、おれがあの部屋でシャーロットから電話を受けたとき、あのガキは起きていたということだ。

荷造りをしながら、グラントはあのときの会話を何度も振り返った——自分がどんな言葉を口にしたかを。おれはいっさい言っていない。自分やデンビーやシャーロットと結びつくようなことはいっさい口にしなかった。

ただ……乳母の携帯電話からかけてきたのかときいてしまった。もしガキがそれを覚えていて、誰かに話せば厄介なことになりかねない。もっとも、ケイトが暗闇のなかをさまよって崖から落ちた可能性もあるが。

ケイトを痛めつけるつもりはなかった——必要以上には。だが、あのガキが岩場で死んでいたとしても詫びるつもりはこれっぽっちもない。

ただ、ガキが生きていようが死んでいようが、リスクは冒せない。何しろ、女は——おれが胸のうちを読める類の女やシャーロットは、へまをするに決まっているから。いざとなれば、あの手の女はあわてて保身を図る。

おれだって同じことをするだろう。

いや、女より安全にうまく立ちまわってみせる。グラントはシャーロットからもらったタグ・ホイヤーの高級腕時計をバッグにつめた。やつらがガキを——あるいはガキの死体を見つけて、シャーロットがボロを出す前に、ロサンゼルスを離れてちょっと旅行しよう。

金ならある。映画スターたちを相手にパーソナルトレーナーをしていたおかげで、かなり稼いだし、チップで相当儲けた。

パーソナルトレーナーのふりをしたこの十八カ月間で、タグ・ホイヤーに加え、ロレックスの腕時計、ティファニーのカフスももらった。とりわけシャーロットの気前がよく、だから彼女に狙いを定めた。

狂言誘拐を思いついたのは、あの女が自分の子供をこれっぽっちも気にかけていなかったからだ。シャーロットはサリヴァン一族を憎悪し、彼らの地位や資産をやたらとねたんでいた。

そのサリヴァン一族から何百万ドルもせしめるとあって、シャーロットはこの計画に大いに乗り気だった。今思えば、わざわざデンビーに脅迫させなくても、あの女は仲間に加わっただろう。

この計画はうまくいくはずだった。

ノートパソコンとタブレット、プリペイド式の携帯電話をバッグにつめ、三年近く暮らしたアパートメントを最後にもう一度見まわした。グラントにしては長い滞在だったが、そのあいだに大儲けできた。

いざ出発だ。まずは東に向かい、中西部を横断しよう。その道中には、退屈した金持ちの主婦や、セックスに飢えた未亡人や離婚した女がごろごろいるはずだ。

ノートパソコンが入ったバッグを肩にかけ、ふたつのスーツケースのうちの片方を玄関まで引っ張っていく。もうひとつはあとで取りに来ればいい。

ドアを開けたとたん、男たちが目に映り、その目つきから警官だとわかった。警官のひとりが、ドアをノックしようと拳をかかげたところだった。

あのくそガキ！

その日、レッドは保安官代理たちを捜査に送りだすと、書類仕事に取り組み、デスクでランチのブリトーを食べた。

あの弁護士が結論を出すまでは、ここを離れたくない。

レッドは州警察の同僚からの電話を受け、話に耳を傾けた。うなずきながらメモを取り、電話を切ると、ミカエラをオフィスに呼んだ。

「ついさっき州警察がサンタ・マリア郊外のモーテルでフランク・デンビーを逮捕した。やつはポルノを観ながらハイになっていたらしい。まったくまぬけだな」

「デンビーはわたしたちで取り調べられるんですか？」

「またそうやってすぐ本題に入る、きみの集中力には感心するよ、ミック。逮捕された場所は、たまたまわれわれの管轄区域内だった。ＦＢＩが捜査に乗りだすだろうから、いずれデンビーを引き渡すことにはなるが、州警察がやつをここに連れてきたら、われわれで取り調べられるぞ」

「よかったです」ミカエラはぜひそうしたかった。「あっという間でしたね」

「さっきも言ったが、まぬけなんだよ。デンビーはスミス＆ウェッソンの拳銃を所持していた。えっ？」レッドはのけぞって目をぱちくりさせた。「おい、ちょっと待て！　今微笑んだだろう。きみが微笑みかけたのを見たぞ」

「わたしだって笑顔ぐらい浮かべられますよ。微笑むことだってあります」ミカエラは愉快がりながら、瞬時に真顔になって彼をからかった。「ほらね」

「顔がにやけているぞ、ミック。デュポンが共犯者たちの名前を明かしてくれたおかげで、われらが友人デンビーはアーティストで、くだらないゆすりの前科で数カ月先まで仮釈放の身だとわかった。アーティストっていうのは、ここでは詐欺師のことだ。銃器の所持は仮釈放の規則に違反するから、さらに罪が重くなるだろう」

そのとき携帯電話が鳴り、レッドは人さし指をかかげた。「ちょっと待っていてくれ。バックマン保安官だ。はい、刑事」新たな笑みが顔中に広がった。「それは最高の知らせです。早々に逮捕してもらって心から感謝します。そうですか。へえ、まあ、無理もありませんね。すぐにうかがいます。ご家族にはわたしから連絡します。これで彼らの不安もかなり解消されるでしょう。まさに朗報です」

「スパークスも捕まったんですね」

「ああ、一件落着だ。スパークスはロサンゼルスのアパートメントからちょうどスーツケースを運びだそうとしていたらしい。逃げ足が遅かったな」

「わたしたちがデュポンを逮捕したことも、捜索命令を出したことも知らなかったからですね」

「サリヴァン家が通報しなかったことが幸いしたな、ミック。おかげで、情報がいっさいもれなかった。マスコミにも。クーパー家も功労者だ。彼らはまっとうな人間だから、レポーターに連絡して吹聴《ふいちょう》したりしなかった」

レッドはコンバースのハイカットスニーカーを履いた足をデスクからおろすと、立ちあがった。「一緒にサリヴァン家へ行きたいか？」

「もちろんです。その、ひと言いいですか。この事件に対する保安官の対応を逐一見守ってきましたが、とても勉強になりました」

「それが仕事だからな、ミック。この仕事はわたしが人生において真剣に向きあっているもののひとつだ。そういうものに関しては集中して正しいことをやったほうがいい。わたしにとっては、それがセックスとサーフィンとこの仕事だ。さあ、サリヴァン家へ朗報を伝えに行くぞ」


水平線へと沈みゆく夕日に照らされて、空や海が美しい色に染まっていた。カモメが鳴きながら空に円を描くなか、サリヴァン家の半島の静かなビーチから波が引くと、砂浜と泡立つ波の境界線にきらきらしたガラスの破片や大きな貝殻が取り残された。岩場ではアシカがくつろいでいた。

リリーに注意深く見守られながら、ケイトは興味を引かれたものを拾い集めては、その小さな宝物をピンクのプラスチックのバケツに放りこんだ。ふたりは岩場の潮だまりの小宇宙をじっと観察しながら湿った砂に足跡を残し、足早に移動するシギを眺めた。

背後には海面から急激に隆起した息をのむほどの断崖絶壁がそびえている。ごつごつした海岸線に打ち寄せる波、それによって渦を巻く潮だまり、アーチ状に削られた小さな岩。このこぢんまりとしたビーチはまるで秘密の楽園のようだ。

風が勢いを増すと、リリーはふわりとまとっていたスカーフを首に巻きつけて身をあたためた。

二月の夕暮れ時に肌寒いビーチにいたいとは思わないが、ケイトの気をまぎらすことができるならかまわなかった。ついでに言えば、リリー自身も気晴らしを求めていた。

太平洋の夕映えは気晴らしとしては最高だけど、風が吹き荒れているし、できればよく冷えたドライマティーニを片手に暖炉のそばの椅子に座って眺めるほうがいい。でも、孫娘には新鮮な空気や運動が必要だ。

とはいえ、もう夕日が水平線すれすれまで傾き、薄暗くなってきたので、そろそろ屋敷に戻ったほうがいいだろう。

孫娘に呼びかけようとした矢先、ケイトが顔をあげてこちらを見た。なんて大きなブルーの瞳だろう。

「ミランダやキーナンや、みんなが帰って寂しい？」

「もちろん寂しいわ。特に、ミランダの家はニューヨークで遠く離れているから。でも……みんながそれぞれにちゃんと生活していてうれしいわ。だって、わたしがいい子育てをした証だもの」

リリーは砂でじゃりじゃりしたケイトの手を取り、絶壁に彫られた石段へ向かってビーチを横切りだした。

「それに、あなたやあなたのお父さんがいるわ」

「わたしたちはグランマ・リリーのゲストハウスにしばらく泊まるのよね」

「きっと楽しいわよ。ジグソーパズルを山ほど完成させるっていうわたしたちの目標も達成できるわ」

「パパに家から持っていきたいもののリストを作るように言われたけど、全部はいらないわ。新しい家に引っ越したら、また買えばいいもの。そうすれば、パパとわたしだけが使うものになるわ」

「それで、そのリストの一番目はなんなの？」

「ぬいぐるみよ。あの子たちは置いていけないから。アイルランドにもいくつか持っていっていいってパパも言ってた。わたしたちはアイルランドに行って、ひいおばあちゃんのお引っ越しを手伝うの」

「あなたがいれば、ひいおばあちゃんはとっても助かると思うわ」

リリーは屋敷や私道沿い、テラスの周囲に明かりが灯《とも》りだすのを見て、昨日味わったパニックや身の毛もよだつ恐怖を思いださないようにした。

そして、孫娘の手をとっさにぎゅっと握りしめた。その手がそこにあることを確かめるために。

次の瞬間、その手に握り返された。「誰か来るわ。車が近づいてくる」

新たなパニックに襲われそうになりつつも、リリーは微笑んだ。「ケイティ、あなたったらコウモリ並みに耳がいいのね。でも、ここにはゲートがあるわ」何気ない口調で続ける。「あなたのおじいちゃんは赤の他人を誰でも招き入れたりしない」

ケイトはリリーの手を振りほどき、その車をひと目見ようと石段を駆けあがった。

「パトカーだわ！　大丈夫よ、グランマ・リリー、保安官だわ」

本当に大丈夫なの？　そう自問しつつ、リリーはケイトのあとを追った。もう大丈夫だと思える日が果たして来るのだろうか。

7

リリーが追いついたころには、ケイトは私道でパトカーを待っていた――なんてすばしっこい子かしら！ 孫娘の肩を抱くと、震えが伝わってきた。

「なかに入りましょう、ケイティ」

「わたしは知りたいの」震えていようがいまいが、その口調は力強かった。「もう二度と締めだされたくない。本当のことが知りたいの」

ケイトはリリーから離れて停車したパトカーに歩み寄ると、おりたったレッドにいきなり質問した。「犯人を捕まえたんですか？」

保安官はケイトの揺るぎないまなざしをしっかり受けとめた。「ああ、やつらは留置所にいる。そのことについて話しに来たんだ」

鋼のような意志の持ち主であるリリーの口から、すすり泣きとあえぎが入り交じった声がもれた。ケイトが目を見開いて振り向き、心配しているのを見て、リリーはかぶりを振ることしかできなかった。「大丈夫。わたしは大丈夫よ。ただほっとしただけ。安心しただけなの。さあ、みんなでなかに入りましょう。寒くなってきたから」

玄関のドアを開けたエイダンに、リリーは呼びかけた。「誰かにコーヒーを用意してもらって。それと、わたしにはマティーニを大きなグラスで持ってくるように頼んでちょうだい」

「あのふたりは刑務所に入ったんですか？　いつか出てくるんですか？　犯人は――」

「ちょっと待ってくれ。コーヒーをいただいてもいいですか」レッドはリリーに言った。「あまり長居はできないので、ご家族おそろいのところでお話ができるとありがたいんですが」

「もちろんです。みんなを呼んできますね。家族の大半は帰宅したので、ここにはわたしたち夫婦とエイダンとケイト、ローズマリーとニーナしかいません。おふたりともさぞお忙しかったんでしょうね」リリーは保安官たちを家の奥へ案内した。

「きっとみなさんそうですよね」

「さあ、お座りください。風が強い夕方は暖炉であたたまるといいですよ。ローズマリーは二階にいると思います。それから――。あっ、ニーナ、ミズ・ローズマリーに保安官と保安官代理がいらしたと伝えてきてもらえる？」

「はい。あら、ケイトリン、両手の砂を洗い流さないとだめよ」

ケイトはあわててジーンズで両手をふいた。「もうきれいだから、いいでしょう」

ニーナがさらに注意する前に、リリーはケイトの背後で手を振った。

「では、ミズ・ローズマリーに伝えてきます。そのあとコーヒーを用意しますね。わたしもこの場にいたほうがいいですか？」

「そうしてもらえると助かるよ」レッドはそう答え、入ってきたエイダンに会釈した。

「またお邪魔してすみません」

「とんでもない。父もすぐに来ます」エイダンはレッドの顔を探るように見た。「わたしたちに何か知らせがあるんですね」

「ええ、それによってみなさんが心の平穏を得られることを願っています」

「あのふたりは今、留置所にいるんですって。どうやって捕まえたか、まだ保安官から聞いてないけど。わたしは知りたい――」

「ケイトリン・ライアン」静かに警告するような父の声に、ケイトはぴんと背をのばして押し黙った。「コートをお預かりしましょうか？」

「いえ、けっこうです。長々とお邪魔するつもりはないので」本題に入る前にレッドは腰をおろして、ケイトに微笑みかけた。「ビーチに行っていたんだね」

「外に出たかったんです。ビーチが好きだから」

「実は、わたしもビーチが世界で一番お気に入りの場所なんだよ。きみはサーフィンをするかい？」

「いいえ」ケイトは小首を傾げた。「保安官は？」

「ああ、暇さえあればやっている。もし明日ビッグウェーブが来たら、ウェットスーツを着てボードをつかみ、夜明けのパトロールに出かけるよ」彼はケイトに向かってウインクした。「今のはサーファー・トークだ」

ケイトは興味をそそられ、床に座って脚を組んだ。「サメを見たことは？」

「見たどころか、一度サメの顔をパンチしたこともある」

「えっ、保安官が――本当に？」

「神に誓って本当だ」胸の前で十字を切ると、レッドは天を指した。「そんなに大きなサメではなかったけど、この話をするたびにどんどん大きなサメだったたって言いたくなるよ」

「あなたもサーフィンをするんですか？」ケイトはミカエラにきいた。

「いいえ」

「彼女にも教えてあげるつもりだ」

ミカエラは笑いながらも鼻を鳴らした。「遠慮しておきます」

「まあ、今に見ていろよ」

ヒューが片手にマティーニを、反対の手にウィスキーのグラスを持って入ってきた。

「マイ・ヒーロー」リリーはグラスを受けとり、ゆっくりマティーニを味わった。

ヒューが腰をおろした。「コーヒーをいれたら、ニーナもすぐに来ます。おふたりとも、非番のときにでもどうかまたいらしてください。なんでもお好きな飲み物をふるまいますから」

「ええ、ぜひそうします」ローズマリーが階段からおりてくると、レッドは立ちあがった。「いきなりお邪魔してすみません」

「とんでもない」ローズマリーは息子からウィスキーのグラスを受けとった。「エイダン、ヒューにジェムソン・アイリッシュ・ウィスキーを持ってきてもらえる？　わたしが息子のグラスを横取りしてしまったから」

「保安官はサメの顔をパンチしたことがあるんですって」

ローズマリーはうなずきながら座った。「そう聞いても驚かないわ。あなたは熱心なサーファーなんでしょう」

「ええ、根っからのサーファーです」

レッドはそのまま当たり障りのない世間話を続けた。

ニーナがコーヒーを運んでくるまでは。

「では、始めましょうか。今日お邪魔したのは、みなさんにグラント・スパークスとフランク・デンビーが留置所にいることをお伝えするためです——ふたりはケイトリン誘拐事件の容疑者です。デンビーはここから南に少しくだった先のモーテルで州警察に逮捕されました」

「どうして彼がそこにいるってわかったんですか?」

レッドはケイトを見おろした。「デンビーはあまり頭がいいとは言えない。そして、われわれはやるべきことをし、あの男の名前を突きとめ——」

「どうやって?」

「ケイト、そんなふうに口をはさむのは失礼だ」

彼女は父親を振り返った。「でも、質問しないとわからないわ」

「たしかにそうだね」レッドは同意した。

それでも彼がためらっていると、ミカエラが決断をくだした。ケイトには知る権利がある。「ミズ・デュポンと話したときに、彼女が犯人の名前を明かしたの。そのおかげで、犯人に関するほかの情報も得られた。住所や、乗っている車の車種やナンバープレートの番号を。ほかの警察署にも捜索を頼んだ結果、州警察がモーテルの駐車場でそのナンバープレートをつけたデンビーの車を発見したの」

「だったら、彼はあまり頭がよくないわ」

「ええ、そうね。デンビーはあまり頭がよくない。あなたがスプーンを返さなくても気づかなかったぐらいだもの。でも、あなたは頭がいいわ」

「それはまぎれもない事実だ」レッドが口をはさんだ。「スパークスは荷造りして高飛びしようとしていた。だが、ぐずぐずしていたせいで、ロサンゼルス警察に逮捕された。ふたりともここに連行されてきたら、留置所に放りこんで尋問するよ」

「あのふたりはどのくらい刑務所に閉じこめられるんですか？」

「それは弁護士と裁判によるかな。ミックとわたしにそれを決める権利はない。だが、われわれの手元には証拠や証言があるし、これだけの事件となると、刑期は相当長くなるはずだ」

「一年とか？」

「とんでもない、もっと長いよ。二十年ぐらいかな」

「ママも？」

その質問に、レッドはより慎重になり、エイダンのほうを見た。

「ぼくたち親子はこの件について話しあいました。ケイトは真実を知るべきです、ぼくたち全員がそうであるように」

「そういうことなら、きみの質問に答えるよ。きみのお母さんはわれわれにふたりの男に関する情報を提供した。彼らが何をして、どんな計画をたてていたかという情報を。だから州検事は――こういった事件の審理を担当する人物は、きみのお母さんの弁護士と取り決めをした。これは司法取引と呼ばれるものだ。その取引を交わすと、情報提供の見返りに刑が軽くなる。あくまでも彼女が実際に行ったことを正直に証言していることが前提だが。もちろん、きみのお母さんも十年くらいは刑務所に入らなければならないだろう。もし彼女が必要条件を満たし、担当者が認めれば、七年で出所できるかもしれない。だが、七年間は確実に刑務所のなかだ」

「ママは刑務所を気に入らないでしょうね」ケイトは独り言のようにつぶやいた。「買い物にもパーティーにもオーディションにも行けないんだもの。わたしはもうママに会わなくていいのよね」父を振り返った。「ママが刑務所から出てきても」

「ああ」

「それに、わたしたちはママと離婚するの」

「そうだよ、ベイビー、ぼくらはシャーロットと離婚する」

「ママはわたしたちを愛してないから。これでニーナはもう大丈夫よね」

「ああ」レッドは安心させるように言った。「携帯電話はもうしばらく証拠品として預からないといけませんが、ミズ・トレーズ」

「あれはもういりません。返していただかなくてけっこうです。ケイトリン、保安官とのお話はすんだようだから、二階にあがってディナーの前に汚れを洗い流しましょう」

満足してはいないものの、とりあえず得られる情報はすべて聞いたと判断し、ケイトは立ちあがった。「わたしを助けてくれた人たちにもこのことを伝えてもらえますか？　ディロンとジュリアとおばあちゃんにも？」

「そう聞いて、きみがどんな子かわかったよ。きみはいい子だね。ああ、このあと彼らの家にも寄るつもりだ」

「もう一度三人にお礼を伝えてもらえますか？」

「ああ、約束する」

「わたしたちはしばらくおじいちゃんのゲストハウスに泊まったあと、ひいおばあちゃんと一緒にアイルランドへ行って、しばらく向こうにいるんです。保安官が正しければ、あの人たちは刑務所に二十年閉じこめられるんですよね？」

「ああ、そう断言できる」

「ありがとうございます」

「ああ」

「ありがとうございます、ウィルソン保安官代理」

「どういたしまして」

ケイトがニーナと出ていきながらこう言うのが、レッドの耳に届いた。「わたしがシャワーを浴びて着替えるあいだ、一緒にいてくれる？　わたしの部屋にいてくれる？」

「あの子はひとりになるのを怖がっています」エイダンが静かに言った。「昔から独立心が旺盛で、なじみのない場所でもどんどん探索したり、誰もいないところで腰を落ち着けて読書をしたり何かに取り組んだりしていたんですが。今はひとりになりたくないようです」

「さしでがましいことは言いたくありませんが、ミスター・サリヴァン、お嬢さんにカウンセリングを受けさせたほうがいいかもしれません」

「ええ」エイダンはミカエラに向かってうなずいた。「すでに何本か電話をかけ、問いあわせています。ケイトがロサンゼルスの自宅に戻ることを望まなかったので、あの子が言ったとおり、ぼくらは父のゲストハウスに身を寄せる予定です。その後、しばらくアイルランドに滞在します――できるだけ長く、あの子をマスコミから遠ざけたいんです。あなたがたおふたりには仕事がありますし、今まですごく忙しかったでしょうから、お引き留めはしませんが、ひとつ質問させてください。これは裁判になりますか？　ケイトは証言を求められますか？」

「ミズ・デュポンに関しては、有罪を認めたので裁判にはなりません。スパークスとデンビーはまだわかりません。ただ、あのふたりはそんなに賢くはありませんが、司法取引をするぐらいの頭はあるかもしれません。たとえもし彼らがそうしなくても、われわれには仮釈放なしの終身刑を求めるだけの証拠があります。終身刑より二十年の刑のほうがよっぽどましなはずです」

レッドは立ちあがった。「何かあれば、すぐにお知らせします。ロサンゼルスには近々戻られるんですか？」

「ええ。できるだけ早く」

「では、携帯電話の番号をいただいているので、何かあればそちらにご連絡します」

レッドはパトカーに向かいながら腕時計に目をやった。「この時間なら、マギーの家で話をしながら食事にありつけそうだ。あの家の女性はふたりとも料理上手なんだよ、ミック」

ミカエラは考えこんだ。「わたしもごちそうになります。デンビーとスパークスの取り調べは今夜行いますか？」

「それがいいだろう、鉄は熱いうちに打てと言うからな。きみはどうする？」

ミカエラは助手席に腰を落ち着けると、屋敷を振り返って少女に思いを馳《は》せた。

「わたしも立ち会います」

逮捕された男たちはふたりとも弁護士を要求した。

レッドは驚きもせず、弁護士を雇うゆとりがないと主張するデンビーのために公選弁護人を手配し、スパークスには彼の弁護士と連絡が取れるよう電話を貸した。

マギーが作ったとびきりうまい鶏肉《とりにく》と団子《ダンプリング》のスープと、ジュリアお手製のスパイスケーキでおなかを幸せに満たされながら、レッドはミカエラと密談した。

誘拐犯のうち、よりまぬけなのはデンビーのほうだという点で、ふたりの意見は一致し、まずデンビーを落とすことにした。

ふたりはそろって取調室に足を踏み入れた。レッドはふたたび録音を開始したが、片手をあげた。「裁判所が弁護士を任命し、その公選弁護人がここに到着するまでしばらくかかる。それまでは何も言わなくていい。それがおまえの権利だ。われわれは明日まで公選弁護人が到着しないことと、ちょっとした情報を伝えに来ただけだ」

「おれには話すことなんか何もない」

「誰も話してくれとは頼んでいない。ただシャーロット・デュポンが自分の刑を軽くするためにかなりの情報を提供したことは伝えておく。これは早い者勝ちだ――司法取引がどういうものか、おまえも知っているだろう、フランク。州検事は彼女の証言やほかの証拠をもとに、仮釈放なしの終身刑を求めるつもりだよ」

「冗談だろう」だが、フランクの顔色が具合の悪そうなグレーに変わった。「おれは何もやってない」

「われわれは、おまえが何をして、何をしなかったかなんて質問していないよな、ミック？」

「ええ、保安官、容疑者は弁護士を頼む権利を行使しました。その弁護士が到着するまで、われわれはいっさい質問できません。ただ情報を伝えるだけです。裁判所にどんな公選弁護人をあてがわれるか知りませんか」

「きっとビルボじゃないか」レッドは嘲笑った。「こいつの運の悪さを考えると、きっとビルボだよ。とにかく、すでにわかっている事実からすると、おまえが今回の事件の首謀者で、もっとも重い刑がくだされることになる」

「おれが？　そんな――」

「なあ、フランク」レッドはまた手をあげた。「まだ何も話さないほうがいい。おまえの――」ミカエラに向かってぐるりと目をまわした。「弁護士が到着するまでは。ミックとわたしにとって、今日は長い一日だった。だが、おまえを留置所に放りこんで鍵をかけ、家路につく前に、現状を知らせておいたほうがいいと思ったんだ。あのブロンドは、おまえについてぺらぺらしゃべったぞ、フランク。しかも、おまえは銃を所持していた。おまけに脅迫まで行った」

「あれは脅迫なんかじゃない！　そう見せかけただけだ」

「フランク、そんなふうにしゃべり続けていると、明日弁護士が到着したときにどうすればいいか教えてやる前に、また留置所に入れることになるぞ」

「弁護士なんてどうだっていい。あれは脅迫じゃない。脅迫罪なんかでムショにぶちこまれてたまるか」

「なあ、言いたいことや伝えたいことがあるなら、弁護士を頼む権利を放棄しないとだめだ。さもないと――」

「〝弁護士なんかどうだっていい〟と言っただろ」心底怯えているらしく、デンビーはレッドとミカエラを交互に見た。「だったら、そんな権利は放棄する。脅迫なんて冗談じゃない」

「わかったよ、この録音はおまえが弁護士を雇う権利を放棄し、証言することを望んだ証拠となる。おまえはミズ・デュポンとミスター・スパークスに自分が撮った写真を見せたそうだな。ふたりの名誉を傷つける類の写真を」

「ああ、そうさ。だが、あれはスパークスのカメラで撮った写真だ。おれにあんな望遠レンズが買えると思うか？　あいつのお膳立てなしに、あんな立派なお屋敷の敷地内に忍びこめると思うか？」

ミカエラは息をのむことなく天井をあおいだ。「まったく、スパークスがすべての首謀者だなんて話をわたしたちが鵜呑みにするとでも？　保安官、こんなの時間の無駄ですよ」

「やつが考えたんだよ！　これがやつのやり方だ、やつの詐欺の手口なんだよ。金持ちの女を引っかけて金づるにするのが。高級なプレゼントを買ってもらって、金を貢がせるんだ。さらに絞りとれると踏んだ相手はたらしこむ」

「どうしてそんなことを知っているんだ？」レッドが尋ねた。

「何度か手を組んだからかな。やつの詐欺に誘われたのはこれが初めてというわけじゃない」

「へえ、詐欺の相棒だったってわけね」ミカエラは椅子の背にもたれて、あくびをした。「スパークスは裕福なクライアントを抱えるパーソナルトレーナーで、けっこう稼ぎもあった。そんな男が、あなたみたいなただのペテン師と手を組むリスクを冒すはずがないじゃない」

「おい、あばずれ――」

「まあ、落ち着けよ」レッドが穏やかに言った。「言葉に気をつけたほうがいい」

「たしかにスパークスはこじゃれた野郎だ。それがあいつの武器だからな。セックスとしゃれた見た目で、その両方がほしい女を引っかける。あいつは獲物から金を巻きあげるために、誰かに写真を撮らせることがある。それがおれの役目だ。そうやって数千ドルを絞りとると、また次の獲物を探すんだ」

「数千ドル？　身代金は一千万ドルだったぞ」

「一千万だと――」デンビーの顔がどす黒くなった。「あの野郎。二百万ドルって言ってたのに。それを山分けする予定だったんだ。今までで一番でかい額だ。あいつはあの女をたらしこみ、状況を把握した。あの女にとって娘は取るに足らない存在だった。だが父親は娘を溺愛し、しかも金を持ってた。途方もない金を。何しろハリウッドのサリヴァン一族だからな」

デンビーは胸をぽんぽんと叩いた。「煙草《たばこ》をもらえないか？」

「だめだ」レッドは微笑んだ。「さあ、話を続けてくれ」

「スパークスはどでかい獲物を狙おうと言ってきた。うまくいけば引退できるぐらいの金が転がりこむと。おれはガキをさらう気はないと言った。ちょっと待てと。だが、あいつはブロンド女にお膳立てさせると言った。もし女が尻込みしたら、おれたちは計画を中止し、もし女が引っかかったら実行しようと。で、女は引っかかった」デンビーが身を乗りだした。「具体的にどうしたかっていうと、まずおれがスパークスに接触し、あいつはパパラッチに脅されてると彼女に告げに行った。初対面のとき——あの女はウィッグをつけ、大きなサングラスまでかけてたよ。誰も気にするわけないのに。おれが写真を見せてやったら、女はヒステリーを起こして、〝いくら払えばいいの？　絶対に売っちゃだめよ。わたしのキャリアが、マスコミが！〟ってわめきだした。だから、スパークスの読みどおりだとわかった。自分のことしか頭にない女だったおかげで、だますのはいとも簡単だった。スパークスとの打ち合わせどおり、いくら払えばいいかはあとで知らせるが、決して安くないぞとあの女に告げた」

「その場で直接一千万ドルを要求しなかったんだな」

「ああ。スパークスがふたり分の報酬だと言ったから、おれは二百万ドルを要求した。やつらにまんまとはめられたよ」デンビーが苦々しくつぶやいた。「やつらはおれをだまして、一千万ドルを要求したのか。おれは二百万ドルくらいなら、あの女が何か高級品でも売り払えば用意できると踏んだんだ。すると、スパークスからこう言われた。あの女が金を用意できないって言ってるから、ガキを利用するように言いくるめたと。女はやつの計画に飛びついたらしい」

デンビーが椅子に座ったまま身じろぎした。「なあ、煙草を吸えないなら、マウンテンデューか何かもらえないか？」

「話し終えたら、持ってきてやるよ」

「くそっ、まだわからないのか？　スパークスがおれをはめたんだよ。あの女と一緒に。おれはやつらの罪をかぶる気はない。あのふたりはどうやってガキをさらうか打ち合わせをしてた。スパークスは、ビッグ・サーで老いぼれの——死んだ老いぼれのためのパーティーが開かれるから、あの女に最高のタイミングと場所を用意させると言ってたよ。だから、さっさと片がつくと。あの女はガキを監禁する家の場所も、その家が留守になることも知ってた。なぜかって？　家主たちが旅行に行くからパーティーには出席できないって言ってきたからさ。これでわかったか？」

「ああ」レッドは内心愉快がりながら、テーブルに足をのせた。「おまえの言いたいことはわかった」

「おれはガキをさらってない。やったのはスパークスだ。ブロンド女が場所をお膳立てし、スパークスがガキに薬を盛って、ケータリング用の荷車に——車輪つきの大箱に隠した。それから事前に用意しておいたケータリング業者風のバンに荷車ごと積みこんで、ガキを乗せたまま走り去ったってわけさ」

「彼女はどうやって場所をお膳立てしたの？」ミカエラが尋ねた。

「そんなの知るわけないだろう。詳しいことはあのふたりが決めたんだから。おれは監禁部屋の準備を整えて、守りを固め、必要なものを調達したら、ただ子守をするだけでよかったんだ」

「調達したものにマスクは含まれていたか？」

デンビーはまた身じろぎした。「おれたちの顔をガキに見られるわけにいかなかった。だから、マスクをかぶったほうがいいと思ったんだ。おれはあのマスクを自分の金で買った。食料やなんかもそうだ。手に入れた身代金で返してもらうはずだったのに」

「おまえにとっては割に合わない投資だったな」レッドが言った。「だが、おまえはちゃんと子守ができなかったわけだ」

「誰だってあのガキが窓から這いおりるなんて予想できないはずだ。シーツを結んでロープを作って、スプーンをバール代わりにして窓から釘を引き抜くなんて。そんなこと想像できるわけないだろう。まるでおれひとりのせいみたいに、スパークスには散々殴られた」

デンビーは身を乗りだした。「おれが言いたいのは、この詐欺を計画したのはスパークスだってことだ。あいつはブロンド女を引っかけ、セックスもたっぷり楽しんだ。詳しいことを決めたのは、あいつらだ――そして、ふたりはおれをずっとだましてた。おれがしたのは、ガキの監視だけだ」

「つまり、無実の傍観者だったわけね」

その皮肉は夏の凧《たこ》に舞いあがる凧のように頭をすり抜けたのか、デンビーがミカエラを指さした。「そのとおりだ」

「よし、フランク」レッドはテーブル越しにノートとペンを押しやった。

「すべて書きだせ。詳細をひとつ残らず。そうすれば、マウンテンデューを飲ませてやろう」

事情聴取が終わり、デンビーが詳細をひとつ残らず書き記したころには、レッドはビールを飲んでベッドで眠りたくなっていた。

だが、タイミングや、スカルペッティが思いどおりにマスコミを操ることを考慮した。

スパークスが雇ったマーク・ロズウェルという弁護士のことは何も知らない——ちなみに、その弁護士はまだスパークスと面談中だ。もっとも、今はマスコミ対応のほうを考えるべきだろう。

朝のニュースが始まる前に、できるだけ証拠を押さえておかなければ。

レッドは常備しているコーラをまた取りだすと、ミカエラをオフィスに呼んだ。

「ミック、このところ残業続きだが、もう少し残ってもらってもいいかな?」

「かまいません」

「そう言ってくれると思っていたよ」彼女にコーラを放った。「おそらくスカルペッティは明朝には記者会見を開き、デュポンを被害者に仕立てあげるはずだ。なぜそんなことを気にするかというと、もしそうなればサリヴァン家やあの少女がマスコミの餌食になるからだ」

「つまり、デンビーのときのように、スパークスからもできる限り情報を引きだし、スカルペッティより先に記者会見を開くわけですね」

「そのとおりだ」

「デュポンは最初から誘拐事件に関与していたと思いますか?」

「それに関しては半々の確率だな。スパークスを事情聴取したあとで、もう一度考えてみるよ。今はやつの弁護士について調べるつもりだ」

「それならもう調べました」

レッドはゆったりと椅子の背にもたれた。「きみはなんて仕事熱心で積極的なんだ、ミック」

「自分の仕事をしただけです。グーグルで検索してみました。カリフォルニア出身の四十六歳、既婚者で子供がひとり。近々もうひとり生まれる予定です。バークレー大を卒業したあと、コーハッシュ&ミルフォード法律事務所に十年勤務し、三年前にシニア・パートナーに昇進。富裕層向けの法廷弁護士で評判も上々です」

ミカエラはコーラをごくごく飲んだ。「ハンサムでカメラ写りがよく、記者会見に怖《お》じ気《け》づくこともありません。法廷スリラーを二、三冊執筆していますが、ジョン・グリシャムを脅かすほどではないでしょう。そして、スパークスは彼のパーソナルトレーナーでした」

「そういうことか」

「ええ、そういうことです。彼は逃走中の犯罪者ではありませんし、ホルムビー・ヒルズに自宅をかまえ、オーシャンサイドにビーチハウスも所有してます。運転するのはレクサス、妻もそうです――ちなみに、彼女はフリーランスの脚本の校閲者だとか」

レッドは一拍間を置いた。「それだけか？　靴のサイズや所属政党は調べなかったのか？」

「彼は無党派です。もう少し調べないと、靴のサイズはわかりません」

レッドは噴きだした。「よし、じゃあこれからどうするか検討しよう。スパークスは弁護士を雇ったし、まぬけじゃなさそうだ。法律事務所の弁護士に弁護してもらえるんだからな。だが、スパークスは弁護士のパーソナルトレーナーであって、兄弟でも親友でもない。それに、われわれはやつを追いつめた」

「司法取引の下地を作りたいんですね」

「あのろくでなしを一生サン・クエンティン刑務所に放りこんでおきたい。それがわたしの願いだ、ミック。だが、その願いがかなわないように願うしかない。あの子を──その家族もだが、ケイトリンを法廷に立たせるなんて想像しただけで気分が悪くなる」

保安官の考えや願いに同感し、ミカエラはうなずいた。「いずれスパークスが、あの三人全員が出所すると思うと我慢なりません。でも、この件に関しては、保安官に同感です。だとしても、刑を決めるのはわたしたちじゃありません」

「おそらく州検事は二十年から二十五年を求刑するはずだ。彼らがちゃんとそうするか見守るとしよう。われわれの役目は、証拠をそろえて提示し、その揺るぎなさを弁護士に理解させ、スパークスには仮釈放なしの終身刑に直面していると骨の髄までわからせることだ」

「了解です。もうわたしたちと話す準備が整ったか、弁護士に尋ねてきます」

それから二十分ほどして、ロズウェルは取り調べに同意した。新米ではないレッドは、ロズウェルの胸のうちが読みとれた。きっとわれわれが相手を値踏みするだけで今回はさらりとすませ、明朝ふたたび取り調べをすると思っているはずだ。

ミカエラが調べたとおり、ロズウェルはハンサムだった。ダークブラウンの髪はこめかみに白いものがちらほらまじり、カットに五百ドルぐらいかかっていそうだ。賢く抜け目なさそうなダークブラウンの目。二枚目で身だしなみがよく、体も引きしまっている。

だが、映画スター気取りのスパークスと並ぶと色褪せて見えた。留置所で数時間過ごし、オレンジ色の囚人服を着ていても、スパークスの魅力はかすんでいなかった。ゆるやかにカールして光り輝く豊かなブロンド、黄金色に焼けた彫りの深い顔——鋭い頬骨、濃いまつげに囲まれたブラウンの目、ふくよかな唇。

そのうえ、体はしなやかに鍛えあげられている。

スパークスは演技をしている——この手の男は常に何かの役を演じていると、レッドは見ていた。やつは今、不安そうにふるまい、怒りや後悔や悲しみはいっさい示していない。

レッドは腰をおろして録音を始めると、ミランダ警告を読みあげた。

「保安官、保安官代理、まず今夜のうちにこの機会を設けていただいたことに感謝します。さぞ忙しい一日だったでしょう」

ロズウェルが真剣な面持ちでよどみなく話した。「明朝、クライアントに対する数々の告訴の取りさげを求めて申し立てを行うつもりです。わたしのクライアントは今回の出来事に軽率に関与してしまったことに呆然《ぼうぜん》としていますが、未成年の子を持つ母親から頼まれ、彼女の娘が父親から虐待されているという信念のもとに、ついちょっと手を貸してしまっただけなんです。また、彼はサリヴァン家から身代金をだましとろうとするミズ・デュポンの企《たくら》みにも気づかず――」

「すみません、ちょっと口をはさんでもいいですか」レッドは愛想がいい郡保安官らしい口調を保ったまま言った。「あなたの時間を無駄にしても意味がないし、あなたにとっても忙しい一日だったはずだ。だから、もうそれくらいでけっこうです。われわれの手元にはすでにシャーロット・デュポンとフランク・デンビーの供述調書がある」

レッドはスパークスに微笑みながらそう告げた。これまでは共犯者たちの逮捕や取り調べ、司法取引について用心深くひた隠しにしてきたが。「ふたつの調書には供述の一致が見られ、それを裏付ける証拠もある。未成年の子供の供述調書も同様だ」

「ミスター・スパークスはミズ・デュポンとミスター・デンビーが共謀し、彼をはめたと主張しています」

「では、ふたりにはめられたから、幼い少女の首に麻酔薬を注射したのか？」

「そんなことはしてない――」

「やめろ。おまえはウィッグとサングラスをかけていたが、ケイトリンにはちゃんと目があるんだぞ――ちなみにウィッグは押収済みだ。彼女は観察眼が鋭いし、ちゃんと耳もある。おまえは注射針を突き刺す前に声をかけ、十歳の少女を怯えさせるために狼男のマスクをかぶったあとも彼女と話したな――そのマスクも押収済みだ。麻酔薬を注射したあと、ケイトリンをケータリング業者用の荷車に押しこみ、亡き善人を偲ぶ会から車で走り去った。身内の死を悼む人々から少女をさらったんだ」

「保安官、監禁されていた児童がそんなふうに人の声を正確に聞き分けられるとは到底思えません」

ミカエラが笑い声をもらした。「あなたはケイトリンに会ったことがありませんよね。あの子が宣誓して法廷に立てば、陪審員は彼女の一語一句に耳を傾けるはずです。ケイトリンは実の母親が愛人とともに――金銭目的で――娘を利用する計画をたて、彼女に薬を盛って脅迫したと語っています。ケイトリンの身柄と引き替えに一千万ドルを要求するあなたの声も電話に残っているわ、スパークス。サリヴァン家は警察には通報しなかったけど、電話は録音していたのよ」

「おまえの共犯者たちはぺらぺらしゃべってくれたよ。デンビーはおまえが二百万ドルを山分けしようと言っていたはずなのに、サリヴァン家に一千万ドルを要求したと知って憤慨していたぞ。それをきっかけに、デンビーは蒸された貝みたいに口を開いた。それに、あの女にいくらかでも忠誠心があると思っていたなら、おまえはまぬけだぞ。何しろミズ・デュポンは、普段夫と寝ているベッドにパーソナルトレーナーを連れこみ、己の保身のために実の娘を危険にさらし、娘に麻酔薬を注射して脅すことを許可したぐらいの女だからな」

レッドはロズウェルのほうを向いた。「あなたにこういったことを明かしたのは、わたしが疲れ果てて、うんざりし、今日一日のごたごたで忍耐力を使い果たしたからだ。デュポンとデンビーはすでに司法取引し、あなたのクライアントが最後のひとりだ。この部屋にいる全員が知ってのとおり、最後のひとりが一番損をする。たぶんこの男はあなたにお涙ちょうだい話を語ったんでしょうね。自分はだまされただけで、事件に巻きこまれたかわいそうな子供には同情していると。だがわれわれには、そんなたわ言を吹き飛ばすだけの証拠がある。手短に説明すると、あなたのろくでなしのクライアントのほうがデュポンに狙いをつけたんですよ。今まで金を巻きあげてきた大勢の裕福な女性たちの最後のひとりとして。その被害者たちの名前はすでに把握し、これから供述を集めて裏付けを取る予定だ。スパークスはデュポンから絞りとった大金で華々しく引退し、モザンビークで第二の人生をスタートしようともくろんでいたんです」

ひとつひとつ明らかにしながら、レッドはスパークスに憐《あわ》れみのまなざしを向けた。

「おまえのノートパソコンにモザンビークに関する検索が山ほど残っていたよ――あそこなら逃亡犯罪人引き渡し条約がないからな。スパークスはデュポンをだますために、何度も手を組んだことのあるフランク・デンビーに声をかけた。デンビーは獲物とスパークス自身の不倫現場をおさめた写真で脅迫する役だった。ちなみに、その撮影に使われたのはスパークスのカメラで、それも押収済みだ。今回の獲物は史上最悪の母親で、身代金目的で娘を誘拐することに同意した――スパークスとデュポンは、デンビーに黙って身代金の額を一気につりあげた。女が子供を連れだし、かくれんぼをして隠れる場所を指定した。スパークスは注射器と荷車とバンを用意して、そこで待ち伏せしたというわけだ」

脚をのばすためではなく吐き気をもよおしたかのように、レッドは立ちあがって背を向けた。「ここからはきみにまかせるよ、保安官代理。わたしはむかむかする胃を落ち着かせたほうがよさそうだ」

ミカエラは指示に従い、よどみなく話を継いだ。

ロズウェルはその胸のうちをほとんど顔に出さなかった。おそらく法廷に立つときと同様に、ポーカーフェイスを崩さないつもりだろうと、レッドは思った。だが、どんな人間だって感情が顔に出てしまうものだ。ロズウェルの場合はじっくり観察しなければならなかったものの、レッドはそれをとらえた。

口の端がかすかにこわばり、引きつった頬に小さなえくぼが浮かんだのだ。

ミカエラが話し終わると、レッドはふたたび腰をおろした。「あなたのクライアントに対する告訴をひとつでも取りさげる判事はこの世のどこにもいません。あのかわいらしい少女を見て、有罪を言い渡さない陪審員がいないように。クライアントは仮釈放なしの終身刑になるでしょう」

レッドはスパークスを一瞥した。「このまま駆け引きを続ければ、それがおまえの報酬だ」

「ぼくは愛のためにやったんだ！」スパークスが悲痛な叫び声をあげた。

「おいおい」レッドはつぶやいた。「おまえとあの女は同じ穴のむじなだろう」

「シャーロットは誓ったんだ。彼女は――」

「黙るんだ、グラント」

「マーク、どうかぼくを信じてくれ。あなたはぼくのことをよく知っているだろう。

ぼくは決して――」

「黙れと言ったんだ」弁護士の声には疲労がにじんでいた。「しばらくクライアントとふたりきりにしてもらってもかまいませんか？」

「どうぞ。わたしも新鮮な空気を吸いたいと思っていたところなので」

レッドは取調室を出たとたん、それが本音だったことに気づいた。「ちょっと外に出てくるよ、ミック」

「彼は、あの弁護士は辞退して立ち去ると思いますか？」

「まあ、思案しているだろうな。向こうの準備が整ったら、大声で呼んでくれ」

レッドは外に出て空を見あげると、満天の星空に感謝した。深夜の誘いの電話にこたえてマギーのベッドに忍びこむだけの体力が残っていればよかったが、もうスタミナ切れだし、満天の星空で満足するとしよう。

心が落ち着くと、人生がすばらしいものに満ちていることを思いだした――ささいなものから驚嘆に値するものまで。だから、時々数分立ちどまり、そういうものを見つけさえすればいい。

背後でドアが開く音がした。「すぐに行くよ、ミック」

「保安官、今夜は保安官代理がミスター・スパークスを留置所に連れていきました」

レッドはロズウェルに向かってうなずいた。「わかりました」

「明朝、依頼人と数分間話させてください。その後、検察官とも面談したいと思います」

「そう手配します。九時ではどうでしょうか?」

「かまいません。その時間にうかがいます。おすすめのホテルかモーテルを教えてもらえますか、ひと晩過ごすのにうってつけの宿を。宿泊先の手配をする時間がなくて」

「もちろんですよ。わたしのオフィスに来てもらえば、近くの宿を二、三教えましょう――近場で探しているのであれば」

「近いほうがありがたいです」

「ここから宿に電話をかけて、部屋があいているかどうか確認するといい」レッドはオフィスに入ると、メモに宿の名前を書きだした。「一番目の宿はベッドもサービスもいいし、必要なら二十四時間ルームサービスを利用できる。ただＷｉ‐Ｆｉが有料で、それが高くつく」

「ありがとうございます」

「この部屋の電話を使ってもらってかまいません」

レッドはオフィスを出て、ミカエラが戻ってくるのを待った。寝る前にビールを飲むぐらいの体力は残っていそうだ。それと、熱いシャワーを浴びる体力は。くそっ、ビールを飲むより、シャワーを浴びたい。

オフィスからロズウェルが出てきた。

「宿は手配できましたか？」

「ええ、ありがとうございます。では、九時に来ます。もしわたしに連絡する必要があれば、あなたのメモに書いた携帯電話の番号にかけてください」弁護士はドアをじっと見つめてからこちらを向き、レッドの目をまっすぐ見つめた。「わたしにも娘がいます。まだ四歳ですが。かけがえのない娘です」

弁護士が立ち去ると、レッドはスパークスとも司法取引をすることになると確信した。

戻ってきたミカエラは、今もぱりっとした格好をしていた。まったく、感心せざるを得ない。

「やつを留置所に放りこんできたか？」

「あの男はわたしにも泣き落としにかかってきましたよ。静かに涙を流して。演技が上手ですね」

「だが、われわれのほうが上手だ。ロズウェルは明朝、検事との面談を望んでいる。帰宅途中に、検事に連絡するつもりだ。きみは明日は休んでいいぞ」

「わたしも最後まで見届けたいです」

「だったら、九時までに来い。じゃあ、外まで送ろう」

「保安官も帰るんですよね、だったら一緒に外まで行きましょう」

「ああ、そうしよう」

8

ディロンは馬房の掃除が好きだった。馬のにおいも大好きだ——たとえ糞にまみれた干し草のにおいがまざっていても。これまでの人生ではっきりと覚えている記憶はどれも牧場にかかわるもので、お気に入りの思い出には馬が登場する。

なかでも一番のお気に入りは、夜、お母さんやおばあちゃんと一緒にディーヴァが初めて子馬を産むのを見守ったときの思い出だ。途中で目をそらしたくなる場面もあったけど、だいたいはただただすごかった。ぼくは子馬の名前をつけさせてもらった。きれいな鹿毛の子馬は靴下をはいたように足が白く、体に白い炎のような模様が入っていた。

ディロンはその子馬をコメットと名付けた。白い炎の模様が彗星《コメット》の尾のように見えたからだ。なんとなくだが。

当時はまだ六歳だったものの、コメットをブラッシングしたり、子馬がある程度成長したころには引き綱をつけた調教もまかされたりした。乗り手の重みに慣れさせるためにコメットの背に初めて覆いかぶさったのも、最初に鞍《くら》をつけてまたがったのもディロンだった。

それ以来ほかの馬の調教も手伝ってきた——われながら上手だと思っているが、自分の馬はコメットだけだ。

そして、去年の春、コメットが初めてお産をしたときもかたわらに付き添った。ディロンは牧場の暮らしが好きだった——農業も行う牧場主の暮らしが。彼の一家は作物を植えて育て、収穫した野菜を出荷していた。果樹園もあり、おばあちゃんはブドウ園を持っていたが、もっぱらワインは自分自身と友人たちのために作っている。

彼はさまざまな仕事をいとわなかった——学校よりずっと好きなくらいだ。作物を植え、大地を耕し、家畜に餌と水を与え、日ざしが強く照りつけるなか干し草を作り、農産物市場で屋台販売を手伝うのも。

高くそびえる崖の上で暮らし、毎日海を眺め、草原を歩くのも気に入っている——それどころか、馬で草原や林のなかを駆けまわることもできるのだ。

冬は毎週土曜日になるとたくさんの仕事をひとりでこなさなければならないけれど、お母さんもできる限り手伝ってくれる。その時期、おばあちゃんとお母さんは協同組合のためにパンやパイやケーキを焼く。だから金曜の朝から土曜日にかけて、家中がすばらしいにおいに包まれる。

時々おばあちゃんは大豆に何かくさいものを加えてキャンドルを作っている。ディロンも作り方を教わった。パンの焼き方なんかを教わったように。

ただ、ディロンはそういうことより豚や鶏に餌をやったり、家畜が餌を奪いあうのを眺めたり、肉牛の飼い葉桶《おけ》に餌を運び入れたり、雌山羊《やぎ》の乳を搾ったりするほうが好きだった。それと馬房の掃除のほうが。

十一時前には午前中の仕事をほぼ終え、馬房の汚れた干し草を最後にもう一度手押し車で馬糞の山まで運んだ――本物の牧場主は朝一で仕事に取りかかるものだと、ディロンは知っているのだ。

そのとき、牧場の私道を近づいてくる車の音が聞こえ、空を見あげて今の時間を推し量った。親友のレオとデイヴが遊びに来ることになっているが、約束は昼過ぎだ。ふたりにしては早すぎる。

ディロンはからっぽの手押し車を納屋にしまうと、作業用手袋をズボンに叩きつけて汚れを落とし、誰がやってきたのか確かめることにした。

いかにも少年らしく、銀色に輝く車を見てBMWだとわかった――高級なSUVだと。ただ、それを誰が運転しているのかは見当もつかなかった。

一家でたったひとりの男として、ディロンは足を開き、ズボンの前ポケットに親指を引っかけてその場で待った。

ヒュー・サリヴァンがおりたつのを見て、挨拶をしに歩み寄る。

「こんにちは、ミスター・サリヴァン」

「やあ、ディロン」

ヒューがまわりを見まわす前にディロンと握手してくれたおかげで、ディロンは一家の主《あるじ》の気分を大いに味わうことができた。

「このあいだお邪魔したときは、この景色をちゃんと見られなかった。あの日はすでに暗かったし、孫が心配でたまらなかったから。ここはすばらしい場所だね」

「ありがとうございます」

ヒューはディロンの後ろポケットからのぞく作業用手袋を指した。「そして、きみはその牧場で一生懸命働いている。きみにはまだ山ほど仕事があると思うが、数分でいいから、きみときみのお母さんとおばあさんと話をさせてもらえないか」

「もちろんです。午前中の仕事はほぼ終わりました。お母さんとおばあちゃんは家でパンやお菓子を焼いてます。たいていは金曜日に協同組合のためのパンやお菓子を焼くんですけど、明日は特別なイベントがあって、今日もたくさん焼いてるんです」

ケイトが来なくて残念だが、ディロンはそのことを口に出さなかった。

「そうだ、このあいだ保安官が来て、ケイトを誘拐した犯人たちが捕まったって聞きました。もう刑務所に入ってるって。よかったですね」ヒューを玄関へ導く。「ぼくのお父さんを殺した男も刑務所にいるんです」

ヒューはぴたりと立ちどまって少年を見おろした。「お父さんのことはお気の毒だったね、ディロン。そんなことがあったとは知らなかったよ」

「とても小さいころのことなので、お父さんのことは覚えてません。でも、お父さんはぼくのヒーローです」

ディロンはマットにブーツをごしごしこすりつけてからドアを開け、礼儀正しくきいた。「コートを預かりましょうか」

「お願いするよ」

ディロンにコートを渡し、ヒューは深く息を吸いこんだ。「まるで天国みたいなにおいだ」

ディロンはにっこりした。「キッチンに行くと、もっといいことがありますよ。あなたはお客さんだから、きっとお母さんやおばあちゃんからパイやクッキーを勧められるはずです。あなたが断らなければ、ぼくもお菓子を食べられます」

ヒューはうれしそうにディロンの肩に腕をまわした。「わたしは断らないよ」

ディロンは焼きたてのパンや発酵生地や焼いたフルーツの香りが漂うなか、大きなエプロンをつけた女性たちが生産ラインのごとく働くキッチンへとヒューを導いた。

長いカウンターには、パイやパン、まだアイシングでコーティングされていないケーキ、冷却用のラックに広げたクッキーが並んでいる。ディロンはダイニングテーブルのたくさんの箱に目をとめた。〈ホライズン牧場〉のラベルが貼られた白い箱には、ふたりが作ったごちそうが隠れているのだ。

大きなスタンドミキサーが何かの生地をかき混ぜているあいだ、結った髪を小さな料理人用の帽子で覆ったジュリアが、クッキーをのせた天板をオーブンから取りだした。アイランドカウンターではすでにパイ生地が準備万端で、マギーがリンゴの皮をむいて芯を抜く道具を操っている。

大型オーディオプレーヤーからは大音量のロックンロールが流れ、いい香りの空気を震わせていた。

ヒューの目には、ふたりの女性がバレリーナのように優雅で、木こりのようにたくましく、科学者のように集中して見えた。

「母さん！　ミスター・サリヴァンが来たよ」

「えっ？　もう仕事は終わったの？　あら」ヒューに目をとめたとたん、ジュリアは天板を置き、粉まみれの手をエプロンでふいた。そして母親の肩を突き、音楽をとめた。

「すみません」ジュリアが話しだした。「てんやわんやの状態で」

「とんでもない。どれもおいしそうだ。こちらこそ、お邪魔して申し訳ない」

「ちょうど少し休憩したいと思っていたところだよ」マギーが肩をまわした。「ディロン、ヒューをリビングルームに案内してちょうだい」

「もしよければ、ここに座ってもかまわないかな?」ヒューはまぶたを閉じて、大げさに息を吸いこんだ。「そして、この香りに酔いしれたい」

「どこでも、お好きなところに座ってください」ジュリアはスタンドミキサーのスイッチを切った。「ディロン、さわらないで。まず手を洗っていらっしゃい」

「ルールはちゃんと知ってるよ」少年はぐるりと目をまわして出ていった。母親たちがオーブンでパンやお菓子を焼く日は、仕事のあとキッチンで手を洗ってはいけないというのが、ルールのひとつだからだ。

「正直に言わせてもらうと」マギーが口を開いた。「すっかり疲れ果てているようだね。今日はコーヒーを出すのはよそう。時には体がおいしいハーブティーを必要とすることもある。ちょうどいいハーブティーがあるんだよ」

ヒューがありがたく思いながら、調理道具がところ狭しと置かれているテーブルに着くと、マギーはケトルを火にかけ、ジュリアは数種類のクッキーをのせた皿を彼の前に置いた。それを見て、ヒューはにっこりした。

「ありがとうのひと言ではとても言い表せないよ」

「いいえ、その言葉だけでけっこうですよ」ジュリアが言った。「誘拐事件にかかわった犯人たちが逮捕されたと聞いて、わたしたちは心底ほっとしました。ケイトリンはどんな様子ですか？」

「あの子は……」元気にしていると答えるつもりだったが、思わず心配や不安が口をついて出た。「ケイトは悪夢を見て、ひとりになることをひどく恐れている。エイダンは、わたしの息子はあの子にカウンセリングを受けさせるつもりだ。ケイトがセラピストに胸のうちを打ち明けられるように」

ディロンが戻ってくると、ヒューはいったん口を閉じた。「ミスター・サリヴァンはぼくたち全員に話があるそうだよ」

「ああ、そのとおりだ。きみもここに座って、クッキーを一緒に食べてくれないか？」

「いいわよ、ディロン」ジュリアは冷蔵庫から水差しを取りだし、息子のために山羊のミルクをグラスに注いだ。

「わたしの妻も――妻のリリーも――みなさんに感謝したいと言っていた。本当は一緒に来るはずだったが、エイダンやケイトと先にロサンゼルスへ戻ったんだ。エイダンとケイトは、とりあえずわたしたちのゲストハウスに滞在する予定だ。ケイトが自宅に戻りたがらなくてね」

「彼女のお母さんもそこで暮らしてたからでしょう」

「ディロン」ジュリアがつぶやいた。

「いや、彼が言ったことは正しい。そのとおりだよ。今朝、わたしの母はアイルランドに発った。ビッグ・サーの家は……父がいなくなった今、母には広すぎるらしい。父の思い出がたくさんつまった家は、今の母には悲しみをもたらすようだ。エイダンも今回の事件にまつわるすべてから遠ざかるために、ケイトを連れてアイルランドに行くことにした。それがあの子のためだとわたしたち全員が思っているし、ケイト自身もそれを望んでいる」

「寂しくなりますね」

「ああ。母からビッグ・サーの屋敷を受け継いだので、リリーとわたしはもっとここで過ごしたいと思っているよ。長年両親のために働いてくれた管理人夫婦がいるから、わたしたちがロサンゼルスにいたり、仕事で留守にしたりするときは屋敷をまかせるつもりだ」

マギーが彼の前にカップを置いた。「さあ、これを飲むといいよ」

「いただきます。ちょっと頼みがあるんだが、わたしたち夫婦がビッグ・サーにいるときに、もしよかったら一緒にディナーでもどうかな？」

「もちろんです。今夜はおひとりですか？」ジュリアが尋ねた。

「わたしはここを発つ前に、いろいろとやらなければならないことがあってね。明日の午後に発つ予定だ」

「でしたら、今夜一緒にディナーを食べましょう。レッドも来ることになっていて、これを焼き終えたら、牛肉の蒸し焼き料理を作る予定なんです」

「ああ……ありがとう。ぜひディナーをご一緒させてもらうよ」ヒューは落ち着きを取り戻すべく、カップを手に取ってハーブティーを飲んだ。「おいしいお茶だ。おもしろい味がするが、これはなんだろう?」

「バジルとハチミツさ」マギーが答えた。「ホーリーバジルという品種で、ハチミツは自家製だ。ストレスや疲労にきくお茶だよ」

「あなたがたはおふたりともすばらしい女性だ。そして明らかにこの少年を立派に育てている。家族を――うちの大家族を代表して言わせてほしい。われわれはあなたたちへの恩を永遠に忘れない」

「恩だなんて」ジュリアが言いかけると、ヒューがその手をつかんで制した。

「ケイトはわたしにとってかけがえのない存在だ。もちろん、リリーの連れ子たちも大好きだし、実の子のように愛している。だがケイトは、わたしの実の息子のたったひとりの子供だ。わたしの最初の妻は亡くなってね」ディロンに説明した。

「それはお気の毒でしたね」

「最初の妻のミドルネームもケイトリンで、彼女の面影がケイトの瞳や動作のなかに見えるんだ。ケイトはわたしにとってかけがえのない孫娘だ。だから、どうか感謝の意を伝える以上のことをさせてほしい。あなたたちがケイトのためにしてくれたことに値段をつけられないのはわかっているが。決して返せない恩に、目に見える形のお礼をさせてほしいんだ」

「あなたは親切な人だね」マギーはボウルをつかみ、その中身をリンゴの上からかけた。「でも、怯えた子供のために正しいことをしたからって報酬は受けとれないよ」

「だが、ケイトはわたしにとってかけがえのない存在だ」

ヒューの心情や要求や心の痛みを読みとったジュリアが決断をくだした。「ディロン、もう仕事は終わったの？」

彼は手遅れになる前に、二枚目のクッキーを頬張っていた。「あともう少しで終わるところだよ」

「あなたの分のクッキーはもうおなかにつめこんだでしょ。だったら、残りの仕事を終えていらっしゃい」

「でも――」言い返そうとしたディロンは、母親のまなざしに気づいた。口答えしたら代償を払うことになると警告する目つきに。彼はしぶしぶ立ちあがった。「じゃあ、またディナーのときに、ミスター・サリヴァン」

「ヒューと呼んでくれ。ああ、またあとで」

ヒューは少年が出ていくのを待った。「何か受けとってもかまわないものを思いついたんだね」

「ええ、まあ。以前わたしたちは犬を飼っていたんです。ディロンはそのデイジーをとてもかわいがっていました。デイジーはあの子の行くところはどこにでもついていきました——学校以外は。もし学校に行く方法がわかれば、息子の机の下に潜りこんだでしょうね。わたしたちは、夫とわたしは、息子が生まれる前にその犬を飼い始めたので、ディロンは生まれたときからずっとデイジーがそばにいました。その犬が二カ月前に死んでしまったんです」

彼女の声がひび割れた。「わたしはまだその死を乗り越えていません。でも、そろそろデイジーの死を悼む気持ちに区切りをつけなければならないと思っています。それに、ディロンはコンピューターを使うと犬の写真ばかり見ているんです。あの子はもう心の準備が整っているんでしょう」

マギーがエプロンを持ちあげ、その端で目元をぬぐった。「わたしもあの忌々しい犬が大好きだったよ」

「ディロンが飼いたい犬をどれでもプレゼントしましょう」

「知り合いに動物の保護と里親を探す活動をしている女性がいます。わたしは二週間前からこのことについて考えていましたが、今まで踏みだせなかったんです」

「これで踏みだせるわね」マギーが横から口をはさみ、ジュリアの背中を撫でた。

「そうみたい。その女性はここからそう遠くないモントレーに住んでいます。もし、ディロンを連れて犬を見に行っていただけるなら、彼女に電話します」

「ああ。犬をプレゼントさせてもらえるなら、そうしよう」

「ひとつお願いしてもいいですか。ディロンにはどこに行くか教えないでほしいんです。サプライズもプレゼントの一部として。これはプレゼントであって、報酬じゃありませんから」

「ああ、プレゼントだ」立ちあがると、ヒューはジュリアの手を取ってキスをした。

「ありがとう」

　突然ヒューの用事を手伝うことになったディロンは、母親に言われてシャワーを浴びた――二度目のシャワーを。

「昼過ぎにレオとデイヴが来ることになってるんだけど」

「それまでには戻れるわよ。あなたが戻らなければ、わたしたちがふたりの相手をしているから」

　ジュリアはディロンに作業用の上着ではなく制服のジャケットを着せた――誰もぼくの格好なんか気にしないのに。とはいえ、高級車に乗るのはいい気分だった。

「手伝ってくれてありがとう、ディロン」

「気にしないでください」シートベルトをしたあと、ディロンは革張りのシートに指を滑らせた。なんてなめらかなんだ。「すごい車ですね」

「ああ、気に入っているよ。じゃあ、道案内を頼む」ヒューはジュリアに書いてもらった道案内のメモをディロンに手渡した。

「母さんの字だ」

「ああ、ジュリアにも手伝ってもらった。ところで、ディロン」少年が何か尋ねる前に、ヒューは続けた。「大人になったら何をして、何になりたいんだい？」

「牧場主になって、今みたいに暮らしたいです。牧場は最高です。動物と、特に馬と働けるから。それに、作物も植えられるし」

「山ほどやることがあるだろうね」

「ええ、でも最高です。春と夏は人手が足りなくてほかの人に手伝ってもらうこともありますけど、普段はぼくとお母さんとおばあちゃんだけで仕事をしてます。この牧場の道の突き当たりで左に曲がって、モントレーに向かってください」

「了解だ。特に馬と働けるからって言っていたが、きみは馬に乗るのかい？」

「もちろんです。乗馬は大好きです。馬の調教の仕方も知ってます。あなたが元ガンマンの牧場主を演じた映画を観ました」

「ああ、『贖罪《しょくざい》』だね」

「ええ、その映画です。次の十字路でまた左に曲がってください。あなたも馬に乗るのがすごく上手ですね。このあいだ、あなたがケイトやあなたの息子さんや、たしかあなたのお父さんと一緒に作った映画のDVDをお母さんが借りてくれたんです。翌日、学校がない日に家族で観ました。あなたたちはみんなアイルランド訛りでしゃべってましたね。ケイトまで訛っているので、変な感じでした」

ヒューは笑って、十字路を左折した。

「変だと思ったのは、しばらく観ていたら、ケイトやあなたや彼女のお父さんが誰なのか忘れてしまったからです。まるであなたたちが映画のなかの人物のように思えて。あっ、次を左です」

ヒューは車のスピードを落とし、ディロンをじっと見た。「きみはたった今、わたしと息子と孫娘と父に、最高の褒め言葉をくれたよ」

ディロンはそう思ってもらえたことがうれしかったが、自分ではどのあたりが褒め言葉だったのかわからなかった。「映画スターって楽しいですか?」

「常に楽しいとは限らないが、俳優という仕事は最高だよ」

ディロンは楽しくないこともあるのにどうして最高なのかわからなかった。だが、質問するのは失礼な気がした。それに、母さんは失礼なことを嫌う。

「母さんのメモによると、左側に大きなガレージがあるブルーの家だそうです」

「じゃあ、到着したようだな」

ヒューは私道に乗り入れ、バンとトラックの後ろに車をとめた。「一緒に来てくれてありがとう」

「気にしないでください。そうでなければ、お母さんやおばあちゃんに部屋の掃除をさせられてたはずですから」

「きみは賢いな」ヒューはつぶやき、ディロンとともに車からおりた。

ブルーの家の正面の芝生にはしゃれた三輪車が置かれていた。家の角の軒に鳥の巣箱がつるされ、客を見ても退屈そうにしている巨大な虎猫が正面の窓越しに見えた。ヒューが玄関のドアをノックすると、家のなかから犬がひっきりなしに吠える声が響き、窓辺の猫はあくびをした。すぐさまドアが開いた。

ディロンの目に映った女性は、母親よりも年上で、祖母より若く見えた。ショートカットのブラウンの髪に、真っ赤な唇、ピンク色に染まった頬。土曜日の朝にしてはずいぶんおしゃれで色鮮やかなシャツを着て、胸に手を押し当てている。

女性は金切り声をあげるように言った。「まあ、ヒュー・サリヴァンだわ！　ああ、信じられない――ああ、なんて……。どうぞ、お入りください。わたしはローリー・グリーンスパンです。お会いできて、ただただ光栄です」

ヒューは礼儀正しく挨拶し、ローリーの手を取ったが、ディロンはほとんど注意を払っていなかった。ヒューは映画スターなので、みんな――少なくとも一部の人は、映画スターに熱狂するものだ。やっぱり俳優はすごくクールな仕事なのだ。

「そして、あなたはジュリアの息子さんね」

「はい」

「どうぞお入りください。散らかっていてすみません」女性はまたヒューをうっとりと見つめた。「あなたから電話をもらったとき、ちょうど掃除をしていたんです」

そのシャツでじゃないはずだと、ディロンは思った。

「とてもすてきなお宅ですね。お忙しいところにお邪魔させてもらってありがとうございます」

ヒューの褒め言葉に、ローリーの頬がますますピンク色に染まった。「忙しすぎるなんてことはありません――」口ごもると、ディロンをちらっと見た。「楽しいお客様をお迎えするんですから。どうぞお座りください。すぐに戻りますね」

ローリーが足早に出ていくと、ディロンはヒューを見あげた。「あなたに会って、ああいうふうになる人は大勢いるんですか？」

「ああいうふうって？」

ディロンはうっとり見つめる様子をできるだけまねて、さらにすばやく頭を振った。ヒューは爆笑し、親しげにディロンの肩にパンチした。

「まあね、そういうこともある」

「あなたは――」二匹の子犬が無我夢中でキャンキャン吠えながら部屋に駆けこんでくると、ディロンの言葉が途切れた。

ヒューが見守るなか、ディロンはぱっと顔を輝かせてしゃがみこんだ。子犬たちはそこら中をなめながら、必死に少年によじのぼろうとしている。少年も子犬同様大喜びで、子犬たちの体を撫でまわした。

まさにひと目惚れだと、ヒューは思った。

「かわいいでしょう?」

「ええ」ディロンが笑いまじりの声で答えるなか、子犬たちは跳ねてはなめて転がった。「この子たちの名前はなんていうんですか?」

「まだ名前はつけていないの。あまり思い入れが強くならないように、ガールとボーイって呼んでいるわ。わたしは動物たちの一時的な里親なの――ほとんどは犬や猫だけど、まったく違う動物を保護することもあるわ。ペットが捨てられたり虐待されたりすることがあって、その子たちが一生の家を見つけるまで、ここで面倒を見ているの。この子たちは六匹のきょうだいのうちの二匹よ。この子たちのママは必死に子供たちを育てようとしていたわ。かわいそうに、この子たちは排水溝に住みついていたのよ」

「そんなふうに動物の面倒を見るなんて、あなたは本当に優しい人なんですね、ローリー」

「わたしはただ、動物が虐待されるのを見ているのが耐えられないの。わたしたちはこの子たちみたいな子犬や母犬を保護して世話をしているのよ」

「その犬は大丈夫なんですか？」ディロンが尋ねた。「この子たちの母親は？」

ディロンは自分を見つめ返すローリーの誠実な瞳を見て、さっきのうっとりしたまなざしのことなど忘れた。「ええ。今日、夫が母犬を動物病院に連れていって、去勢手術を受けさせているわ。母犬にふたたび元気になる時間を与えるために、まず子犬たちを乳離れさせなければならなくて。母犬はエンジェルと呼ぶことにしたわ、とってもきれいな目をしているから。エンジェルのことはわたしたちが最期まで飼い主として面倒を見るつもりよ」

「でも、子犬たちは飼えないの？」

ローリーはディロンに微笑みかけた。「もしそのための部屋や資金があって、それが可能なら、保護した動物はすべて飼い続けるわ。でも、分かちあうほうがいいと思うの。すでにほかの子犬たちはいい飼い主に引きとられたわ」

彼女がちらっと目をやると、ヒューはうなずいた。

「この子たちはエネルギーの塊よ。わたしたちが知る限り、エンジェルにはボーダーコリーとビーグルの血が入っているわ。つまり、母親似なら、この二匹は人なつっこくて、家畜の番をしたり駆けまわったり遊んだりするのが好きなはず。そして、この二匹には相手をしてくれる人が必要なの。だから、あなたがこのうちの一匹を引きとって、いい飼い主になってくれたらうれしいわ」

「えっ！」ディロンはまた顔を輝かせたが、うなだれて子犬たちに鼻をすり寄せた。

「でも母さんは——」

「いいって言っていたよ」ヒューが口をはさんだ。

ディロンは満面の笑みを浮かべて、ぱっと顔をあげた。「本当に？　本当ですか？　信じられない！　ぼくがどちらか一匹を飼ってもいいんですか？　ぼくは……でも、どうやって選べばいいんだろう？」

子犬好きのヒューも腰を落とした。「二匹ともかわいい子犬だ」

「どっちも見た目がボーダーコリーによく似ているわ」ローリーは言った。「ガールのほうが顔が茶色いけど、二匹とも黒とブラウンと白の美しい斑点がまざっている。それに尻尾がふさふさで、耳がたれているわ。そして間違いなく母親譲りの目をしている。あなたは雌より雄のほうがいいんじゃない？」

ディロンはかぶりを振った。「この子たちは家族で友人ですよね。こんなふうにじゃれあってキスしてるし。ぼくがどちらか選べば、もう一匹は取り残される。きょうだいをそんなふうに引き裂いていいのかな。そんなのフェアじゃない気がします」

ディロンはヒューにさっと目を向け、また子犬たちに顔を埋めた。だが、その一瞬に心からの嘆願がこめられていた。

ヒューは息を吐いて立ちあがった。「一本電話をかけないといけないんだが、少し席を外してもかまわないかな？」

「ええ、いいですよ」ヒューが出ていくと、ローリーは椅子の端に座った。「あなたがどっちの子を連れて帰っても、ちゃんと面倒を見て、いい友達になってくれるとわかっているわ。それはわたしにとってとても大事なことなの」

「ほかの人にこの子たちを譲るのはつらいですか？」

「ちゃんとした相手なら、それほどつらくないわ。よかったって思えるから。今もそう感じているわ。二匹のどちらかが、少年に愛され、ちゃんと責任を持って世話をしてもらえるとわかっているから」

「もう一匹は悲しむんじゃないですか？」

「その子にもちゃんとした相手や一生の家が見つかるまで、わたしはその子が幸せで健康でいられるようにできるだけのことをするつもりよ」

ディロンは子犬がほしくてたまらない気持ちと一匹を残していく罪悪感に心が引き裂かれ、黙ってやわらかい毛皮を撫でることしかできなかった。

そこにヒューが戻ってきた。「きみは運がいいぞ、ディロン。あんなに賢く愛情深いお母さんがいるなんて。ローリー、あなたさえ認めてくれれば、ディロンは二匹とも飼っていいそうだ」

「二匹とも？　どっちも飼っていいの？」ディロンは顔を輝かせ、二匹をハグしようとした。「二匹を連れて帰れるの？」

「ああ、ミズ・グリーンスパンさえ同意してくれれば」

「お願いします」ディロンは子犬たちを抱え、感情もあらわな目でローリーを見あげた。「この子たちの面倒はちゃんと見ます。ぼくの家は二匹が駆けまわれるくらい広い土地があります。ぼくが学校に行ってるときは、お母さんとおばあちゃんがこの子たちの面倒を見るし、それ以外や、ぼくが牧場の仕事をするあいだは一緒にいられます。ちゃんと餌をやって新鮮な水もあげます。世話の仕方はわかっています」

「この二匹はもうあなたを飼い主に選んだみたいよ。この子たちはとりわけ賢いから、きっといろんな技を教えられるはずよ」

「いいんですか？　ぼくが二匹を連れて帰っても？」

ローリーは念入りにメイクしたことを忘れて目元をぬぐった。「もうこの子たちはあなたの犬よ。じゃあ、あなたに必ずやってもらいたいことリストを渡すわね。二匹ともすでにワクチンは接種しているけど、ほかにも必要なものがあるから必ず受けさせてね。あなたの地元の獣医さんは優秀よ――あなたのお母さんからどの獣医にかかっているか聞いたの。わたしも同じ獣医さんを利用しているから、彼女は腕がいいと知っているわ。この子たちがある程度大きくなったら、その獣医さんのところへ連れていって、卵巣を取りのぞく手術や去勢手術を行うと約束してちょうだい。とても大事なことだから。それから、ひとつ警告しておくと、この子たちはトイレのしつけをしたばかりなの。新しい家に連れていくと、たいてい忘れてしまうわ。だから、あなたの家でしつけ直してちょうだい」

「はい、約束します」

「オーケー。じゃあ、リストを持ってくるから、サインしてね。犬の世話や餌やりや、しつけに関するアドバイスをのせたパンフレットもあるから渡すわ。それと、飼い主になってくれた人たちには、いつもちょっとした包みをプレゼントしているの――犬のおやつとおもちゃのつめ合わせよ。あと、申し訳ないんだけど、保護活動費用の一部として五十ドルを払ってもらわないといけないの」

「今日はお金を持ってきてないんです。でも、お小遣いを貯《た》めてあります。すぐに持ってくるので――」

「ディロン、これはわたしからのプレゼントだ。きみへの感謝の印だよ」

またしても胸が張り裂けそうになり、ディロンはかぶりを振った。「母さんは――」

「このプレゼントなら受けとると言ってくれた」ヒューが言葉を継いだ。「きみに受けとってもらえたら、本当にうれしいよ」

ヒューは取引を結ぶために手をさしだし、ディロンがその手をつかんで握手すると微笑んだ。

「ありがとうございます。これは今までもらったなかで最高のプレゼントです」

「きみもわたしに同じことをしてくれたんだよ。ところでローリー、きみが〈ラビング・ハーツ・アニマル・レスキュー〉という動物保護団体に加盟しているとジュリアから聞いた。子犬の譲渡料に加え、きみの団体にも寄付したいんだが」

「なんてご親切に、心から感謝します。では、ここで書類手続きをしましょう。ディロン、子犬たちをそのドアから外に連れだしてもらえる？　小さな囲い地があるの。その子たちを車に乗せる前に、外で用を足させておいたほうが賢明よ」

それから三十分ほどかかって、ヒューはディロンを手伝いながら子犬たちを借りた箱に入れ、SUVの後部座席に積みこんだ。ローリーが〝お祝いバスケット〟と呼ぶドッグフードのサンプルやおやつやおもちゃがつまったプレゼントとともに。

子犬たちは骨の形をした大きなブルーのおもちゃを分けあい、とりあえず満足そうなので、ヒューは運転席に座った。

「きみが次にやるべきことは、子犬に名前をつけることだな。もう何か思いついたかい？」

「雄はギャンビットで、雌はジュビリー。どちらもX‐MENのメンバーで、とってもかっこいいんです」

「ギャンビットとジュビリーか」ヒューは私道から車を出しながら、子犬たちをちらっと振り返った。「いい名前だ。子犬たちを連れて帰る前に、もうひとつやることがある。首輪と散歩紐《ひも》と子犬用のベッドやなんかを買いに行こう。もちろん、それもプレゼントの一部だ」ディロンが口を開く前に、そうつけ加えた。

ディロンは後部座席を振り返ってから、ヒューに目を向けた。「このことは決して忘れません」

ヒューはディロンのほうを向くと、車を走らせた。「わたしもだよ」

第二部　次の曲がり角

名声が汚名に転じるのはよくあることだ。

――フランシス・クォールズ

全世界が舞台劇を演じている。

――モンテーニュ

9

二〇〇八年　メイヨー州

ケイトは湖のほとりにたたずみ、曾祖母がとてもかわいがっていた大きな黒い犬のローラが泳ぐのを眺めた。カモが抗議するように鳴きながら散らばるなか、ローラはアザラシのようになめらかに水面を横切った。

頭上の層雲から霧雨が降っていても、ローラにとっては毎日が休日なのだ。曾祖母が愛する夫と同じく眠るように静かに息を引きとった当初、ローラは悲しみに打ちひしがれた。曾祖母のベッドの足元に何日も寝そべり、ケイトが曾祖母のスカーフを首に巻いてやるまで、まったく慰めようがなかった。

しみついたにおいに心が安らいだのか、ローラは徐々にもとの陽気な性格を取り戻していった。

またサリヴァン一族は——そして世界は——故人を弔った。そして、旅立った家族のために人生を祝福した。

ケイトはなぜ曾祖母の死や一連の儀式が悪夢や不安を呼び覚ましたのかわかっていたが、だからといってそれを乗り越えるのが楽になるわけではなかった。犬が水しぶきをあげ、多くの親族がコテージにいる今でも、つい湖の脇の林を見ずにはいられない。

万が一何かの気配がしたり、誰かが待ち伏せしていたりした場合に備えて。

そんなことはないとわかっている――もう子供ではないのだから――それでも見ずにはいられないのだ。

あの林のことは、コテージの庭や部屋のように知りつくしている。この七年間の大半をここで暮らしてきたのだから。ロサンゼルスは何度か訪ねただけだ。

イギリスやイタリアに行ったのも、ただの旅行にすぎない。

最初の一年、父はあらゆるオファーを断った。それはマスコミだけでなく、ケイトが抱える不安から娘を守るためだったのだと、今ならわかる。

でも、アイルランドには曾祖母とニーナがいてくれた。何度か訪ねたロサンゼルスにはグランマ・リリーと祖父が、ニューヨークを訪れたときはモーリーンおばさんとハリーおじさんたちがいた。

ニーナが恋に落ちて結婚したときはうれしかった。彼女がもうこのコテージやロサンゼルスのゲストハウスに住まないことを意味しているとしても。

ケイトもうこのコテージでは暮らせない。曾祖母が亡くなり、父にも仕事がある。だから、ロサンゼルスに戻って、ここは訪ねる場所になる。

ようやくローラが湖からあがってきて、びしょ濡れの体から水を吹き飛ばすと、幸せそうに濡れた芝生に転がった。

「ローラに負けないくらいびしょ濡れだな」

ケイトは祖父に向かって微笑んだ——笑顔の作り方は心得ている。「ただの霧雨よ」肩を抱かれて、祖父の頭に頭を寄せた。「ひいおばあちゃんがひいおじいちゃんのもとに旅立つ準備ができているのはわかっていたの。この数週間、ひいおばあちゃんはひいおじいちゃんのことばかり話していたから。時々……」

「時々、なんだい?」

「ひいおじいちゃんに話しかけていたわ」ケイトが顔をあげると、祖父のつややかな銀髪は霧雨に濡れて輝きを増していた。「ひいおばあちゃんはよくひいおじいちゃんに向かって話していた。ひいおじいちゃんの返事が聞こえると半ば信じているみたいに。わたしには何も聞こえなかったけど、きっとひいおばあちゃんには聞こえていたのね」

「わたしの両親は生涯愛しあっていた」ヒューは孫娘の頭がもう自分の顎まで届くこ

とに毎回驚きながら、ケイトのこめかみに唇を押し当てた。「わたしたちにとって、ふたりを失うのはつらいことだ。おまえもこうしてアイルランドを離れるのはつらいんじゃないか。でも、また戻ってこられるよ。約束する」

でも、そのときにはもう今とは違うはずだ。

「ローラを連れていけないのはわかっているわ。あの子の家はアイルランドで、ここから引き離すのはフェアじゃないから。ローラはニーナやロブや子供たちが大好きだし、きっとニーナの家族とともに幸せに暮らすはずよ」

「わたしに何かできることはあるかい、ケイティ？　どうすれば少しでも気持ちを楽にしてあげられるだろう？」

「わたしが心配だからって、いい脚本を断るようなことをお父さんにさせないでほしいの。そんなこと耐えられないから。わたしはもう十七歳だし、お父さんにはわたしならなんとか……対処できると信頼してもらいたいの」

「おまえはどうしたいんだ？　自分自身のために」

「わからない。はっきりとはわからないけど、サリヴァン一族の一員だから、みんながやっていることをまた試すべきだと思うわ」

「また芝居をしたいのか？」

「試してみたいの。最後に演じてからずいぶん経つけど、わたしには役者一族の血が流れているはずでしょう。ただの脇役でいい、まずはちょっとした役で試してみたい。一歩踏みだすために」

「ちょうどいい役を紹介できるかもしれない。帰りの機内でそのことを話そう」

ケイトは全身がこわばり、締めつけられた。「もう出発の時間なの？」

「ああ、もうすぐだ」

「わ、わたし、ローラをニーナたちの家まで連れていきたいわ。みんなに別れを告げるために」

「ああ、行ってくるといい。エイダンにはそう伝えておく。ケイトリン」ヒューは犬のほうへ歩きだした孫娘に向かって言った。「人生は曲がり角の連続だ。これも新たな曲がり角だよ」

その場に立ちつくすケイトの黒髪は雨で湿っていた。瞳は夏空のように真っ青で、失恋でもしたように悲しげだった。「そこからどこに導かれるのか、どうやってわかるの？」

「それは決してわからない。そして、わからないことこそ、人生の冒険の醍醐味《だいごみ》でもある」

もしわたしが冒険なんか望まなかったら？　ケイトはローラのお気に入りのおもちゃがつまったバックパックを背負った。もしわたしが穏やかで平凡な生活を望んだら？

もしわたしが新たな方向に足を踏みだしたくないと思ったら？

わたしには選択肢がない――常に選択肢が限られていることにいらだちながら、ケイトはローラを呼び寄せ、犬とともに林の縁に沿って小道を歩きだした。

何度もたどったなじみ深い小道を。ローラと歩くことが多かったが、考えごとをしながらひとりで歩くこともあった。この住み慣れた場所を離れたくないと思うことすら許されないの？

ロサンゼルスに行ったら、どこで湿った草のにおいをかぐことができるのだろう？

霧雨のなか、舗装されていない小道を散歩するささやかな幸せをどこで見つけられるのだろう？

ローラが駆けだす前に、カササギの鳴き声がした。この声も恋しくなるもののひとつだ。

わたしの人生の転機は十歳のときに訪れた。あれから、何もかもが変わってしまった。

「誰もあのことを話さないの、ローラ」生け垣からたれさがるフクシアのにおいをかいでいた犬は、自分の名前を聞いてあわてて戻ってきた。「このわたしでさえも。でも、そんなことをしてなんの意味があるの？　わたしは数を数えられるわ。だから、あの人が仮釈放される日が近づいているのを知っている」

ケイトは肩をすくめてバックパックを背負い直した。そんなことはどうだっていい。誰が気にするというの？　もしあの人が仮釈放されたところで、ただそれだけのことよ。何も変わらないわ。

だが、ケイトは状況が一変することを危惧していた。もし母が刑務所から出てくれば、また自分にはコントロールできない変化が起こり、それを受け入れるしかなくなる。

もしかしたら、ひょっとしたらだけど、また芝居を始めれば、この忌々しい人生を多少はコントロールできるようになるかもしれない。家族のことは愛しているけれど――アイルランドの家族もアメリカの家族も心から愛しているけれど、わたしには自分自身の人生が必要だ。

自分自身の人生や、自分でくだす決断や、独立した生活が。

「恋しいわ」ローラに向かってつぶやいた。「別人を演じることや、お仕事や芝居の楽しさが恋しい。だから、もしかしたらうまくいくかもしれない」

一年後には自分自身でさまざまな選択ができるようになるかもしれない。一生懸命お芝居に取り組むか、ここに戻って湖のほとりで暮らすか。ニューヨークかどこか別の場所に行ったっていい。わたしは……。

また新たな角を曲がることができる。

「ああ、なんてこと。ローラ、それこそまさにおじいちゃんの言いたかったことだわ。結局おじいちゃんたちが正しかったってわかるのは、なんだか癪ね」

ケイトは携帯電話を取りだすと、緑の生け垣に映える真っ赤なフクシアの写真を撮った。そしてローラの写真も。舌をだらりとたらし、楽しげな目をした犬の写真を何枚も撮った。

ごつごつした古木の写真も——この下で、わたしは初めてキスをした。たしかトム・マクラフリンは遠縁のいとこだから、まあ、親戚の一員だ。

首をのばして石垣の向こう側の草を食《は》んでいる牛の写真も撮った。ミセス・リアリーのコテージの写真も。曾祖母とわたしは彼女から黒パンの焼き方を教わった。

すべて写真におさめよう。そうすれば悲しくなったり途方に暮れたりしたときに、いつでも眺められる。

ミセス・リアリーのコテージからほんの数百メートルのところで、でこぼこ道に出た。どこに向かっているかお見通しのローラがはしゃいだ声で吠え、走りだした。

「さようなら」そう言って、ケイトは涙を流した。きっとニーナならわかってくれるだろう。「さようなら」

長い黒髪を背中にたらし、ほっそりした背筋をぴんとのばして、ケイトはしばしその場にたたずんだ。それから、正式に別れを告げるために犬のあとを追った。

ロサンゼルスは日ざしにあふれていた。車道も歩道も焦げそうなくらいだ。生命力に満ちた色鮮やかな花。サリヴァン邸を取り囲む塀やゲートの向こうから、やかましく行き交う車の音が聞こえる。おしゃれなレストランでは、業界入りを夢見る容姿端麗な人々に給仕されながら、やはり見た目のいい人々がオーガニックのサラダやキヌアを食べたり商談したりしている。

サリヴァン家のゲストハウスにはさまざまな利点があった。ケイトの美しい部屋は白を基調にパステルカラーを取り入れ、古びているがおしゃれな雰囲気で、思う存分熱いシャワーを浴びられる専用バスルームつきだ。

そのうえ、専用の玄関まである。おかげでゲストハウスの中心を通ることなく、夜も昼も出入りできるので、父が仕事でいないときでも、ケイトはそこを通るのが習慣になっていた。

庭はすばらしいし、プールもお気に入りだ。

その気になれば、自炊もできる——ミセス・リアリーに教わったのは黒パンだけではないのだ。それに、母屋に行って祖父母に加わることもできた。祖父母に外食の予定があるときは、一家の料理人兼家政婦のコンスウェラと一緒にキッチンの椅子に座り、食事だけでなく話し相手になってほしいとねだった。

祖父からおまえにぴったりの役があると脚本を渡されたときは、読み始めたとたんすっかり夢中になった。そして、ジュートに生まれ変わるべくせっせと準備した――ジュートというのは、おしゃれなロマンティックコメディに登場するシングルマザーの娘の奇抜で軽率な親友だ。

登場するのはほんのわずかだが、どれも重要なシーンだった。父の意見を尊重し、何事も父の許可を必要とするケイトは、脚本をエイダンに渡した。

父が寝室のドアをノックしたとき、ケイトはジュートの歩き方を練習している最中だった。足をとめ、〝どうぞ〟と返事をする。

父が脚本を手にしているのを見て、思わずてのひらが汗ばんだ。

「読んだのね」

「ああ。いい脚本だ。だが、おまえのおじいちゃんはこの作品に対して慎重だ。もうキャリー役が決定しているのは知っているだろう」

「キャリーは演じたくないわ。別に、いい役じゃないって言っているわけじゃなくて、ただ今はまだそこまでの大役を背負いたくないの。それに、ジュートのほうがわたしには合っているわ。ジュートは完璧主義者のキャリーや自分の過ちをやたらと償おうとする彼女の母親を茶化し、ちょっとした騒動を巻き起こすのよ」

「ああ。ジュートは生意気な子だ、ケイト」

ケイトはゆっくり肩をまわすと、天井を見あげてだらりと椅子に腰かけた。「もういやになっちゃう。あたしは自分の意見を口にしてるだけなのに」

父がショックを受けたように目を見開くのを見て、ケイトは思った。ジュートの口調を試したのはやりすぎだったかしら。

だが父は噴きだし、ベッドの端に座って、脚本をかたわらに置いた。「ジュートの両親が娘に対してやや怯えているのも無理ないな」

「ジュートは両親より頭がよくて勇敢よ。わたしは彼女の役を射止めてみせるわ、お父さん」ケイトは身を乗りだした。「わたしはジュートの無理してまわりに合わせようとしないところがうらやましいの。もしこの役を手に入れたら、きっと上手に演じられると思うわ。それに、わたしにとってもいい経験になるし」

「おまえは長年、芝居とかかわることをいっさい望まなかった。あるいは……」エイダンは目をそらし、窓の外の黄昏《たそがれ》を眺めた。「ぼくがその扉を閉めたままにしたせいかもしれないな。鍵はかけなかったが、扉は閉めたから」

「お父さんのせいじゃないわ。わたしだって、その扉をまた開けられるかどうか一度もきかなかったし、正直ほとんど思いだしもしなかった。でも今は、自分がまたお芝居をできるのか、演じてみたらどんな気分になるのか確かめたいの」

「おまえは山ほど質問されたり、ビッグ・サーの事件を蒸し返されたりすることを覚悟する必要がある」

ケイトはしばし押し黙り、その場に座ったままじっと父の目を見つめた。「あの人がやったことのせいで、わたしはすべてをあきらめなければならないの？」

「いや、ケイト、そうじゃない。ただ――」

「だったら、やらせて。このオーディションを受けさせてちょうだい。そして、どうなるか試させて」

「おまえの邪魔をするつもりはない」

ケイトは飛びあがって父に抱きついた。「ありがとう、ありがとう、ありがとう！」

エイダンは娘をぎゅっと抱きしめた。「ただし、いくつか条件がある」

「えっ」

「まずボディーガードを雇う」

ケイトは呆然として青ざめ、ぱっと身を引いた。「冗談でしょう」

「女性のボディーガードだ。まわりにはアシスタントだと言えばいい」

「信じられない。わたしみたいなひよっこにアシスタントが必要なわけがないじゃない。お父さん、撮影所には警備員がいるのよ」

「じゃあ、合意は取り消しだな」

その水のように穏やかで澄んだ声から、父が本気だとわかった。

「わたしが死ぬまで心配するつもり？」

「ああ」父の声音は変わらなかった。「それが父親の役目でもある」

「ええ、わかったわ。ほかには？」

「仕事で遅くなるときはメールするように。お互い仕事がある日に帰宅したときは、ぼくがいなければメールすること」

「問題ないわ。ほかには？」

「成績は落とさないこと」

「了解。それだけ？」

「すでに言ってあるが、飲酒やドラッグは禁止だ。ああ、これで終わりだよ」

「じゃあ、取引成立ね。おじいちゃんのところに行って、オーディションの申込みをしてくるわ」

ケイトがあっという間に飛びだしていったので、エイダンはオーディションを受けるのが当然だと思う娘を誇らしく感じる暇がほとんどなかった。だが、彼が七年間遠ざけてきた世界に直面するケイトを案ずる気持ちはいつまでも頭から離れなかった。

そのころケイトは、敷石が並ぶ幅広い小道を母屋に向かって一心に駆けていた。深まりゆく夕闇のなか、すばらしい装飾が施されたジョージ王朝様式の豪邸をめざす。この小道だけでなく、バラや芍薬《しゃくやく》の香りに包まれた庭園を通る小道や、窓ガラスの奥、プールの青い水面にも明かりがまたたいている。

明るく照らされた藤棚の下には屋外キッチンを備えた広いパティオがある。リリーが燃えるように赤い髪を揺らしながら、マティーニのグラスを乾杯するようにかかげた。「コーラを取っていらっしゃい。わたしたち老いぼれと一緒に過ごしましょう」

「老いぼれなんてどこにも見当たらないわ」

ケイトが椅子の縁《エッジ》に座ったのは、崖っぷちに立っているような緊張感《エッジ》を味わっていたからだ。

「お父さんの許可がおりるまで言いたくなかったんだけど、『アブソリュートリー・メイビー』の脚本を読んだわ。お父さんが許してくれたから、わたしはぜひやってみたいと思っているの。いつジュートのオーディションを受けられる?」

見るからにうれしそうな顔で、ヒューがウィスキーのグラス越しに孫娘を見つめた。

「ハニー、わたしはキャリーの怒りっぽい祖父を演じるだけでなく、この作品のエグゼクティブプロデューサーだ。だから、あの役はおまえのものだよ」

鼓動がすばやく打つなか、ケイトは踊りだしたくなった。「わたしはあの役を演じたくてたまらないし、そんなふうに手に入るならいとも簡単だわ。でも、お願い。オーディションを受けたいの。ちゃんとした方法でやりたいから」

「ヒュー、オーディションをしてちょうだい。こんなプライドと高潔さを備えた孫娘を持ったことをお祝いすべきよ」

「ああ、わかった。そうするよ」

「やったわ！　そうとなったら準備しないと」ケイトはぱっと立ちあがったが、ふたたび腰をおろした。「あの……グランマ・リリー、わたし、美容院に行かないといけないの。この髪をどうにかして、ロサンゼルスらしい服も必要だわ。どの店に行けばいいか教えてもらえる？　それと、運転手つきの車を使ってもいい？」

リリーは人さし指をかかげてから、テーブルに置いてあった携帯電話をつかみ、短縮ダイヤルのボタンを押した。「ミミ、お願いがあるの。わたしの明日のランチの予定をキャンセルして、ジーノに連絡してもらえるかしら——ええ、今すぐ自宅の番号に。明日、わたしの孫娘をお願いしたいと彼に伝えて。ええ、そうよ、個人的に。彼の都合のいい時間でかまわないわ。明日はほぼ一日中お買い物だから。ありがとう」

「そこまでしてもらわなくてもよかったのに」

「そこまでしてもらわなくても、ですって？」リリーは頭をのけぞらせて叫んだ。

「そこまでするのが当たり前でしょ。もう何年も前から、わたしの優秀なジーノにあなたの髪を手がけてもらいたかったんだから。ついにそのチャンスがめぐってきたわ。

それに、お買い物なんて、わたしにとっては丸一日サーカスを観るようなものよ。わたしはサーカスが大好きなの」

「そのとおりだ」ヒューが同意した。「だから、彼女はにぎやかなサリヴァン家の男と結婚したんだよ」

「それはまぎれもない真実よ。まあ、ミミったら仕事が早いわね。ハイ、リリーよ」彼女は電話に出た。「ええ、完璧だわ。ええ、わかった。あなたは最高よ。ミミ」リリーは携帯電話を置いた。「ジーノはあなたのためだけに、彼にしては早めの時間に出勤してくれるそうよ。八時半には準備万端ですって」

「最高なのはミミじゃなくて、グランマ・リリーよ」ケイトはまたぱっと立ちあがり、リリーの頰に音をたててキスをし、祖父の頰にもキスをした。「ふたりとも最高よ。ふたりに誇らしく思ってもらえるようにがんばるわ。じゃあ、また!」

ケイトが走り去ると、リリーはふたたびマティーニのグラスをかかげた。「わたしにもあんなエネルギーがあったことをうっすらと覚えているわ。あの子の面倒をしっかり見てあげてね、ヒュー」

「わかっている。ああ、そうするよ」

ケイトがロサンゼルスの美容院に足を踏み入れるのは数年ぶりだった。客にミネラルウォーターやシャンパン、紅茶やカフェラテをふるまうような高級サロンに入るのは。この手の美容院は個室や小説並みに分厚いメニューを備えている。サロンに入ったとたん、高級なヘアケア商品や香水、香りつきのキャンドルのにおいに包まれ、子供時代の記憶がよみがえった。

母の記憶も。

思わず戸口で尻込みした。

「ケイト?」

「ごめんなさい」彼女は黒とシルバーを基調とした店内に足を進めた。テクノミュージックが低く響くなか、曲線を描くシルバーのシャンデリアが光り輝いている。ジャクソン・ポロックがデザインしたような抽象的な柄のシャツを着た男性が半円状の受付カウンターに立っていた。前髪がサーファーのように突っ立って波打っている。

左耳には三つのスタッドピアス、左手の甲には蝶のタトゥーがある。

「ハイ、セクシーなリリー!」男性が飛び跳ねて両手を叩いた。「ジーノならもう個室にいるわ。まさかこの子が孫娘なの? 彼女が生まれたとき、あなたはまだ十歳だったはずよ!」

「キケロったら!」リリーは男性とキスを交わした。「あなたは最高よ。ケイトリン、彼はキケロよ」

「まあ、かわいい」キケロはケイトの手を両手で包みこんだ。「なんて美人なの！　すぐに案内するわね。さてと、何をお出ししようかしら。あなたにはモーニングラテがいいかしら、リリー？」

「ええ、わたしたちはふたりともラテをいただくわ、キケロ。ところで、マーカスとはどうなっているの？」

キケロは眉をくねらせながら、ふたりを案内した。「もうアツアツよ。このあいだ、一緒に暮らさないかって言われたの」

「それで？」

「まあ……イエスって答えたわ」

キケロの肩を抱いてハグをするリリーを見て、ケイトは胸があたたかくなった。

「あなたと暮らせるなんて彼はラッキーだわ。ケイト、キケロは顔がいいだけじゃないのよ。ジーノの商売を手伝っていて、ビバリーヒルズ一おいしいラテもいれてくれるの」

「でも、ハンサムなのは間違いないわ」ケイトがそう言うと、キケロから満面の笑みを向けられた。

「なんていい子なの！」キケロが黒いカーテンをぱっと開けた。

「ジーノ、ゴージャスなレディをふたりお連れしたわ」

「ぼくのお気に入りのタイプの客だ」

キケロが細身でおしゃれなタイプである一方、ジーノは大柄で筋肉質だった。もじゃもじゃの黒髪の襟足が黒いチュニックの襟にかかっている。重たげなまぶたにブラウンの目、二日間のばした完璧な無精ひげ。

ジーノはリリーとキスは交わさなかったが、力強いハグで数センチ持ちあげた。

「愛しい人《ミ・アモール》。あなたのせいで今日は一時間早起きしたよ」

「まあ、あなたが誰とベッドをともにしたかは知らないけど、そのラッキーな女性がわたしを許してくれることを願うわ」

ジーノは歯をのぞかせてにっこりしてから、ケイトのほうを向いた。「この子がケイトリンか。ぼくのリリーから彼女のお子さんやお孫さんの話はよく聞いているよ」

手をのばして、ケイトの髪をひと房つかんだ。

「太くて健康な髪だね。さあ、座ってくれ。リリー、あなたのネイルとペディキュアはゾーイが担当するよ」

「わたしはおとなしくここに座って、見守るつもりだったのに」リリーが言い張った。

ジーノは両方の眉をつりあげると、ぱっとカーテンのほうを指した。「出ていくときはちゃんと閉めてくれよ」

ライトに縁取られた三面鏡がある広い銀色の個室で、ケイトは大きな革張りの椅子に座った。「あのリリーを追いだすなんて、あなたは相当な凄腕《すごうで》の美容師なんでしょうね」

「ああ、とびきり優秀な美容師で、スフィンクスのように慎み深い。そして、ここでささやかれた秘密は決して外にもらさない」ジーノはケイトの髪に手を滑らせ、鏡に映る彼女の顔をじっと観察した。「きみはまさにサリヴァン一族そのものだ。だが、アイルランド系の美しさはまだつぼみの状態だな。それと、別に秘密を明かすわけじゃないが、リリーはきみを心から愛しているよ」

「わたしもです」

「それはよかった。さてと、希望のヘアースタイルはあるかな。それとも賢明に、ぼくの意見に耳を傾けるかい？」

「もう充分怖じ気づいているので、あなたにおまかせします。ただ、役に合った髪型にしたいんです。オーディションのために」

「了解だ、それなら例外を認めよう。さあ、説明してくれ」

「二、三枚写真を持ってきました」

ケイトが写真を取りだしていると、キケロがラテを持ってきてテーブルに置き、またすっと姿を消した。

「ほう。なるほど」ジーノは写真をじっと眺めながらうなずき、鏡に映ったケイトの顔を細めた目で見つめた。

「いろいろ混ぜあわせたらどうでしょう。彼女は反抗的で奇抜な格好をし、意見をはっきり述べるタイプです——自分自身の意見を。だから、もしあなたが——」

ジーノがまたさっと指を振ってさえぎった。「あとはまかせてくれ。ひとつ質問がある。この傷んでいないきれいな髪をカットするなら、寄付してもらっていいかい？」

「ええ、もちろんいいですよ。そんなこと、考えもしませんでした」

「それに関してはぼくのほうで手配するよ。じゃあ、ラテを飲んでリラックスしてくれ」

ケイトはリラックスしようとしたが、鏡が見えないように椅子をまわされ、最初に髪を切り落とされたときは思わず目をぎゅっと閉じた。

「もう息を吐いていいぞ。はい、吸って、吐いて。よし。じゃあ、きみのことを話してくれ」

「ええ、はい。えーと、わたしは十歳からほぼずっとアイルランドに住んでいました」

「アイルランドには行ったことがないな。イメージがわくように説明してくれ」

ジーノが髪をカットするあいだ、ケイトは曾祖母のコテージや湖や地元の人々について語った。

たっぷり二時間半が過ぎたあと、彼はカーテンを開け、リリーを招き入れた。

そのとたんリリーは叫び声をこらえるかのように、ぱっと両手で口を押さえた。

サロンの椅子に座ったケイトの髪は厚めのバングのウェッジショートで、つむじが鮮やかなブルーに染められていた。リリーの反応に、ケイトの喜びが不安に変わる。

「ああ、どうしよう。ああ、グランマ・リリー」

リリーはかぶりを振ってから、両手を振り、ぱっと背を向けたかと思うとまた振り向いた。「すごく気に入ったわ！　すごく気に入った」そう繰り返し、ふたたび両手を振った。「ああ、もう、ケイティ、あなたったら、たちの悪いティーンエージャーそのものだわ！」

「本当？」

「わたしも脚本を読んだの。それに、役作りと関係なかったとしても最高よ。十七歳を謳歌《おうか》して、ケイティ。メレンキャンプを聴いて、できるだけ長く十七歳にしがみつくの。ジーノ、孫娘を変身させたあなたの仕事ぶりには脱帽よ」

「ぼくを疑っていたのかい？」

「いいえ、一瞬たりとも疑わなかったわ。さあ、立って、くるりとまわって。すばらしいわ。あなたのお父さんは気に入らないでしょうけど、それが父親ってものよ。だから、心配することはないわ。それに、これがジュートなんだもの、エイダンだって不満をのみこむはずよ。さあ、その髪に似合う服を買いに行きましょう。それと、たちの悪いティーンエージャーが履くブーツを」

その二日後、ケイトは自己主張の強い髪型に編みあげのコンバットブーツ、破れたジーンズ、色褪せたフランク・ザッパがプリントされたTシャツといういでたちで、オーディション会場に足音荒く現れた。ブルーのマニキュアはわざとところどころはがし、革紐や布紐のブレスレットをいくつも腕にはめて。

心臓が激しく打ち、みぞおちがきりきり痛み、喉が締めつけられるなか、尊敬する女性監督の前に立った。

「ジュート役のオーディションに申しこんだケイトリン・サリヴァンです」

値踏みする視線を浴びながら、ケイトは自分自身を解き放った。

くいと片方の腰をあげ、己の意気込みをかき消し、退屈しきったジュートの反抗心をあらわにすると、バレーガールの口調（カリフォルニアのサンフェルナンド・バレー出身の少女特有の話し方）をまねて話しだした。

「で、どうする？　やるの？　やらないの？　あたしにはほかにもやることが山ほどあるのよ。もっとましなことが。たとえば、お尻をかくとかね」

監督がかすかに微笑むのを見て、ケイトはまた演劇の世界に足を踏み入れたことを確信した。

10

『ドノヴァンズ・ドリーム』から『アブソリュートリー・メイビー』までの長い空白期間があったせいで、ケイトは映画制作にたずさわり、映画業界の一員でいることがどれほど楽しいかをすっかり忘れていた。だが、そのすべてがよみがえってきた。

読み合わせのとき、ケイトは役に合わせた格好ではなかったが、髪はあのままだった。本番でジュート用の衣装をまとうことが、役に入りこむ手助けをしてくれるはずだ。

口調もかなり練習した――声音や、リズムを。それから、リリー曰《いわ》く〝生意気な態度〟も。

ケイトはジュートの生意気な態度を気に入り、自分にもそういう面があればいいのにと思った。

キャリー役のダーリー・マディガンとは、初顔合わせのときからふたりの相性を試すべく、いくつかのシーンを演じてきた。ダーリーは役作りが上手で、純真な完璧主義者になりきっていた。

ふたりは正反対だからこそ引かれあう友人同士を演じ、それがうまくいった。

実際のダーリーは自信満々の十八歳で、三歳でデビューしてから脇目も振らずに役者の道を歩んできたベテランだ。

マリブの家に住み、夜クラブに繰りだすよりもランチミーティングを好み、十六歳から二十五歳をターゲットにしたスポーツウェアを象徴する顔として――そして体として――破格の契約を交わしていた。

ダーリーは長いブロンドをシンプルなポニーテールにまとめただけで読み合わせに現れ、まっすぐヒューのもとに向かった。「おじいちゃん」彼をハグする。「もう一度言わせてください、あなたと共演できてとても興奮しています。調子はどう、ケイト？　準備はいい？」

「準備万端よ」

「よかった。わたしもよ。さあ、楽しみましょう」

たしかに楽しかった――ほとんどのときは。ケイトは役者や監督、スポンサー、脚本家、ト書きを読みあげるアシスタントとともに読み合わせの席に着いた。そこで初めてジュートの両親や、キャリーが恋をする花形スポーツ選手、ジュートに夢中なのが見え見えのオタクなどのキャスト全員と顔を合わせた。

「キャリーが泣き叫び、ベッドに身を投げてすすり泣く」

ケイトはダーリーのむせび泣く演技に感心したが、役に集中するあまりそれを顔に出さなかった。

「勘弁してよ、キャリー、さっさと泣きやんでったら！　まったく、恥ずかしくないの？　というか、見ているこっちのほうが恥ずかしいんだけど」

「ジュートがベッドの端にすとんと座る。一瞬、同情の表情を浮かべたが、キャリーのお尻をぴしゃりと叩く」

「あんなやつ、ろくでなしじゃない、キャリー」

「どうして彼はわたしのろくでなしじゃないの？」

「キャリーが寝返りを打つ」

「彼を愛してるの。もう死にたいわ。お母さんはミスター・シュレーダーとセックスして、セックス用の下着まで買ってるのよ！　わたしの成績はBになりそう、Bよ！　微積分のクラスで。おまけに――この二年間ケヴィンの家庭教師として一緒に過ごして、彼がAを取るのを手伝ってあげたのに、〝ありがとう。やれやれ、終わってせいせいしたよ！〟って言われただけなんて」

「だから、ろくでなしだって言ったの。さてと、問題に取り組みましょうか、順番は適当でいいから。あなたのお母さんがミスター・シュレーダーと――あの年にしてはセクシーな男とセックスしたのは、あなたにとっていいことよ、キャリー。お母さんがセックスしたり、セックスについて考えたり、セックス用の下着を買ったりしてる限り、あなたはお母さんからがみがみ言われずにすむわ。あっちのほうがご無沙汰だと、親はやたらとあたしたちに干渉してくるから。キャリー、あなたはセックスに乾杯して、自由に生きればいいじゃない」

キャリーは目元を腕で覆って、はなをすすった。「ケヴィンがいないなら、自由に生きたくなんかないわ。あなたはわたしの親友でしょう。味方になってくれてもいいじゃない」

ケイトはぱっと立ちあがるなり、空想上のベッドの柱をまわし蹴りしてまくしたてた。「わたしに味方になってほしい？　あなた自身が味方にならなきゃだめよ。あのろくでなしがほしいの？」今や叫んでいた。「あのろくでなしがほしいの？」

「ええ！」

「だったら、とっとと泣きやみなさい。今すぐに！　下っ腹を引っこめて、胸を高く突きあげるのよ」ケイトはダーリーに歩み寄って立ちあがらせた。「下っ腹を思いっきり引っこめて、胸を高く突きあげるの。そして、あなたのろくでなしを手に入れてらっしゃい」

「どうやって？」

「下っ腹を引っこめた？」ケイトはダーリーのおなかを人さし指で突いた。「胸は高く突きあげてる？」びっくりしているダーリーの胸を両手で包んで持ちあげた。

「できた……かな？」

「だったら、方法を教えてあげる。でも、その前にナチョスが食べたいわ」

テーブルのまわりから拍手喝采が響いた。

「さっきのあれ、本番でも使わせてください」ダーリーが要求した。「ケイトがわたしを突いたり、さわったりしたアドリブを、いいですよね？」

「ええ、すでにメモを取ったわ」監督がこたえた。「ふたりとも上出来よ。じゃあ、次のシーンに移りましょう」

ケイトは読み合わせを終えると、飛びあがらんばかりの足取りで帰った。翌日の衣装合わせも、そのままの調子で臨んだ。

だがその晩、『エンターテインメント・トゥナイト』がケイト・サリヴァンの復帰をスクープし、あの誘拐事件を蒸し返した。

『バラエティ』誌にも記事が掲載された。『ピープル』誌、『ロサンゼルス・タイムズ』誌、『エンターテインメント・ウィークリー』誌がインタビューやコメント、写真を求めて連絡してきた。

インターネットは関連記事であふれ返った。

インタビューやコメントの発表を断っても、騒動はおさまらなかった。映画制作が始まって一週間のあいだに、報道はさらに加熱した。何者かが撮影セットでケイトを盗み撮りしてタブロイド紙に売りつけたからだ。

雑誌には、ジュートに扮したケイトが中指をかかげている写真と十歳当時の写真が並んで掲載された。

〈幼かった少女が反抗的なティーンエージャーに

ケイトリン・サリヴァンの醜悪な秘密〉

ソーシャルメディアがそのタイトルを取りあげて騒ぎたてた。

ケイトは屋外の撮影セットにとめられたダーリーのトレーラーハウスのなかで次の出番を待ちながら、憤慨していた。

「この手のことにはなじみがあるし、どうしてマスコミが騒ぎたてるのかもわかっている。でも、なぜそこまで興味を持つ人がいるのか、さっぱり理解できないわ」

「いいえ、わかるはずよ。あなたは幼いころ母親に利用されたんだもの。そのせいで今も苦しんでいるなら、気の毒に思うわ」

ケイトはかぶりを振った。

「まったくひどい話ね。でも、あなたはハリウッドで名高いサリヴァン一族の一員よ。それってものすごいことでしょう」

役柄に合わせてチアリーダーの紅白の衣装を着たダーリーが、ノンシュガーのペパーミントティーのボトルでこちらを指した。

「たとえそうでなくても、あなたは役者だもの。わたしたちは恵まれた職業についているのよ。だから、この手の騒動はその代償の一部だわ」

それは純然たる真実だが、だからといってこの状況を容易に受け入れられるわけではない。「こうなることは予期していたわ。でも、いったん騒がれても、それ以上ネタがなくなればおさまると思っていた」

「人々がネタを提供するのよ。記事をクリックする人々や、スーパーのレジ係がツナ缶のバーコードを読みとっているあいだに、忌々しいタブロイド紙をつかんだりする人々が」

「あなたも同じ目に遭っているのよね」

「そうよ。たいていは無視できるけど、去年けっこう真剣につきあっていた人がいたの。共演者とディナーに出かけたとき、微笑みあっている写真を撮られたせいで、その人と寝ているってそこら中で書きたてられたわ。わたしは無視してやりすごせたけど、つきあっていた男性は無視できなかったし、やりすごそうともしなかった。むしろタブロイド紙を信じて、だから……」ダーリーは肩をすくめて、ハーブティーを飲んだ。「それをきっかけに別れたわ」

「残念だったわね」

「ええ。彼のことは本当に好きだったから」微笑みながら、ケイトの腕を突く。「まあ、最後はろくでなしになったけどね」

ドアをノックする音がして、ダーリーはそちらに目をやった。

「スタンバイをお願いします、ミズ・マディガン、ミズ・サリヴァン」

「ありがとう！　いずれこの騒動もおさまるわ」ダーリーがケイトに言った。「誰かが浮気したとか、誰かが誰かの子供を身ごもったとか、誰かが飲酒運転で捕まったとか。常に何かしら起こるから。だから――」ダーリーは立ちあがると、首をゆるめるように左右に傾けた。「胸を高く突きあげて」

「この胸は高く突きでているわ」テーブルからおりると、ケイトは胸を張った。「ただ、あなたの胸のほうが魅力的なだけよ」

ダーリーが唇をすぼめて見おろした。「たしかにそうね。でも、あなたのほうが脚が長いわ。さあ、わたしの胸とあなたの脚で、このシーンもばっちり決めるわよ」

仕事はケイトの心の支えとなった。家族以外の人や同年代の子と話せることも。小さな脇役を演じたケイトがクランクアップしたわずか数週間後には――ダーリーが言ったとおり――マスコミの関心も薄れた。

父が少なくとも週に一度は撮影現場を訪れていたため、ケイトは祖父の休みの日まで待ってつめ寄った。

祖父は三段の噴水と青々とした芝生を見渡せるオフィスにいた。

脚本が山積みで、メモが散乱するデスクに座り、ペールブルーのポロシャツとカーキ色のズボンという格好だった。

「ようやくだ！　この脚本から解放してくれる相手が現れたな。ちなみに、わたしが打診されたのは、おまえとさほど年齢が変わらない女の子にお金目当てで誘惑されるまぬけな男の役だった」

「へえ」

「最後には、その男は少女を絞め殺すんだ」ヒューは脚本を放り投げた。

「だったら、おじいちゃんが打診された役は、結局まぬけじゃなかったのかもしれないわ。そうでなければ、そもそもおじいちゃんにオファーしないでしょう」

ヒューはケイトが手にした脚本に目を向けた。「おまえにもオファーがあったのかい？」

「今週、エージェントから三本の脚本を受けとったわ。でも、おじいちゃんも知っているんでしょう、エージェントが同じなんだから」

「噂は耳にした」ケイトの物問いたげな顔を見て、ヒューはかぶりを振った。「おまえに脚本を送ったかジョエルに尋ねたわけでも、裏で糸を引いたわけでもない。ただ、彼がこう言っていただけさ。脚本が三本届いて、おまえが目を通すべきだと思っているって。特にそのうちの二本は、おまえに渡してほしいと念を押されたそうだ」

「わたしもそう聞いたわ。これはその二本のうちのひとつよ。おじいちゃんに預けてもいい？」

「もちろんだよ」

何か引っかかる。ケイトは祖父の声音に違和感を覚えた。「何かあったの？」

「それはこの脚本の山にのせておいてくれ。今から、ちょっと散歩しよう。体を動かして新鮮な空気を吸い、庭を眺めたい気分なんだ」

「何かあったのね」そう言いながらも、ケイトは脚本を置いた。「わたし、ジュート役で何か失敗した？」

「おまえは完璧だった」ヒューは立ちあがってデスクの奥から出てくると、ケイトの肩を抱いてオフィスの外に連れだした。「来週が作品のクランクアップだ。予定どおりに進んで予算もオーバーしなかった。ちょっとした奇跡だな」

高い天井の下、ハチミツ色のタイルが敷きつめられた床を進み、グランド・サロンと呼ばれる部屋に足を踏み入れた。こぶりのグランドピアノにシルク張りのソファ、ジョージ王朝様式のテーブルやキャビネットが並んでいる。

「実は、いくつか知らせがある」ヒューはアーチ形の両開きのドアへとケイトを導いた。「きっとおまえは動揺するだろう」

「グランマ・リリーはどこか具合が悪いの？　それともおじいちゃんが？」

「いや、違う」ヒューは孫娘を外に連れだすと、パティオを横切って庭の小道を歩き始めた。「わたしたちはいたって健康だ。エイダンやリリーが帰ってくるまで待とうと思っていたが、その前にほかの人間からおまえに知らされたくない」

「なんだか怖いわ。いいから教えて」

「シャーロットの仮釈放が認められた」

「えっ……」一瞬すべてが動きをとめた。ケイトの視線の先で、軽やかに自由にひらひらと舞う蝶が――バターのように黄色い蝶が、深いブルーの花に舞いおりた。

「シャーロットがここに戻ってくるとは思えない。とりあえず仮釈放中は州内にとどまらなければならないはずだが、ロサンゼルスには戻らないだろう。もし戻れば嘲笑の的になり、羞恥心を味わうだけだ」

「どうしてあの人が刑務所から出てくるとわかったの？」

「何かあると、レッド・バックマンが連絡をくれるんだ。バックマン保安官のことは覚えているだろう？」

「ええ」そのとき、虹色に変化する蝶がぱっと現れたかと思うと姿を消した。

「覚えているわ。少なくとも一年に一度は、保安官に手紙を書くから――ジュリアや、あの家族にも。ジュリアには一年に一度だけじゃないけど」

「そうか」ヒューは自分のほうにケイトを向かせた。「それは知らなかったよ」

「あの一家には近況を知らせたくて。彼らがどうしているのかも知りたいし。ビッグ・サーを発つ前にさよならを言えなかったけど、彼らとはつながっていたいの。たしかディロンはもう大学生で、レッドは今もサーフィンをしているそうよ」

ぷっくり太った蜜蜂がぶんぶん音をたてながらバラの茂みを飛び越していった。まわり中、いたるところに生命が満ちあふれている。それなのに、どうしてわたしは命尽きたかのように感じるの？

いきなりのしかかってきた重みに肺が機能しなくなり、ケイトはよろめいた。「息ができない」

「いや、できる。わたしを見るんだ。さあ、わたしをじっと見ろ、ケイト。息を吸って、吐いて。ゆっくり呼吸するんだ。吸って、吐いて」

ヒューは孫娘の顔を両手で包み、じっと目を見つめたまま、呼吸を続けるよう語りかけた。

「胸が痛いわ」

「ああ、わかっている。ほら、ゆっくり吸って、ゆっくり吐くんだ」

あれから何年も経つというのに。最後にケイトが深刻なパニック障害に襲われたのは、少なくとも三年前だ。忌々しいシャーロットめ。

「ちょっと座ろう。水を取ってくるよ」

「あの人には会いたくないわ」

「会う必要はない。ここには決して立ち入らせないし、あのゲートも絶対に通さない。おまえの親権を持っているのはエイダンだ、そうだろう?」

孫娘のために胸を痛めつつ、ヒューはケイトを連れて屋敷へと引き返した。「それに、おまえはもうじき十八歳だ。わたしの孫娘がもうじき成人になるのか」

「スパークスとデンビーは?」

「仮釈放までまだ何年もある。何年もだ。それに、あのふたりにはもうおまえに近づく理由がない。さあ、座って。プールサイドに座ろう。ほら、コンスウェラが来たぞ」

ヒューが事故の被害者にするようにケイトを支えているのを見たらしく、コンスウェラが屋敷から飛びだしてきた。「水を持ってきてくれないか?」

コンスウェラが屋敷に駆け戻ると、ヒューはパラソルの下の椅子にケイトを座らせた。「日陰に座って、新鮮な空気を吸おう」

「わたしなら大丈夫。もう大丈夫よ。ただ……少なくとも十年はあの人が刑務所に閉じこめられていると思いこんでいたの。そう信じていたから、安心できた部分もあるわ。でも、そんなことはもうどうだっていい」

ケイトは冷や汗をぬぐった。「いずれどうでもよくなるわ。お願い、わたしがあんなふうにパニック発作を起こしたことはお父さんに言わないで。きっと何週間も心配するに決まっているもの。わたしはもう大丈夫だから」

ケイトの前にしゃがみ、ヒューは孫娘の両手をさすった。「エイダンには黙っておくよ。じゃあ、わたしの話を聞いてくれ、ケイトリン。あの女にはもうおまえを傷つけることはできない。この街にはシャーロットが得られるものは何ひとつない。刑務所に入る前から、彼女は安っぽい女優だった」

「あの人がお父さんと結婚したのは、サリヴァン家の名前を手に入れて、のしあがるためだと思うわ。わたしを産んだ理由も同じ。タブロイド紙に好意的な記事を書いてもらえるからよ」

「それに異を唱える気はない。ああ、コンスウェラ、ありがとう」

ヒューが立ちあがると、料理人が足早に近づいてきて、心配そうな目でケイトを見つめた。氷水にレモンのスライスが浮かぶ水差しとグラス、それに冷たいお手ふきをのせたトレイを持っている。

コンスウェラはトレイを置くと、グラスに水を注ぎ、お手ふきをつかんだ。優しくその布でケイトの顔をふいてくれる。

「かわいそうに《ミ・ポブレ・ニーニア》」コンスウェラがつぶやいた。

「わたしは元気よ《エストイ・ビエン》、コンスウェラ。エストイ・ビエン」

「もっと水を飲みなさい」コンスウェラはケイトの手にグラスを押しつけた。「ミスター・ヒュー、どうか座って水を飲んでください。おふたりにおいしいランチを作ります。それと、わたしのケイトが大好きなレモネードを用意します。そうすればきっと気分がよくなるわ」

「ありがとう、コンスウェラ」

「どういたしまして《デ・ナーダ》」ケイトにもっと水を飲むように手振りで促すと、急いで屋敷に戻った。

「わたしは大丈夫。もうよくなったわ」ケイトはヒューに言った。「頭ではわかっているの、わたしはこんなふうに振りまわされるほどばかじゃないって。あの人はわたしを愛したことなんてない、だから今さらわたしに会いたがったり、会おうとしたりするはずがないって。わかっているんだけど、ごめんなさい」

「謝ることはない。最後にもうひとつだけシャーロットのことを話したら、ここに座って楽しいことをおしゃべりしよう。どうしてあんなわがままで愚かな才能のない冷酷な女から、おまえのような娘が生まれたのか、皆目見当もつかないよ」

ケイトは思わず微笑んだ。「サリヴァン一族の遺伝子が強いからじゃないかしら」

「そのとおりだ」ヒューはグラスをかかげて乾杯し、水を飲みながら孫娘をしげしげと眺めた。「きっとダン家の血も入っているんだろうな。おまえはわたしの亡き妻のリヴィーに日増しに似てきたよ」

ケイトはブルーの前髪を引っ張った。「こんな髪でも?」

「ああ、そんな髪でもだ。さあ、次はおまえが狙っている役について教えてくれ」

「彼女はジュートとは似ても似つかないタイプよ。三人きょうだいの長女で、妻を亡くした父親が仕事を求めてアトランタ郊外からロサンゼルスに一家で移り住むことにしたとき、その状況になんとか対応しようとするの」

「アトランタか。南部訛りだな」

ケイトは片方の眉をつりあげ、ジョージア州特有の訛りでなめらかに言った。「それならなんとかなると思うわ」

「ああ、おまえはいつだってそうだ」ヒューが言った。「訛りは問題ないな。じゃあ、その役についてもっと教えてくれ」

ケイトは花や蝶に囲まれて祖父と話し、レモネードを飲んで、ランチを分けあった。そして、母親のことを頭から締めだした。

その夜、明かりを暗くして、テレビをつけたままうたた寝をしていると、手のなかの携帯電話から着信を告げるヒップホップの曲が流れだした。

まぶたを閉じて、朦朧としたまま電話に出た。「もしもし、ケイトよ」

まず歌声が聞こえた――ケイトが幼いころの声だ。アイルランドで祖父と共演した映画のなかで歌った曲の一節だった。

思わず口元がほころぶ。

次の瞬間、誰かの叫び声が聞こえた。

ぱっとベッドから飛び起き、目を見開いた。

誰かが笑っている――気が触れたような笑い声。その向こうから、母の声が聞こえた。

「もうすぐ帰るわ。わたしを待っていてね。わたしを待っていてね」

「もうすべて終わったと思った？」誰かがささやく。「おまえは一度も代償を払っていない。でも、これから払うことになるだろう」

必死に息を吸おうともがき、ベッドに携帯電話を落とした。胸にのしかかるものすごい重みで、肺が押しつぶされそうだ。喉も煙草パイプの柄のように細く締めつけられている気がする。

視界に映る部屋の縁がグレーに染まっていく。

息をするのよ。自分にそう命じつつ、まぶたを閉じた。息を吸って、息を吐いて。アイルランドの湖のほとりの涼しい湿った風が、冷や汗をかいた肌に吹きつけるところを想像した。

その空気をゆっくりと吸いこむところも。

あの居心地のいい牧場の家や、ホットチョコレートやスクランブルエッグの味も思い浮かべた。ジュリアの優しい手の感触も。

すると、胸にのしかかる重みが若干軽くなった。消えてはいないものの、いくらか楽になった。ベッドから飛びだし、必死に息を吸っては吐きながら戸締まりを確認してまわった。すべての鍵が閉まっているのを確かめる。

ここには誰も忍びこめない。そんなことをしようとする人間はいない。

ケイトは膝から崩れ落ち、床に座りこんだ。携帯電話からはもう何も聞こえなかった。

もし父が家にいたら、悲鳴をあげながら父のもとに走っただろう。

だけど父は留守だし、わたしはもう怪物を追い払うために父を必要とするような子供ではない。

このことを父に伝えたら、祖父母に話したら……。そうすべきだ。それはわかっているけれど……。

床に座ったまま両膝を胸に引き寄せ、額をのせた。

みんなに話せば、またすべてが停止する。父は映画を降板して帰宅するだろう。ほかの脚本のオファーもみんな断り、またわたしをアイルランドに連れていくかもしれない。

心の一部はそれを切望し、あの緑に囲まれた安全な場所を求めているが、それはわたしにとっても父にとっても、わたしが愛する誰にとっても間違っている。

あれは録音よ、ただの録音。誰かが、意地悪な誰かがわたしを怯えさせようとして録音データを作り、わたしの携帯電話の番号を突きとめたのだ。

今回はまんまとしてやられてしまった。

ケイトはなんとか立ちあがり、キッチンに向かった。明かりを全部つけると、キッチンは明るく輝いた。ここは安全だと、自分に言い聞かせる。

屋敷を取り囲む塀もゲートも警備も鍵も。すべて安全だ。

ミネラルウォーターのボトルを取りだしてごくごく飲むうちに、喉が冷え、ふたたび気道が開くのを感じた。

携帯電話の番号を変えよう。きっとレポーターが突きとめたのよ――そうでないなんてどうしてわかるの？

こっそり番号を変えよう。

今回のことには自分で対処できるし、誰にも心配をかける必要はない。それに、あの卑劣な録音を流したのが誰であれ、わたしを怯えさせてやったと満足させるつもりもない。

キッチンの明かりを消したあと、万が一また誰かが電話してくるとも限らないので携帯電話の電源を切った。でも寝室に戻ると、静けさや暗闇に耐えられず、テレビと明かりをつけっぱなしにした。

「わたしは閉じこもったりしない」あえてまぶたを閉じる。「閉じこめられているのは犯人たちのほうよ」

それでも、長いこと眠りにつけなかった。

ケイトはその一件を誰にも話さなかった。翌日の昼間や夜が静かに過ぎ去ると、緊張が薄れた。そのことだけでも、自分ひとりで対処したのは正しかったと思えた。

ケイトは家庭教師から学びながら、手に入れたい役に関するリサーチもした。まだ十七歳であろうとなかろうと、サリヴァン一族として築きたいキャリアについては慎重に考えていた。

下準備をしたのち、リリーは仕事だったので、ひとりでジーノの店に向かった。前髪は流れるようなフリンジカットにし、気に入っているブルーの髪を多少残した。

もし契約書にサインしたら――奇跡的にも、それは彼女自身の意志にゆだねられている――もう少し髪をのばして、真っ黒に戻す時間はある。

監督や脚本家との初顔合わせに胸を躍らせ、服は慎重に選んだ。今回は破れたジーンズや不格好なブーツはNGだ。初のランチミーティングには、斜めに多彩なストライプが入ったノースリーブのワンピースと真っ赤な編みあげのサンダルで行くことにした。

このミーティングには、役者ケイト・サリヴァンとして臨む。もし契約書にサインすることになったら、オファーされた役になりきろう。

運転手つきの車を使うならひとりでミーティングに行ってもかまわないと父に許可してもらったので、最後にもう一度鏡で自分の姿を確認してから、バッグを――髪のメッシュと同じ鮮やかなブルーのクラッチバッグをつかみ、母屋に向かった。

こっちでも運転免許を取らないと。アイルランドでは運転していたんだし。もちろん、ここではひどい交通渋滞をうまく切り抜ける方法を学ぶ必要がある。それでも免許は取るべきだ。

そして、自分の車を手に入れよう。退屈な古いセダンはだめだ。スピードを楽しめるオープンカーじゃないと。銀行口座には蓄えがあるし、契約書にサインすれば、もっと預金が増えるはずだ。

まだ当分はボディーガードがいる生活に我慢しないと。モニカはいい人だけれど、わたしには車や自由が必要だ。

でも、とりあえず今は交通渋滞の対処はジャスパーにまかせたほうがいいだろう。

ダークブラウンの顔にしわが刻まれた彼は、真っ白な歯をのぞかせて微笑むと、ぴかぴかで――退屈な――タウンカーのドアを開けた。

「車は準備万端ですよ、ミズ・サリヴァン」

「今日のわたしはどうかしら？」

「とってもすてきです」

まずまずね。ケイトは後部座席に乗りこんだ。

それでも、ジャスパーが運転するあいだに鏡で確認し、リップグロスを塗り直した。

今回は顔合わせ程度のミーティングだし、エージェントも同席する。

それに、向こうがわたしにその役を演じてほしいと言っているんだから、そんなにプレッシャーを感じることはない。たとえ今回演じるのが主要人物だとしても、わたしひとりではなく、さまざまな人間模様を描く作品なのだから。

ジャスパーが車をとめると、ケイトは時間を確認した。恥ずかしいほど早くも、プロ意識が欠けるほど遅くもない。「少なくとも一時間以上かかると思うわ、ジャスパー。たぶん二時間近く。だから、終わったら携帯電話にメールするわね」

「では、この近所にいます」彼は後部座席のドアを開けた。

「幸運を祈っていてね」

「もちろんです」

跳ねるような足取りは洗練されているとは言えないけれど、かまうものですか。このわくわくする気持ちをあらわにするのは誠実で正直よ。ケイトはアーチ形の入口を抜け、庭園のビストロに足を踏み入れた。

わたしは誠実さや正直さを土台にキャリアを築きたい。それこそまさに今からしようとしていることだ。キャリアを築くこと。

受付のカウンターに近づいた。「スティーヴン・マッコイとランチミーティングをする予定なんですが」

「ミスター・マッコイならもういらっしゃっています。どうぞ、ご案内します」

小さな池に注ぎこむかすかな水音が響くなか、ケイトは花や緑のあいだを縫うように進んだ。ピンク色のクロスに覆われたテーブルでは、人々が発泡性飲料を飲んだり、立派なメニューにじっくり目を通したりしていた。

人々の視線を感じ、パニックを起こしそうになるのを必死にこらえた。これはこの職業に伴う代償の一部だ。その代償を払いたくないなら、別の職種を探すことになる。

事前にインターネットでリサーチしたおかげで、まずマッコイが目にとまり、次に脚本家のジェニファー・グローガンが目に入った。ふたりは四人掛けのテーブルに隣りあって座っていた。ケイトと彼女のエージェントと向かいあうためだろう。

ケイトに気づいたマッコイが立ちあがった。まだ四十手前の彼は、もじゃもじゃの縮れ毛で、仕事中はドジャースの野球帽をかぶっている。グローガンはまじめそうなスクエアフレームの黒縁眼鏡をかけ、ケイトをうかがっていた。

「ケイトリン」マッコイがハリウッド風にケイトの頰にキスをした。「こうして直接会えてうれしいよ。ジェニー、彼女がわれらのオリーブだ」

「わたしはあなたの義理のおばあ様と面識があるわ」

「リリーから聞きました。祖母はあなたが描く深みと中身のある女性たちを気に入っているそうです」

「そういう人もいてくれないとね」

「さあ、座ってくれ、ケイト」マッコイが自ら彼女の椅子を引いた。「わたしたちはサンペレグリノを飲んでいるが、きみはメニューを見るといい」

「いいえ、同じもので大丈夫です、ありがとうございます」ケイトはバッグを膝に置き、給仕が彼女のグラスに炭酸入りミネラルウォーターを注ぐのを待った。

「まだひとり到着していないが、ズッキーニの花の揚げ物を注文しよう。とってもおいしいんだよ」マッコイがケイトに言った。「ゴートチーズがつまっているんだ」

「わたしを菜食主義から救ってちょうだい」ジェニーが言った。「せめてパンを持ってきて」

「かしこまりました」

ジェニーがケイトにしかめっ面を向けた。「まさか、あなたも豆腐を食べるの?」

「豆腐だとわかっていたら手をつけません。まずお礼を言わせてください、ミスター・マッコイ――」

「スティーヴと呼んでくれ」

「オリーブ役をオファーしてくださったおふたりに感謝します。彼女はすばらしい役です」

「あなたには発声訓練士から指導を受けてもらわないといけないわ」サワーブレッドのバスケットがテーブルに置かれるやいなや、ジェニーはパンをつかんだ。「あの役は訛りがとても重要なの。それが彼女の葛藤の一部で、カルチャーショックの要因でもあるから。でも、田舎丸出しのひどい訛りじゃだめよ。ちゃんとした訛りじゃないと」

ケイトはミネラルウォーターを飲みながらうなずき、ジョージア訛りでこたえた。「もしその役を演じさせてもらうなら、もちろん発声訓練士の指導を受けます。オリーブの訛りや話し方の癖、発声のリズムは、彼女が孤独を感じることになった原因のひとつですよね――少なくとも引っ越した当初は。わたしは彼女の役をそう理解しました」

ジェニーは小さなロールパンをふたつに割って、その片方を口に放りこんだ。「オーケー、今のはよかったわ。まったくもう。わたしはこれから何に文句を言えばいいの？」

「きっと何かしら見つかるさ。ほら、ジョエルが来たぞ」

「すまない、例のごとく仕事が手間取って」小柄で丸々としたジョエル・ミッチェルがおじのようにケイトの頭のてっぺんにキスをした。彼女のサンダルと同じ真っ赤なゴルフシャツを着ている。

ピンク色のはげ頭の左右の白髪をのばし、分厚い色つき眼鏡をかけたジョエルは、クライアントのために出演料を最大限要求するという評判だった。

「さてと」彼は一気に水を飲んだ。「ケイトは最高だろう？　この子はリヴィーにそっくりだ」

「つい最近、祖父からもそう言われたわ」

「そろそろ本物の料理を注文しましょう――スティーヴがまたズッキーニを勧めようとしているから。この店のハンバーガーは絶品よ――本物の肉を使っているし。さあ、メニューをもらったら、駄作の話でもしましょうか」

マッコイがウエイターに合図した。

ケイトは彼が宙で手をとめ、目を見開いているのに気づいた。マッコイがなぜショックの表情を浮かべているのか振り向いて確かめる前に、名前を呼ばれた。

「ケイトリン！　ああ、わたしのベイビー！」

両手で椅子から引っ張りあげられたかと思うと、きつく抱きしめられた。その声も、その香りも彼女にはなじみ深いものだ。

ケイトは抗った。

「まあ、こんなに大きくなって！　本当にきれいになったわね」シャーロットはすすり泣きながら、ケイトの顔や髪にキスの雨を降らせた。「どうかわたしを許して。ああ、ダーリン、許してちょうだい」

「やめて！　わたしを放して。誰かこの人を引き離して！」

肺の空気が抜け、石が落下したかのように胸が押しつぶされた。ケイトから人生や自我や目的を奪おうとするように、体にまわされた腕がぎゅうぎゅうと彼女を締めつけた。

瞬時に、あの窓を釘で封じられた監禁部屋の記憶がよみがえった。

必死に空気を吸おうとしながら、ケイトはシャーロットを押しやり、拘束から逃れた。

シャーロットは目をうるませながら唇を震わせ、あたかも平手打ちされたかのように頬を手で触れていた。「当然よね。わたしはあんなことをしたんだもの。でも、どうか許してちょうだい」

シャーロットはひざまずくなり、祈るように両手を合わせた。「わたしを許して」

「ケイトから離れろ」早くもジョエルが立ちあがり、飛びだした。

すすり泣きと叫び声とざわめきのなか、ケイトは逃げだした。

あの夜、林のなかを逃げたように、ただその場から遠ざかった。どこか別の場所へと。交差点を駆け抜けたときも行き交う車は目に入らず、クラクションやタイヤがきしむ音も聞こえなかった。

ハンターから逃げる獲物のごとく、ただひたすら逃げた。

耳鳴りがして心臓が破裂しそうになっても、脚が動かなくなるまで走り続けた。

パニックの冷や汗でびしょ濡れになって身を震わせながら、ビルに体を押しつけた。視界を覆う赤い雲が徐々に薄れ、悲鳴が鳴り響く頭に、ようやく外の音が聞こえ始めた。

日ざしにクロムメッキが光り輝く車、誰かのカーステレオから大音量で響くヒップホップ、光沢のある買い物袋をふたつ抱えて店から出てきた女性のヒールの音。

道に迷ってしまった。あの林のなかで迷ったように。でもここは何もかも熱くてまぶしい。波音は聞こえず、絶えず行き交う車の音が響くだけだ。

バッグを置いてきてしまった——携帯電話も——今は手元に何もない。

わたし自身がいるでしょう。そう自分に言い聞かせ、しばしまぶたを閉じた。心を落ち着かせつつ、感覚のない脚で目の前の店に入った。

いい香りが漂う涼しい店内には、ふたりの女性がいた——ピンク色の服をまとったとてもスリムな若い女性と、クロップドパンツにぱりっとした白いシャツを着たこぎれいな年長の女性だ。

若い女性がこちらを向き、ケイトにさっと目を走らせるなり眉間にしわを寄せた。

「ちょっとお待ちください」非難がましい顔で嫌悪感もにじませながら、つかつかとケイトに近づいてきた。「公衆トイレを探しているなら、スターバックスに行ってもらえるかしら」

「わ、わたし、電話をかけないといけないんです。お借りしてもいいですか？」

「いいえ。さっさと出ていってちょうだい。わたしは今、接客中なの」

「バッグも携帯電話もなくしてしまって。それで——」

「出ていきなさい。今すぐに」

「いったいどうしたの？」年長の女性が近づいてきて、若い女性を脇に押しやった。

「この子に水を持ってきてあげて。いったいどうしたの、ハニー?」

「ミセス・ラングストン——」

年長の女性はぱっと若い女性のほうを向き、穴が開きそうな目つきで見据えた。「水を持ってきてって言ったでしょう」ケイトの肩を抱き、椅子へと導いた。「さあ、座って。ひと息つきなさい」

別の女性が奥から出てきて、ぴたりと立ちどまったかと思うと駆け寄ってきた。「いったい何があったんですか?」

「この子には助けが必要なの、ランディ。あなたが雇った冷淡で不服そうな店員に、この子のために水を持ってきてあげるよう頼んだところよ」

「少々お待ちください」

ミセス・ラングストンはケイトの手を取って、そっと握った。「警察を呼んだほうがいい?」

「いいえ、大丈夫です。バッグを落としてしまって——携帯電話も」

「それなら大丈夫、わたしの携帯電話を使えばいいわ。あなたの名前は?」

「ケイト。ケイトリン・サリヴァンです」

「わたしはグロリアよ」ミセス・ラングストンはプラダの大きなショルダーバッグのなかの携帯電話を手探りした。次の瞬間、ケイトの顔を見て目を細くした。「あなた、エイダン・サリヴァンのお嬢さん？」

「はい」

「彼が出演した『コンプロマイズ』の監督は、わたしの夫よ。ハリウッドって本当に狭い世界ね。ランディが水を持ってきてくれたわよ。あっ、ようやく携帯電話が見つかったわ」

三番目の女性がケイトに細長いグラスをさしだした――見たところ、彼女は最初の店員とミセス・ラングストンのあいだの年齢のようだ。

「ありがとうございます。わたし……」ケイトは携帯電話をじっと見つめ、ジャスパーの番号を思いだそうとした。試しにかけてみるとジャスパーの声が聞こえて、安堵のあまりまぶたを閉じた。

「ジャスパー、ケイトよ」

「ああ、お嬢さん、本当によかった！　ついさっきミスター・ミッチェルから連絡があって、あなたのお父さんに連絡しようとしていたところです」

「お願い、お父さんには連絡しないで。わたしを迎えに来てくれるだけでいいから。わたしは……」ケイトはミセス・ラングストンを見た。「ここがどこなのかわからないんですが」

「〈ユニーク・ブティック〉よ」ランディが答え、ロデオドライブの番地を教えてくれた。

「わかりました、お嬢さん。ほんの数分で着きます。そこでじっとしていてください」

「わかったわ、ありがとう」ケイトはミセス・ラングストンに携帯電話を返した。

「ありがとうございます、本当にありがとうございました」

「気にしないで」彼女は店の奥のほうを向き、長々と若い店員をにらみつけた。「人として当然の思いやりよ」

11

テレビは誰かが携帯電話で撮影した映像をたれ流した。ケイトが無理やり抱擁される姿や、シャーロットがひざまずいて懇願する姿、まるでケイトに平手打ちされたかのように頰に手をあてるシャーロットの写真が、インターネットや紙面に氾濫した。ヒューはうんざりしてタブロイド紙を叩きつけた。そこにはこんなタイトルが踊っていた。

〈悔い改めた母親
決して許そうとしない娘
シャーロット・デュポンの失意〉

「あの女がお膳立てしたに違いない。誰かがシャーロットに、ケイトがいつどこにいるかをもらしたんだろう。そいつの正体がわかったら——」ヒューは口ごもって、両手の拳を握りしめた。

「まずわたしに殴らせて」リリーがヒューのオフィスのなかを歩きまわるなか、エイダンは庭に面したガラス戸のそばにたたずみ、外を眺めていた。

「あれだけのことをされながら」エイダンは静かに言った。「ぼくらはあの女を見くびっていた。釈放されたわずか数日後に、シャーロットは注目を浴びるためにケイトを利用した。その写真だって、今回の一件を撮らせるためにパパラッチを仕込んでおいたに違いない。そうやって記事を作りあげたんだ」

「ただちに接近禁止命令を申請しよう」ヒューが言った。「それなら確実だからな。もしあの女がまたケイトに近づこうとすれば、すぐさま刑務所に逆戻りだ」

「ぼくらはみな、それぞれの作品に深くかかわりすぎていて今さら降板はできない。だが撮影が終了次第、ぼくはケイトを連れてアイルランドに戻る。ずっと向こうにいるべきだった」

「わたしがケイトをビッグ・サーに連れていってもいい」ヒューが提案した。「あそこなら撮影後の編集作業を行わないといけないときでも通えるし」

「だめよ」ケイトが戸口に現れた。「ビッグ・サーにもアイルランドにもどこにも行かないわ」ヒューがタブロイド紙の表紙を脚本で隠そうとすると、彼女はかぶりを振った。「もう見たわ、おじいちゃん。おじいちゃんもみんなも、わたしを永遠に守ることはできないのよ」

「あら、賭けてもいいの？」

ケイトはリリーに歩み寄ると、祖母の手をぎゅっと握った。「今回はぶざまな姿をさらしちゃったわ。いいえ、そうなの」三人がそろって否定する前に言い張った。「あの人に恐れずに立ち向かうべきだった。万が一また顔を合わせるようなことがあれば、そうするわ」

「そんな事態にはならない。接近禁止命令の申請は何がなんでも譲らないぞ」ヒューが告げた。

「それはかまわないわ。あの人が命令にそむいて刑務所へ逆戻りになったらどんなにいいか。でも、母のせいで臆病者になるつもりはない。以前はそうなってしまったけど。もしシャーロットがこういうことを――こんなくだらない注目を望むなら、好きにすればいいわ。きっとまたろくでもないレポーターたちに、わたしからのコメントを求められるんでしょうね」

「この件に関して、おまえが記者会見を開くことはない」エイダンは娘に歩み寄ると、両肩をつかんだ。

「ええ。そんなふうにあの人を満足させる気はないわ。昔、あの部屋から脱出するのに必要な力をわたしに与えてくれたのは、ここにいるみんなよ。そして、今わたしがやらなければならないことをする力を与えてくれるのも、ここにいるみんななの。ジョエルにはオファーを受けると伝えたわ。わたしはあの映画に出演する」

「ケイト」エイダンは優しくそっと娘の髪を撫でた。「おまえはわかっているのか？　どんな状況に身をさらすことになるのかを。たとえ警備員がいて、撮影現場の立ち入りを制限してもらっても、きっと今後もタブロイド紙に記事や写真が載るはずだ」

「あの人が押し入ってきたときに、わたしが監督やスタッフとミーティングを行っていたことはすでに周知の事実になったから、オファーを受けなければさらに記事や写真が載ることになるわ」

父の心臓の上にてのひらをあててから、彼女は両腕をかかげた。「お父さんもみんなも、わたしには恥ずべきことなどないと言ってくれるだろうけど、自分が恥ずかしいの。わたしは自分自身のためにこの映画に出演し、もうあの人に何をされても動じないと証明する必要がある。もはや映画や撮影や役柄のことだけじゃない。自分自身に対する気持ちの問題なの。今は自分のことをちっぽけな人間だと感じているわ」

エイダンはケイトを抱き寄せ、娘の頭のてっぺんに頬を寄せた。「おまえの邪魔はしないよ。でも、警備に関しては話しあう必要がある」

「この手の騒動は頭のおかしな人を呼び寄せるわ」リリーが指摘した。「わたしにとってあなたは自慢の孫娘だし、あなたが自分の人生の手綱をしっかり握っていることも誇らしいわ。でも、わたしたちはあなたを守るわよ」

「ボディーガードを連れていくし、運転手つきの車で移動するわ。どこにもひとりで行ったりしない。とりあえず今は、ここと撮影所の往復ね」

「ああ、また怒りがこみあげてきたわ」怒りに顔をこわばらせながら、リリーは椅子にすとんと座った。「この子はもうすぐ十八歳よ、ヒュー。本来なら、ケイトが悪い男に夢中になるんじゃないかとか、こっそりクラブに出かけるんじゃないかって心配しているはずなのに」

「いずれそういうことも経験したいわ」ケイトはなんとか笑みを浮かべた。「ちょっと予定よりずれこむかもしれないけど」

ケイトが撮影の準備に集中するあいだ、シャーロットはあちこち飛びまわっていた。ああ、カメラや照明や注目がどれほど恋しかったことか。トークショーのコーナーに出演する前、ヘアメイクをしてもらいながら、非難や好奇のまなざしを向けられたが、彼女は気にしなかった。

テレビに出られるんだもの！

自分の役をどう演じればいいかは心得ている。何しろ七年間も磨きをかけてきたのだ。己のしでかしたことを悔やみ、失ったものに胸を痛め、二度目のチャンスにかすかな望みを抱く母親役の演技に。

あとは、デンビーとグラントこそ本当の罪人だとさりげなくほのめかした。

あのふたりに嘘をつかれ、脅迫されたせいで、思いあまって恐ろしいことをしてしまったと。

インタビューを控えたシャーロットは、クローゼットに目を走らせた――三流のゴシップ誌だけれど、この記事は巻頭を飾ることになっている。

服を新調しないと、スターにふさわしい服を。でも今はシンプルな服装を心がけなければならない。とはいえ、退屈なのはだめ。狭い借家のちっぽけなクローゼットに並ぶわずかな服をにらんだ。退屈な服を着るつもりは毛頭ないけれど、とりあえず今は肌を露出しない、きれいなラインのシンプルな服を着るしかない。

ということは……黒のレギンスね――この体型を維持するために刑務所では悪魔のごとく運動してきた――それと、淡いブルーのスクープネックのチュニックにしよう。

原色はだめ。

選んだ服を広げ、ちっぽけな家に備えつけられたデスクに座った。それを化粧台代わりに使い、投資したメイク用ミラーの明かりをつけた。

肌を黄金色にしないと。でも、今はこの血色の悪さが役に立つ。二、三週間でも時間が取れたら、簡単な美容整形をしよう。大がかりに変えるつもりはないが、しわだらけの顔を見るのはもううんざりだ。

鏡同様、スキンケアやメイク道具は質のいい商品に投資している。これで安っぽく見えたら割に合わない。釈放される前、シャーロットは面会日にほかの囚人たちにメイクをしてやって、ちょっとした小遣いを稼いでいた。

シャーロットは一時間かけて完璧に顔を仕上げた。すっぴんのように見せるメイクには技術がいるのだ。

身支度をしながらリハーサルをし、戦略を練った。今みたいなインタビューやマスコミへの露出は永遠には続かない。そうなったら提示されたオファーのひとつを受けるしかない。選択肢はわずかだ――そのうちのふたつはビデオ作品で、三番目はB級ホラー映画の第一幕で切り刻まれる気の触れた女の役だった。

冗談じゃないわ。

どうにかビデオ作品の両方に出演して、ふたたび女優業を再開しようか。そうすれば、さらにマスコミに取りあげられるだろう。

そうやって人脈を作ろう。わたしのキャリアのパトロンになってくれる男が――このちっぽけな借家から救いだしてくれる男が見つかれば、完全復活できる。

狙うのは老いぼれた資産家。最初にしっかり手綱を握るだけで、あとは女王のように暮らせる。

今回は結婚してもらうために妊娠するわけにはいかない――たとえもうひとり子供を持つことに我慢できたとしても、その手の駆け引きをするにはもう年を取りすぎている。だが、セックスなら可能だ。たっぷり褒め称えてやればうまくいくだろう。カモを見つけよう。今回は絆が強くやたらと干渉してくる親族がいない、ちゃんとしたカモを。

でも、それまでは……。

香水の試供品を手首や喉につけながら、ケイトのことを考えた。

たしかに、わたしは子供なんかほしくなかったし、ケイトを目的のための手段と見なしていたかもしれない。でも、あのわがままで恩知らずな少女をプリンセスのように扱った。

きれいな服も与えてやった。シャーロットは醜いネイビーのソファや忌まわしいランプが置かれた狭いリビングルームに移動した。ケイトには最高の服を買い与え、プロの子守女を雇った。乳母を――忌々しいニーナを。娘のベッドルームは一流デザイナーを雇って用意したし、あのガキがピアスの穴を開けたときは、小さなダイヤモンドのスタッドピアスを買ってやった。

わたしはひとつだけ過ちを犯した――そもそもわたしのせいではない過ちを。それなのに、たったひとつの過ちのせいで、サリヴァン一族はわたしをモンスターに仕立てあげようとした。

シャーロットはベージュの壁や中古の家具、玄関のドアから数歩しか離れていない道路の景色を見まわした。

目に自己憐憫《れんびん》の涙がこみあげた。刑務所ほどひどい場所はどこにもないと何年も信じてきた。独房のドアに鍵がかけられる音、汗か何かの不快なにおい、卑しい労働作業、うんざりするような食事。

途方もない孤独。

でも、この暮らしが刑務所よりどれだけいいというの？

ケイトはたった数時間、あの部屋に閉じこめられただけだ。それなのに、シャーロットは七年間独房で過ごし、このあばら家にあとどのくらい住まなければならないのかわからない。

こんなのフェアじゃないし、正しくもない。

ふさぎこみそうになった矢先、ドアをノックする音がした。まばたきして涙をぬぐい、勇敢でありながらも悲しみに沈む表情を完璧に顔に張りつけた。

そして、続くインタビューでも目的を達成した。

ケイトは自分のトレーラーハウスでふたつのグラスに炭酸入りミネラルウォーター

を注いだ。「あなたが来てくれて本当にうれしいわ、ダーリー」

「さっきも言ったけど、ちょうどミーティングがあったのよ。それで、ちょっと立ち寄ってみたの。調子はどう？」

次のシーンに備え、ピンク色のふわふわのセーターを着たケイトは、ダーリーと一緒に小さなテーブルを囲んでいた。「いい調子よ。スティーヴはすばらしい監督だわ。役者から演技を十二分に引きだしてくれるの。わたしの弟役もふたりとも最高よ――特に幼い子のほうが。それに、すごくおもしろいの。おまけに今回は突拍子もないことをする親友役がいて、彼女がセットのなかでも外でも笑わせてくれるわ」

「最高じゃない」ダーリーがミネラルウォーターを飲んだ。「で、本当のところはどうなの、ケイト？」

「ああ、もう」ケイトは椅子の背にだらりともたれ、しばしまぶたを閉じた。「今話したのはいい面よ。それに仕事もうまくやっていると思うわ。でも、あの人のせいでその喜びがかき消されるの、ダーリー。だから、仕事を楽しめない。あの女はいまだに自分の言い分をまき散らし、何本かビデオ作品にも出演している。わかっているわ、前にあなたから言われたとおり、これもこの仕事に伴う代償だって。だけど外にも出られないのよ。このあいだは、祖父母とプールサイドに座っているところを望遠レンズで撮られたわ」

「裸だったの?」

「ハハハ」

ダーリーがケイトをぽんと叩いた。「ほらね、いついかなるときももっとひどいことがあり得るのよ」

「それならもう経験済みよ。ロケ地で撮影しなければならないときがあって、それを誰かがもらしたの。うかつにも弟役の子たちとランチにピザを食べに行ったわたしは、レポーターの集団に取り囲まれて写真を撮られ、大声で質問攻めに遭ったわ。ちょっと食事をしようとしただけなのに。それよりひどいのは、レポーターのひとりが市場にいた祖父の料理人にいやがらせをしたことよ――世界一優しい女性なのに。そいつは彼女を脅したの、ダーリー。もしわたしと会わせなければ、彼女のことを移民局に通報すると。彼女はアメリカ市民なのよ。れっきとしたアメリカ市民なのに、そいつのせいで怯えているわ」

「たしかにひどいわ。そこまでくると、役者という仕事に伴う代償とは言えない。どれひとつとして」

「そうかもしれないけど、この仕事を続ける限り、わたしには阻止できないのよね」

「あきらめちゃだめよ、ケイト。あなたはすごく優秀な役者なんだから」

「演じる楽しさが――」ケイトは両手の指を振った。「台無しよ」

「これがあれば、そんな憂鬱は吹き飛ぶわ。わたしたちには糖分が必要よ」

驚愕《きょうがく》したケイトの眉が前髪で隠れた。「あなたが？　糖分？」

「危機的状況に陥ったときに食べるのよ」ダーリーはハンドバッグを手探りした。

「緊急時のために常備しているの」

ケイトはダーリーが取りだして封を開けた袋を凝視した。

「リーシーズのピーナッツバターチョコを緊急時用に常備しているの？」

「悪い？」ひとつ口に放りこんでから、ダーリーがケイトに袋をさしだした。「で、どうするの？」

「まだわからないけど」だが、地味なセーターに身を包み、友人とチョコレート菓子を食べていたら、不思議と気持ちが落ち着いた。「始めたことは最後までやり遂げて、自分にできる精一杯の演技をするつもり。その後のことはわからない。こんなことは家族に話せないわ、今はまだ。絶えずわたしのことを心配しているし、それに対処するのも大変なの」

「気にしなければいいのよ――あなたの家族のことじゃなくて、ほかのもろもろのことを」

「正直、自己憐憫に浸っているわ」ケイトは認めた。「『アブソリュートリー・メイビー』がもうじき公開されるのに、わたしは映画のキャンペーンで各地をまわれないし、家族が――それにわたしも――相当なストレスを感じることになるから完成披露試写会にも出席できない」

「あれは出席するほどの価値はないわ」

「ええ、そうね」ケイトは頬杖をついた。「わたし、男の子とキス以上のことをしたことがないの――つまり、私生活で、アイルランドにいたころからずっと」

「えっ」

自己憐憫に浸りながら、ケイトはピーナッツバターチョコをひとつかみつかんだ。

「死ぬまで処女のままでいそう」

「そんなことないわよ。その顔で、その脚で、おまけに、あなたはいらだたしいほど前向きなんだから」

ケイトは鼻を鳴らしてチョコレート菓子を食べた。

「でも、もうとっくに経験済みでもいいころよね、いくら胸が小さくたって」

「でしょう」ケイトは思わず微笑んだが、本気で言った。「あなたと会えなくて本当に寂しかったわ」

「わたしもよ」

「もうわたしの話は充分したから、今度はあなたのことを聞かせて。わたしの嫉妬リストに加えてあげるわ」

そのときノックの音がして、ケイトはトレーラーハウスのドアに目をやった。「スタンバイをお願いします、ミズ・サリヴァン」

「ああ、もう、ごめんなさい。せっかく会えたのに、あなたに泣きつくだけで終わっちゃったわ」

「わたしはあなたの涙の染みを乾かしてくるわ。今度メールするから、また会いましょう。あなたの家を訪ねてもいいわ」

「そうしてくれたら最高だわ。本当に」

ふたりしてトレーラーハウスから出ると、ダーリーがケイトの腰に腕をまわし、ケイトもそれにならった。「本当はこのままあなたの演技を見ていきたいけど、予定が入っているの。今夜はデートなのよ――セクシーな相手と」

「まったく、嫌味《いやみ》な女ね」

笑いながら、ダーリーは歩み去った。

それから二十四時間も経たないうちに、タブロイド紙が抱擁するふたりの少女をとらえた粒子の粗い写真を掲載した。

〈ハリウッドのスウィートハートは
実生活でも恋人同士？

ダーリーとケイトの秘めたロマンス〉

憶測でしかないその記事は、『アブソリュートリー・メイビー』で共演したふたりの女優が友達以上の関係になったとほのめかしたうえで、シャーロットのコメントを紹介していた。

〝あの子のライフスタイルや性的指向がどのようなものであれ、わたしは娘を支持します。心は自《おの》ずと求めるものを望むものです。わたしの心はただケイトの幸せを望んでいます〞

ケイトはその一件ものみこんだ。そうするしかないからだ。それなのにどういうわけか、切り裂かれたように胸が痛んだ。

そして、重要なシーンで台詞を五回連続で失敗したとき、何かが壊れた。

「すみません」抑えていた涙が喉元までこみあげてくる。「ちょっと――」

「もうお昼だ」マッコイが告げた。「ケイト、ちょっと休憩しよう」

わたしは泣かない。ケイトは自分にそう約束した。泣くわけにはいかないし、泣いたりしない。戦いにも対処できない、感情的で神経過敏な役者にはなりたくない。

「すみません」またたく間に人がいなくなったキッチンに立ちつくしていると、監督が近づいてきた。

セットはケイトの気持ちを反映したようにカオス状態だった。まさにそれが何度も失敗したこのシーンの伝えたいメッセージだ。

「座ってくれ」マッコイは床を指し、自分も座ってあぐらを組んだ。

困惑したケイトは戸惑いながらも、彼にならって床に座った。

「台詞は覚えているんです。シーンも理解しています。自分でもどうしてしまったのかわかりません」

「わたしにはわかるよ。きみはどこか別の場所に行ってしまっているんだ。今はこの場にいてもらわないと困る。きみは別のことを考えているだろう、ケイト。台詞だけじゃない、オリーブの気持ちやいらだち、癇癪を爆発させた鬱憤が、ぼくには感じられない。きみはただおざなりに演じているだけだ」

「今度はもっとうまくやります」

「ぜひそうしてくれ。何がきみの集中力を奪っているのかわからないが、それを頭から締めだしてほしい。あんなばかげたタブロイド紙の記事に振りまわされるな、もっと強くなれ」

「もうやっています！　あの人が『ハリウッド・コンフェッションズ』で泣きながらわたしのことをしゃべったときも、強くならないといけなかったし、あの人が『ジョーイ・リヴァーズ・ショー』で涙まじりにしゃべったときも、強くなれ、ケイトって

うだいの特集記事を載せたときも、考えるんじゃない、ケイト、ただ強くなれって。自分に言い聞かせました。『セレブ・シークレット・マガジン』があの人のお涙ちょ

ずっとずっとずっと」

ケイトは立ちあがって両腕を振りあげた。ああ、何か投げつけて壊したい。

何もかも壊してしまいたかった。

「なのに、何週間もレポーターにつきまとわれた挙げ句、あんな記事が出るなんて。わたしは友達を作ってもいけないんですか？　本音で話せる相手ができただけで、ゴミみたいな記事を書かれる羽目になる。もしわたしがレズビアンで、あるいはダーリーがそうだったとして、まだ公表する心の準備が整っていなかったとしたら？　自分が何者なのか理解しようと模索しているときに、あんな記事を書かれたら、どれほど傷つくことか。わたしだってこういうくだらないデマが流されることもあると重々知っています。強くなれですって？　冗談じゃないわ。わたしの生活は祖父の家とこの撮影所の塀のなかだけよ。わたしに私生活なんかない。ピザを買いに行くことも、ショッピングやコンサートや映画館に行くことすらできない。レポーターたちはわたしを放っておいてくれないんです。母がそう仕向けているから。母にとってわたしは今も役に立つ手駒なんです。あの人にとってわたしは、昔からそれだけの存在でしかなかった」

ケイトは拳を握りしめて怒りの涙を流し続け、息を切らした。

マッコイはケイトの顔を見つめたままうなずいた。「ふたつ言いたいことがある。ひとつは人として、ひとりの父親として、きみの友人としてだ。きみが言ったことはすべて正しい。きみにはこの状況にうんざりし、憤慨する権利がある。こんなことはフェアじゃないし、道徳に反しているし、正しくもない」

マッコイはふたたび床をぽんと叩き、ケイトが――明らかに不承不承――座るまで待った。「わたしはこれまでシャーロット・デュポンのことできみに何か言ったことはない。それが間違いだったのかもしれない。だから今言わせてもらうよ。彼女は軽蔑に値する。あらゆる面で見下げ果てた人間だし、きみの身に起きたことや、今起きていることに同情の念を禁じ得ない。きみはそんな目に遭ういわれはない」

「人生は理不尽です。幼いころ、そう学びました」

「いい教訓だ。だが、シャーロット・デュポンには報いを受けさせたい。わたしが心配しているのは、記事の内容より誰がどうやってきみの写真を撮ったかだ。わたしが警備を強化するよう厳しく伝えてきたことはわかってほしい」

「わかっています。あなたに怒りをぶつけるのは間違っていました。あなたのせいじゃないのに」

「待ってくれ。ふたつ目は――きみの監督として言わせてくれ。その感情やいらだち、憤り、このばかげた騒動を利用するんだ。わたしはそれが見たい。さあ、何か食べて、メイクを直してもらうんだ。セットに戻ってきたら、その感情を見せてくれ。あの女に仕返ししてやれ。あのろくでなしに仕返しして、わたしにいい演技を見せてくれ」

ケイトは監督の期待にこたえて役に集中し、強くなった。そして、何週間にもわたる撮影のなかで決断をくだした。

ケイトはそのときを待った。役者はタイミングがいかに重要か理解している。それに、もうすぐクリスマスだ。今年のクリスマスはサリヴァン一族が一堂に会すとあって、彼女もビッグ・サーの屋敷をふたたび訪れることになっていた。

これまでは仕事や学校、ケイトをアイルランドやロサンゼルスに避難させたい家族の意向などを理由に、ビッグ・サーを避けてきた。

けれども、今年はスケジュールが合い、ホリデーシーズンに一族が大集合することを心待ちにしている祖父の計画に水を差すことなどできなかった。

どの悪夢も高い山々と波が打ち寄せる海岸に囲まれたあの屋敷から始まることを、ケイトはセラピストにしか打ち明けていなかった。

だが、強くなることがゴールであり続けるなら、しっかり向きあわなければならない。

右側通行の運転の練習と向きあい――練習はほとんど屋外のセットで行ったが――

屋敷のゲートを通過してクリスマスショッピングに出かけたように。まあ、囮《おとり》役を使い、自分は変装してボディーガードつきだったが、それでも外出することができた。

ビッグ・サーのクリスマスは、サンタ・アナからの風で熱く乾燥したロサンゼルスのクリスマスほど風変わりではなく、ホリデー気分を味わえるはずだ。ロサンゼルスでは、屋外ショッピングモールで蒸し暑さにあえぐサンタクロースや、偽物の雪をまとった偽物のクリスマスツリー、タンクトップ姿の買い物客が目につき、クリスマスに上演されるくるみ割り人形の金平糖《こんぺいとう》の精など頭に浮かばない。

来年には状況が変わっている。そう自分自身に約束した。

でも、今は満面の笑みを張りつけて荷造りし、短いフライトのあいだも、笑顔を保った。

「わたしたちが一番乗りよ」リリーはアシスタントが携帯電話に入れてくれたスケジュール表をスクロールした。「そうすれば、みんなが押し寄せてくる前にひと息つけるでしょう」

まさにリリーの顔は喜びに光り輝いているとケイトは思った。「ジョッシュやミランダや孫たちに会うのが待ちきれないのね。ずっと会えなくて、みんなが恋しかったんでしょう」今こそ話を切りだすタイミングだ、さりげなく伝えよう。「これからはしばらくニューヨークだから、ミランダや孫たちに頻繁に会えるわね」

「観客に好評だったら一年はニューヨーク暮らしよ」リリーは凝った巻き方のスカーフを整えた。「わたしがお客さんの期待を裏切らなければ」

「そんなことあるわけないじゃない。きっとすばらしい舞台になるわ。グランマ・リリーは観客をあっと驚かせるに決まっているわよ」

「なんて優しい孫かしら。わたしは舞台のことを考えるたび、緊張の冷や汗をぬぐっているわ」

「わたしのグランマ・リリーが舞台で失敗するわけがないわ」

「何事にも初めて起きることがあるのよ」リリーはペリエに手をのばした。「最後に生の舞台に立ってからもう何年にもなるわ、ましてやブロードウェイだなんて。でも、こうして『メイム』に出演するチャンスがめぐってきた。それを引き受けるなんて、頭がどうかしているわね。ニューヨークでの稽古が始まるのは六週間後だから、それまでに喉の調子を整えて、脚を鍛えておかないと」

ケイトが口を開く前に、ヒューが通路の向こうから身を乗りだした。「今朝、リリーがシャワーで歌っているのを聞いたが、すばらしかったぞ」

「シャワーはブロードウェイとはわけが違うわ、ヒュー」

「きっと観客はきみに魅了されるさ。なんて言ったって……〝人生は宴会〟だ」

リリーはヒューが『メイム』の一節を引用するのを聞いて大笑いした。「そして、大半のろくでなしは宴会の料理を食べずに餓死するのよね。あっ、宴会といえば、モーリーンから今朝メールが届いて、チェルシーがベジタリアンになることにしたんですって。彼女に何を食べさせればいいのか考えないと」

ケイトは格好の機会を失い、次の好機をうかがうことにした。

空港から車で走る途中に、もし緊張で喉がからからになっても、ケイトはそれを隠す術を心得ていた。携帯電話を盾にして、あたかも何か読んだりメールを送ったりしているふりをした。これなら会話も避けられるし、蛇行する道路をたどりながら海を眺めずにすむ。

二台目の車には荷物とプレゼントが山ほど積みこまれているので、屋敷に到着したとたん、荷解《にほど》きにかかりきりになれるだろう。

道を曲がって半島に入ると、みぞおちが震えた。ダーリーがクリスマスにくれたヘマタイトのブレスレットに触れる。ダーリー曰く、ヘマタイトは不安を和らげ、心を落ち着かせてくれる石らしい。

そうでなくても、このブレスレットのおかげで友達を身近に感じ、ゲート手前で車のスピードが落ちたときも平静でいられた。

外観は変わっていなかった――もちろん当時のままだ。丘に立つ、片持ち梁のテラスを備えた独創的な美しい邸宅。太陽に照らされた淡い色の壁やアーチ、赤いタイルの屋根のライン。景色がよく見えるようにふんだんに使われたガラス窓。隆起する緑の芝生、屋根つきの正面ポーチと大きな玄関扉。赤い壺《つぼ》からのびるクリスマスツリーが玄関ドアの両側に置いてある。テラスにもツリーが置かれ、橋には兵士のようにずらりと並んでいる。大きな窓の向こうにもクリスマスツリーが光り輝いているのが見えた。淡いブルーの冬空から、屋敷や林や雪を抱いた山脈に日ざしが降り注ぎ、純白の雪がきらきら光る。

ああ、幼かったころのわたしが——こんなにもはっきりと——脳裏に浮かばなければいいのに。ひんやりした冬の朝、なだらかな芝生を母親と一緒に横切るまだ幼く無垢な少女の姿が。

そのとき祖父が身をかがめてケイトの頰にキスをして、耳元でささやいた。「あの女のことなど思いだすんじゃない。ここにシャーロットの居場所はない。昔からずっと」

ケイトはあえて携帯電話をしまうと、屋敷を見つめながらはっきり告げた。「あの朝、母に起こされて散歩に連れだされたときが、母から愛されていると信じられた最後のときだった。まだ十歳だったけど、あの人から愛されていると感じたことはほとんどなかった。でも、あの朝はそう感じたの。おじいちゃんとグランマ・リリーとお父さんが愛してくれているのは昔からわかっていたわ。そう信じる必要すらなかった。だって愛されているとわかっていたから」

車がとまるやいなや、ドアを押し開け、さっとおりた。とたんに風が顔に吹きつけた——強い風が。青い海を思わせる、冷たくて懐かしい風。

あのころはこの屋敷のデザインがすばらしい建築技術の賜《たまもの》だと気づかなかった——子供にわかるわけがないのだけれど。丘から突きだすように建てられた建物は、その層や角度が風景と融合し、また優雅さも備えていた。

「クリスマスツリーが少なくとも十二本はあるわ」

「もっとあるはずよ」リリーが髪を後ろに振り払った。「各部屋に一本ずつ注文したから。小さな木もあれば、巨大な木もあるわ。これをすべて計画するのは本当に楽しかった」ケイトに向かって手をさしだした。「さあ、なかに入る心の準備は整っている?」

「ええ」ケイトはリリーの手をつかむと、屋敷に入った。

きっと祖父母はいくつもある広間の飾りつけに小妖精《エルフ》の軍隊を雇ったに違いない。みんなが集う広々とした応接間にはそびえるようなツリーが、朝食用コーナーの窓台には三本のミニチュアツリーが並んでいる。屋敷内は松やクランベリーのにおいがして、まさにクリスマスカードから抜けだしたような光景だった。

応接間の二本目のツリーには真っ赤な靴下がいくつもつるされていた――ファミリーツリーだ。白地の部分に自分の名前が刺繡《ししゅう》された靴下を見つけて、ケイトは微笑んだ。

「ジョッシュが再婚して新たに家族が増え、あちこちで赤ちゃんも生まれているから、靴下が増えすぎてマントルピースにつるせなくなったの」リリーは腰に両手をあて、じっくりと部屋を見まわした。「ヒューがこのファミリーツリーのアイデアを思いついたのよ。わたしは気に入ったわ。うまくいったわね」

リリーにならって、ケイトもしげしげと部屋を眺めた。室内を彩るグリーン、丸々としたベリー、金色に塗られた松の実、ずらりと並ぶキャンドルやポインセチア。

「いわゆるサリヴァン流シンプルなクリスマスね」

リリーが勢いよく噴きだした。「まだまだこんなものじゃないわよ。わたしはいくつか確かめたいことがあるから、先にあがって腰を落ち着けるといいわ。わたしとヒューはローズマリーの部屋を使っているの。あなたは以前わたしたちが泊まりに来たときに使っていた寝室よ。どこかわかるでしょう？」

わたしが子供のころ使っていた部屋じゃないのね。あの部屋から母に連れだされて、わたしは人生で最悪の一日を過ごした。

「もちろんよ。グランマ・リリー」祖母とハグして吐息をもらした。「ありがとう」

「わたしたちはこの家から亡霊を追い払っているの、悪霊だけだけど。ここは愛と光にあふれたすばらしい家よ」

亡霊を追い払う。ケイトは胸のうちでつぶやきながら二階にあがった。それはまさに自分がしようとしていることだと気づき、リリーが計画してくれたクリスマスを思う存分味わうことにした。


大学の冬休みに帰省したディロンは、牧場の日課にすんなりとなじんだ。飼い葉桶を満たし、干し草の山を運ぶあいだ、犬たちははしゃぎながら彼のあとをどこまでもついてきた。

時には草原にたたずみ、海を眺めることもあった。

ここには彼の愛するすべてがある。

別に大学が嫌いなわけではない。学業の面でもまあまあうまくやっている。母が餌を広げるあいだ、やかましく鳴く鶏の声に耳を傾けた。それに、もっといい牧場主になるために、今学んでいることが――少なくともその一部が――どう役立つのかも理解している。

寮のルームメートたちとも気が合うし。まあ、時々ドラッグの煙が充満し、息をするだけでハイになることもあるが。ディロンはパーティーも音楽も、ビールやドラッグのせいで長々と盛りあがるディスカッションも好きだった。

もちろん女の子も——今好きなのは特定の女の子だけだが。

ただ、帰省するたびに、そのすべてが奇妙な夢のように思えた。彼の現実の世界を停滞させる夢のように。

ディロンはイモジーンがここで鶏の卵を集めたり、協同組合用のパンを焼いたり、こんなふうに一緒にたたずみながら、ただ草原から海を眺めたりする姿を思い浮かべようとしたができなかった。

イモジーンの裸は難なく思いだせたのに。それでも、思っていたほど彼女が恋しくはならなかった。

「やることが多すぎるだけさ」ディロンをうっとり見守る犬たちに話しかけた。そして、足元に押しやられたボールをつかんで、思いきり投げてやった。

犬たちはボールを追いかけ、フィールド上のフットボール選手のようにぶつかった。

イモジーンは犬が大好きだ。携帯電話の待ち受けも、ファンシーという名のふわふわした赤毛のポメラニアンの写真だった。実際、彼女は冬休み中に実家からファンシーを連れてくることにしていた。女友達ふたりとキャンパス外の家に移り住む予定だからだ。

イモジーンは乗馬もするが、ブリティッシュスタイルだった。犬の名前同様、上品《ファンシー》だが、乗馬の腕前はたしかだ。

ぼくは犬も馬も嫌いな子とはつきあえない、裸がどんなに魅力的でも。

イモジーンがシェアハウスで個室を持てば、もっと彼女の裸を目にする機会が増えるだろう。

ボールをさらに二、三回投げてやってから、ディロンは厩舎《きゆうしや》に向かった。

馬たちを牧草地や小さな放牧地へと導き、さらにコメットと過ごした。

「調子はどうだい、コメット？　ぼくの一番のお気に入りの調子は？」

コメットがディロンの肩に鼻をすり寄せてくると、彼は彼女に頰を寄せた。あと二年半で、完全にここへと戻ってこられる。

ディロンは後ろのポケットからリンゴを取りだすと、ナイフで四つに割った。「ほかのみんなには内緒だぞ」そう警告して、コメットに半分あげた。自分は四分の一だけ食べ、コメットを厩舎から連れだす前に最後のひと切れをあげた。

そして、ピッチフォークをつかみ、仕事に取りかかった。

ディロンの筋肉はその作業を覚えていた。

大学に通うために旅立ったときからさらに身長が二、三センチのび、今や百八十五センチを超えた。乗用馬厩舎でアルバイトをしているおかげで筋肉を維持しながらお金を稼ぎ、馬とも触れあっている。

手押し車で最初の干し草を運びだしたときには、もう以前の仕事のリズムに戻っていた。すっかり成長した十九歳のディロンは、筋肉質の引きしまった体にジーンズと作業用ジャケットを身につけ、泥だらけのブーツを履いていた。

牛の物憂げな鳴き声。噛み痕が残る真っ赤なボールをめぐってもみあう犬たち。牧場の家の煙突から立ちのぼる煙。まるで波間をボートで進んでいるかのように、ここからでも波音がはっきり聞こえる。

その瞬間、ディロンはこのうえなく幸せだった。

12

朝食のあと、ベーコンやコーヒー、フライパンで焼いたパンケーキのにおいがまだ残るなか、ディロンは地元の友人ふたりにメールを送って、あとで会えないかきいてみようと考えていた。友人と会う前にコメットに鞍をつけて乗馬に連れだし、フェンスも確認しよう。

だが、母と祖母には別の考えがあったらしい。

「あなたに話したいことがあるの」

ディロンは母親のほうを見た。母は彼が食器洗浄機に食器を入れるあいだ、カウンターやガスコンロをふいていた。祖母はというと、朝食を用意した者の特権で、二杯目のコーヒーを椅子に座って飲んでいた。

「もちろんいいよ。何か問題でも?」

「問題は何もないわ」

母はそれしか言わなかった。

母にはそういうところがある。言いたいことしか口にせず、ほかに何があるのだろうと相手に思わせるのだ。母の心の準備が整うまでは、せっついても詮索しても懇願しても、ひと言も答えようとはしない。

だから、ディロンはそのまま食器洗浄機にすべての洗い物をつめこんだ。コーヒーはもうたっぷり飲んだからコーラを手に取った。どうやら話しあいをするようなので、ディスカッション本部の席に着いた。

つまり、キッチンテーブルに。

「いったいどうしたんだい?」

ジュリアは席に着く前に、後ろから息子をハグした。「あなたがいないあいだ、あまり恋しがらないようにしていたわ。朝食を終えて残りの仕事に取りかかる前に、こんなふうに三人でここに座るのを」

「ぼくはあとでコメットを乗馬に連れだそうと思っているんだ。コメットには運動が必要だし、ついでにフェンスも確認できるから。それと、フェンスを強化するために斜めの柱を設置する方法に切り替えたほうがいいと伝えたかったんだ。今の柵の一部は、ぼくが生まれる前から設置されているだろう。たしかに新しいやり方はお金がかかるけど、今の柵が傷むたびに修理し続けるのも経費がかかる。そんなのは頭のいいやり方じゃない——環境的にも、実用的にも」

「さすが男子大学生だね」マギーがコーヒーを飲んだ。ホリデーシーズンのために部分的に染めた髪を二本の三つ編みにしている――赤と緑、それぞれの三つ編みに。

「ああ、母さんとおばあちゃんがぼくを進学させてくれたからね」

「わたしは男子学生が好きだよ。特に、おまえみたいにハンサムな大学生がね」

「フェンスに関してはまた話しましょう」ジュリアが横から口をはさんだ。「あなたが必要な柱の数を計算して、工事費と材料費の見積もりを出したあとに」

「今やっているところだよ」

本当はそれが終わるまで、この件は持ちださないつもりだった。準備が完璧に整うまで秘密主義を貫く母のようには、まだなれない。

今はそのスキルに磨きをかけている最中だ。

「よかった。あなたが出してくる見積もりを見るのが楽しみだわ。とりあえず今、おばあちゃんとわたしは将来についていろいろ考えているの。あなたの卒業まではまだゆとりがあるけど、時間はあっという間に過ぎ去るものよ。そして、二年後には大きな決断をくだすことになるわ」

「ぼくはもう決断しているよ、母さん。その決断は変わっていないし、これからも変わらない」

ジュリアが身を乗りだした。「自分の牧場を運営し、家畜を飼い、作物を育て、自給自足の生活をするのはすばらしい人生よ、ディロン。その一方で、体力的な負担が大きく、大変な生活でもあるわ。わたしたちがあなたを大学に進学させたのは、教育を受けさせるためだけじゃない。もちろんそれも重要だけど。わたしたちはあなたに牧場以外のさまざまなものを見て、試し、経験してほしかったの。ここでの生活から踏みだして、ほかの世界を見てもらうために」

「女ふたりが牛耳る家庭からおまえを追いだすためでもある」

ジュリアは母の言葉に微笑んだ。「ええ、それもあるわ。わたしは――わたしたちは――あなたがここを大好きだと知っている。でも、あなたをここしか知らない人間にはしたくなかった。あなたは今や、さまざまな人々と出会った。いろいろな場所から来た人たちや、あなたとは異なる考えや目標を持つ人たちと。大学はここ以外のさまざまな可能性を模索する機会を与えてくれる場所よ」

ディロンはみぞおちが震え、気持ちを落ち着かせようとゆっくりコーラを飲んだ。「母さんは何か別のことがしたいの？　最終的にはここを売りたいって言うつもりなのかい？」

「いいえ、違うわ。わたしはただ人生で最高の宝物であるあなたが、ほかの世界を見もせずに自分の可能性を狭めてほしくないだけ」

「ぼくは学校でもまあまあうまくやっているよ」ディロンは慎重に言った。「なかには予想していたよりはるかにおもしろいものもあった。農学や牧場経営以外の授業でも。友達と過ごしたり、政治や世界の問題について議論したりするのも楽しいよ。たとえその大半がくだらなくても、くだらないなかにおもしろいことが含まれている。それって、自分と異なる考えに耳を傾けるってことだろう。ほかの学生が学んでいることや、努力して達成しようとしていることを見て、感心もしている。今朝、ぼくは数分間外にたたずんで、ただ景色を眺めながら五感で味わった。ここ以外の場所でほかのことをしても、あんなふうに幸せだと感じることは絶対にない。ぼくは自分が何を求めているかわかっている。ちゃんと学位を取るまでは大学にとどまるけど、それはよりよい牧場主になるために役立つからにほかならない。それがぼくのめざしていることで、ぼくのやりたいことだ」

ジュリアは椅子の背にもたれた。「あなたのお父さんはこの牧場を愛していたから、もし生きていたら精一杯この仕事に打ちこんでくれたと思うわ。でもわたしと違って、そしてあなたとも違って、彼の心が完全に満たされることは決してなかったでしょうね。あなたの考えはよくわかったわ」

母が立ちあがって部屋を出ていくと、ディロンは眉をひそめて、その後ろ姿を見送った。「えっ、それだけ？」

「いや、そうじゃない」マギーがじっと彼を見つめた。「さっきのはうまいスピーチだった。ジュリアもわたしも、おまえが心からそう言っているとわかったよ。おまえが大学に進学したときも、〝牧場がやりたいんだ〟って言っていたけど、あれはとっさに出た言葉で、意固地な物言いだった」

「あのころよりもっと牧場主になりたいと思っているよ」

「そうだろうね」マギーがディロンの肩を人さし指で突いた。「何しろ女性ふたりにがみがみ言われて、大学に進学したんだものね」ジュリアが戻ってくると、マギーは微笑んだ。「ばかみたいな反論をしなかったおかげで、おまえはご褒美をもらえそうだよ」

ジュリアは腰をおろすと、テーブルに丸めた紙を置いた。「卒業するころには、あなたは二十歳を超えているわ。成人男性が母親や祖母と一緒に暮らすべきじゃない。少しは自立して、プライバシーも必要でしょう」

「それに、ベッドへ連れこみたいガールフレンドに、母親と一緒に暮らしているなんて言わせるのは忍びないからね」マギーが口をはさんだ。

「つまり、ぼくを追いだすの？」

「まあ、ある意味そうね。三人とも牧場で働き、この家で暮らしているけど……」ジュリアが丸められていた紙を広げた。「おばあちゃんとわたしはさまざまな選択肢について、うんざりするほど話しあったわ。その結果、これがベストだと思うの」

ディロンはスケッチをしげしげと眺めた――隅に建築家の印鑑が押されていること
からして、明らかにプロの手によるもののようだ。厩舎に加え、遠くに新たな建物が
描きこまれている。
「小さいけれどすてきな家でしょう。プライバシーを保てるくらい母屋から離れてい
て、いつでも帰ってこられるぐらいの距離にある。この間取りのスケッチを見ると、
寝室とバスルームがそれぞれふたつずつと、リビングルームとキッチンと洗濯室があ
るわ」
「独身男性の夢の住みかだよ」マギーがウインクした。
「窓もすてきだし、小さなフロントポーチもある。ただし、これはまだひとつの案だ
から変更可能よ」
「すばらしいよ。こんなことは……まったく予想していなかった。ぼくのためにここ
までしなくても――」
「いいえ、あなたには自分の家が必要よ、ディロン。それがここだってことも、あな
たがそう望んでくれていることもうれしいわ。でも、あなたには自分自身の家が必要
なの。いつかあなたが家庭を築き、さらに遠い未来にわたしの孫が生まれたら、家を
交換しましょう。おばあちゃんとわたしは小さな家に移り、あなたはこの母屋で暮ら
してちょうだい。さっき牧場主になりたいと言っていたけど、その言葉を信じるわ。

これはおばあちゃんとわたしが、わたしたち全員のために望んだことよ」

ディロンは朝食前に外でたたずみながら感じた気分をまた味わった。満ち足りた幸せを。「そうなっても朝食は食べに来ていいかな？」


今までで最高のクリスマスだと思いながら、ディロンは外に出た。コメットに鞍をつけ、フェンスを確認しに行こう。それから、町に行って友人たちとピザを食べながら近況を語りあうのだ。


携帯電話を取りだし、歩きながら届いたメールに目を通した。イモジーンだ。まずい、メールを送るのをすっかり忘れていた。犬たちに家に戻るようせっつかれながら、いい返事を考えようとした。

〝ぼくも会えなくて寂しいよ。すまない、母さんから家族会議に呼びだされて、ついさっき終わったところだ〟ええと、ほかにはなんだろう。何かほかにも考えないと。

〝きっとサンディエゴはあたたかいんだろうね。プールにいるなら、写真を送ってほしいな。ぼくがいないところであまり楽しまないでくれよ〟

メールを送信し、彼女がその返事に満足してくれるように願った。数秒後、携帯電話の着信音が鳴った。イモジーンの自撮り写真だ。いかにもカリフォルニアらしいブロンド、大きなブラウンの瞳、そして……セクシーな体を申し訳程度に覆うビキニ。

〝ここにいればよかったって思わない？〟

まったく。

〝ごめんなさい、何か言ったかしら。一瞬意識が遠のいていたみたい〟

〝ぼくは一日中誰かさんのことを考えることになりそうだ。またあとで。今から仕事をしないと〟

彼はふたたび写真をじっと見つめ、小さくうめいた。イモジーンはぼくが困るのを承知で、わざとふくれっ面をしていた。

だが、手元にこんなすばらしい写真があるのに、イモジーンがここにいるところを、自分と一緒にいるところを想像しようとしても、できなかった。

牧場の道を近づいてくる車の音が聞こえる前に、犬たちが警戒して鳴き始めた。

ディロンは携帯電話をポケットにしまうと、帽子のつばをあげ、その場で待った。

あの高級なSUVはヒューがサリヴァンズ・レストに置いている車のうちの一台だ。

思わずにっこりし、口笛を吹いて犬を呼び戻した。犬たちの気をそらすために、ボールを反対側に向かって高く投げる。

だが、振り返ったとき、ディロンの目に映ったのは車からおりたつヒューでもリリーでもなかった。

彼女は腕いっぱいの赤いユリを抱えていた。漆黒の髪が風にあおられ、顔があらわになった。ディロンは今まで古典的な美しさとか、きれいな骨格という言葉を聞いても、どういうものかぴんと来なかった。

だが、実際に目の当たりにすれば理解できる。とりわけ、彼女がサングラスを頭に押しあげ、あのブルーの瞳と――レーザー光線のような瞳と目が合ったときには。次の瞬間、唇に――途方もなく魅力的な唇に笑みを浮かべ、彼女が近づいてきた。

犬たちが狂ったように吠えながら突進していく。

「そいつらは決して――」

〝嚙まない〟と言い終わる前に、彼女はしゃがみこみ、腕に抱いたユリを遠ざけながら、片手で二匹を撫でようとした。

「あなたたちのことは知っているわ」彼女は笑って二匹のおなかを撫でた。「何から何まで聞いているわよ。ギャンビットとジュビリーでしょう」

彼女は笑ったまま、ディロンを見あげた。「わたしはケイトよ」

知っているさ、もちろん知っている。もっとも、先月観た映画でケイトが演じた風変わりな女の子とは見た目がまったく違うが。

それに、インターネットに氾濫しているどの写真とも違う。

今のケイトは幸せそうでセクシーだ。とてもセクシーだった。

「ぼくはディロンだ」

「わたしのヒーローね」その口調に、彼は酔っぱらったルームメートのように胸が小刻みに震えた。

ケイトは、すごくセクシーなブーツが犬たちのせいで泥だらけになっても無頓着な様子で立ちあがった――そのブーツはぴったりしたジーンズに包まれた長い脚を膝まで覆っていた。

「久しぶりだわ」ディロンがまともな台詞を考えられないせいか、彼女は話し続けた。「あれ以来、ビッグ・サーに来るのは初めてなの」

ケイトは髪を押さえ、周囲を見まわした。「ああ、なんてきれいなのかしら。あのときは、ちゃんと見られなかったから……。こんな景色に囲まれていたら何もできなくなりそうなのに、どうしてあなたはできるの？」

「まあ……仕事を終えたあとも、この景色は消えないからね」

「わたしは祖父の家からの眺めや、その景色にいかに心を引かれるか、忘れかけていたわ。昨日は懐かしい景色を眺めてばかりいたの。でも、今日は家中に人があふれているから、ちょっと出かけたくなって。それに、ここを訪ねて、あなたたちに直接お礼を言いたかった。あなたのお母さんとは時々、手紙のやりとりをしているのよ」

「ああ、母さんから聞いているよ」

「あの、お母さんは家にいる？」

「えっ？　ああ、ごめん。どうぞ、なかに入ってくれ」ディロンはまともな話題を必死に探した。「ブルーじゃなくなったんだね。きみの髪は」ケイトがぽかんとした顔で彼を見たので、そうつけ加えた。

「ええ、もとの色に戻したの」

「あの映画、よかったよ。きみは映画と話し方が違うんだね」

「まあ、あれはジュートで、わたしはケイトだから」

「そうか」ディロンはポーチにたどり着いたところで、後ろのポケットからブルーのバンダナを取りだした。「ちょっとふかせてくれ。犬たちがきみのブーツを汚しちゃったから」

ディロンがしゃがんでブーツの泥をぬぐうあいだ、ケイトは黙っていた。彼はその隙に落ち着きを取り戻した。

「きみはクリスマスを過ごしに来たのかい？」

「ええ。わたしたち全員が。サリヴァン一族がそろっているわ」

ディロンが玄関のドアを開けると、彼女はなかに足を踏み入れた。

一家のクリスマスツリーは正面の窓のそばにあった。根元にはプレゼントが積みあげられ、木のてっぺんには星が飾られている。屋内は松や薪《まき》の煙、犬やクッキーのにおいがした。

「さあ、座ってくれ。ふたりを呼んでくる」

目に見えない散歩紐でつながれているかのように、犬たちもディロンとともに部屋から出ていくと、ケイトは息を吐きだした。

パニックを起こさなかった。いい兆候だ。緊張したけれど、すごく緊張したけれど、犬たちのおかげであまり気にせずにすんだ。

あと、ディロンのおかげで。彼はすっかり見た目が変わっていた。すごく身長がのびて、かといって痩せこけてはいない。傷だらけのブーツといいカウボーイハットといい、まさに牧場主そのもの——若くてセクシーな牧場主だ。それに、今でもとても優しい。ケイトはブレスレットをこすった。彼がしゃがんでブーツの汚れをぬぐってくれたときは、目の奥がつんとした。

まじりけのない優しさを感じた。

ジュリアが階段を駆けおりてくると、ケイトは立ちあがった。ジュリアは髪を無造作にポニーテールにまとめ、チェックのシャツに作業用のジーンズという格好だった。

「ケイトリン！」

ジュリアは両腕を広げ、ケイトをぎゅっと抱きしめた。

「最高のサプライズだわ」ジュリアは身を引き、しげしげとケイトを見つめながら微笑んだ。「すっかり成長して美人になったわね。ディロンが今、わたしの母を呼びに行っているわ。母もきっと飛びあがるはずよ」

「会えて本当にうれしいです。わたしはこれまでまったく――。ただここを訪ねて、あなたに会いたかったんです」ケイトはユリをさしだした。

「ありがとう。とってもきれいだわ。さあ、キッチンに来て、わたしが花を生けるあいだ椅子に座っていてちょうだい。サリヴァン家のみなさんがクリスマスにビッグ・サーに集うとあなたの手紙に書いてあったから、あなたが訪ねてきてくれたらいいなと思っていたの」

「昔のままですね」ケイトはつぶやいた。

「ええ。キッチンのリフォームを検討中なんだけど、いつも実行にはいたらなくて」

「すばらしいキッチンです」ここは、パニックに襲われたときに思い浮かべる安全な場所のひとつだ。「実は訪ねるのをやめようかとも思ったんです」

ジュリアは花瓶をふたつ取りだした――もしかしてケイトはビッグ・サーにある赤いユリをすべて買い占めたんじゃないかしら。「どうして?」

「頭のなかではここに戻ってこられるんです、悪夢を見たときや、そのあと眠れないときは――セラピストのおかげでそうできるようになりました。ここを思い浮かべると、安心するんです。でも、実際に訪れてもそう感じるのかわからなくて」

ジュリアは振り返って、その続きを待った。

「同じでした。安心できました。たとえリフォームしても、この安心感や、ここが安全な場所だってことは変わらないと思います」

「そうせかさないで、ディロン」裏の階段からおりてきたマギーは、ディロンを背後に押しやった。

ケイトはふたたび立ちあがった。「おばあちゃん」

「さあ、おいで」

しっかりとした足取りでマギーに歩み寄ると、ケイトはハグをした。「その三つ編み、すてきですね」

「クリスマスだからね。ディロン、ケイトにコーラとクッキーを持ってきてあげて。わたしもその花をもらえるんだろうね」

「ここに花瓶がふたつあるでしょう、お母さん」

「念のためにきいてみただけだよ。さあ、座って、あなたの恋愛話を全部聞かせてちょうだい」

ケイトは悲しげな顔でマギーを見ると、片手で〝ゼロ〟と示した。

「それは悲しい状況だね。わたしがアドバイスしてあげないと」

ケイトはそのまま一時間過ごし、その一分一秒を楽しんだ。ディロンに外まで見送ってもらいながら、ふたたび立ちどまり、草原や牛や馬や海を眺めた。

「あなたは本当にラッキーね」

「ああ、自分でもそう思うよ」

「ちゃんとわかっていてよかったわ。わたしはもう戻らないと、あなたはたくさん仕事があるでしょうから」

「ぼくは馬に乗ってフェンスを確認しに行くところだったんだ。きみも乗馬はするかい？」

「乗馬は大好きよ。ロサンゼルスに戻ってからは一度も乗っていないけれど、アイルランドに住んでいたときは近所の人が馬を飼っていて、いつでも乗ることができたの」

「いつでも好きなときに馬に乗せてあげるよ」

「うれしい。ぜひ乗馬をしたいわ。あなたの言葉に甘えて、今度は馬に乗りに来るわね。この景色を、このすべてを昼間見られてよかった。メリークリスマス、ディロン」

「メリークリスマス」

ディロンは車で走り去るケイトを見送ると、鞍を取りに厩舎へ引き返した。

イモジーンが牧場にいる姿は想像できないのに、ケイトの姿はいとも簡単に思い描けるなんて本当に変だ。彼女は映画スターなのに。

考えるだけでも変だと、頭から押しやって馬具をつかんだ。

ケイトは不安を募らせる代わりに、ホライズン牧場を訪れたことでエネルギーを得た。今こそ話を切りだすタイミングだと、ふたたび思った。このエネルギーを利用して、ことを押し進めよう。

年上のいとこたちが正面の芝生でフラッグフットボールをやっていた。かなり激しそうで、ケイトは大声で誘われても無言で手を振った。

わたしには挑むべき戦いがある。

応接間でリリーとモーリーンとリリーの娘のミランダを見つけると、ケイトは戦いに身構えた。

「あなたも座ってちょうだい。わたしたちは今、子供や男性がいないひとときを楽しんでいるところよ」リリーが手招きした。「ほとんどの子供たちは娯楽室にいるけど、何人かは屋敷の正面で血生臭いフットボールを繰り広げているわ、あなたも見たでしょう」

「念のため、娯楽室と外の両方に救急箱を用意したわ」モーリーンがソファの隣をぽんと叩いた。「でも今は、〝わたしのほうが先だった〟っていうわめき声や、ビデオゲームや、反則をめぐる怒鳴り声から避難しているの」片方の腕でケイトをハグした。

「あなたとはまだちゃんと話す機会がなかったわね」

「今は近況報告するようなことがほとんどなくて」

「あなたが次の作品まで長期休暇を取るなんて信じられないけど、このお休みにちょっと楽しめるといいわね。女の子たちの何人かで春休みにカンクンへ行こうと話しているわよ。あなたもぜひ加わって」

「わたしの娘のマロリーも、その旅行に加わりたいと早くも主張しているわ」ミランダはさまざまな色合いのブルーの毛糸でスカーフを編んでいた。ケイトの知る限り、誰よりも穏やかでバランスの取れた女性だ。母親譲りの燃えるような赤毛でも、穏やかでのんびりした雰囲気を保っている。

「マロリーは五月に卒業するの——信じられないわよね。あの子はハーバードをめざしているのよ。あなたもこの春には卒業でしょう、ケイト？」

「実は、休み前に必要な授業はすべて終わらせたの」

「それなのに、何も言わなかったの？」

ケイトはリリーの叫び声に肩をすくめた。「あまりにもいろいろあったから」

「そんな大事なことが埋もれるほどじゃないでしょう。ケイト、高校卒業は人生の節目よ。ぜひお祝いしないと」

「別に、わたしは伝統的なガウンと角帽で行進するわけじゃないし」

リリーのトパーズ色の瞳が悲しみに曇り、笑みが薄れた。「それがあなたの望みなら――」

「いいえ、違うわ。そうじゃない。わたしはちゃんと卒業して終わらせたかったの」それを証明するように、人さし指で宙にチェックマークを描いた。「ちゃんと卒業したかったの。年明けにはお父さんの手元に成績表と卒業証書が届くはずよ」

モーリーンがリリーと視線を交わした。「それで、そのあとはどうするの？　大学進学？　それとも、進学前に何か別の経験をする？　サリヴァン一族の家業とも言うべき役者の仕事に専念するの？」

ケイトが答えるよりも先に、リリーが口を開いた。「あわてる必要はないわ。あなたは昔から成績優秀だし、将来の可能性や選択肢は無数にあるから」

「ハーバードに行けるほど優秀じゃないけど」

「そんなふうに自分を卑下してはだめよ」ミランダが鉤針《かぎばり》編みを続けながら言った。「あなたは優秀で才能に満ちあふれる若い女性よ。しかも、過酷な業界で立派に仕事をこなし、キャリアを築きながら予定よりも早く高校を卒業した。おまけに、あの母親失格のひどい女のせいで、まだ若いのに数々の困難に対処しなければならなかった」

編み目を飛ばすことなく、いたってなめらかな口調でミランダはざっくばらんに言った。沈黙に包まれたあと、ミランダが顔をあげた。「えっ？　わたしは何か間違っている？」

「いいえ、ちっとも。あなたを愛しているわ、ミランダ」

「わたしもよ、お母さん。だから、自分を卑下してはだめよ」ミランダはふたたびケイトに向かって言った。「自分の価値を軽視しがちな女性があまりにも多すぎるわ。わたしは自分自身を信じ、人生の目標に向かって努力する大切さを人生の師から学んだわ。あなたもそうすべきよ」

「あなたはもう少しわたしから学んだほうがよさそうね」リリーが結論づけた。「高校は卒業したも同然だし、わたしに会いにニューヨークに来て、一、二週間くらい滞在したら？」

「ニューヨークには会いに行きたくないわ」

それはケイトが考えていたのとは違う、きつい口調で、怒っているように響いた。リリーの顔にショックの表情が浮かぶ。「ニューヨークに会いに行くのはいや」口調を和らげて繰り返したが、毅然《きぜん》とした口調のままで言った。「わたしは一緒にニューヨークに行きたいの」

「えっ……どういうこと、ケイティ？」

「わたしはニューヨークに引っ越したいの、グランマ・リリーと一緒に」

「えっ、ちょっと待ってよ、ケイティ。一緒に暮らせたらものすごくうれしいけど――」

「お願い、やめたほうがいい理由を羅列しないで。まず、わたしの理由を聞いてちょうだい」

「立ちなさい」モーリーンがケイトに向かってつぶやいた。「あなたは震えているわ。立って、そのエネルギーを発散するのよ」

ケイトは立ちあがると、しばらく歩きまわって呼吸を落ち着けた。「もうロサンゼルスにはいられないわ。ロサンゼルスじゃどこにも行けないし、何もできないから。いずれおさまるって思うたびに、あの人が何か別のことを思いついて、ゲートの外にレポーターたちが群がるの」

今度はケイトもリリーたちが交わした視線に気づいた。「えっ、なんなの?」

「あの女は婚約したわ」リリーがぴしゃりと言った。「相手は〈バスターズ・バーガーズ〉のコンラッド・バスターよ」

「バ、〈バスターズ・バーガーズ〉?」ケイトは甲高い声をもらして噴きだした。「冗談でしょう?」

「あの女は彼をつかまえるために、マジックソースがかかったトリプルバーガーをいったいいくつ平らげたのかしらね。くすくす笑いあうふたりの写真が紙面に載ったのよ」モーリーンがつけ加えた。

ミランダはまたひと目編んだ。「以前シャーロットから、赤身肉の害について説明されたことがあるわ。その彼女が今やバスター帝国の女王になるなんて」

「コンラッド・バスターは七十七歳よ。あんな女に引っかからないくらいの分別があってもよさそうなのに」リリーはテーブルの上のトレイからオレンジピールのスライスを取った。「彼は二度離婚しているけど、子供はいないわ。腹立たしいほど金持ちで、ゆうべシャーロットの指に二十五カラットのダイヤモンドの指輪をはめてやったそうよ。今朝の新聞にそう書かれていたわ」

「今グラスを手にしていたら、乾杯するところね」ケイトは言った。「あの人はハンバーガーを食べたり、結婚式の準備をしたりするのに忙しくて、わたしにいやがらせをする暇なんてないはずよ」

その場が静まり返り、ケイトは自分の勘違いを悟った。「何？　いいから、教えてちょうだい」

「あの女は決していやがらせのチャンスを見逃さないのよ。シャーロット曰く、彼女の望みは、唯一の子供である実の娘が心を開き、彼女の花嫁介添人《ブライズメイド》としてかたわらに立ってくれることなんですって」

「決してわたしを放っておいてくれないのね。あの人は自分が望むすべてを――お金も名声も、邪魔な子供のいない裕福な夫も手に入れようとしているのに。それでも、わたしを放っておくことができないのね」

ケイトの胸にまた新たな怒りがこみあげた。

暖炉の炎がぱちぱちと音をたて、窓の外で波音が響き、クリスマスツリーが希望の灯火《ともしび》のようにきらきら光るなか、ケイトは部屋のなかを行ったり来たりした。体中がほてり、こわばっている。

「そして、その状況はとめられない。わたしがこのままハリウッドの映画業界で働こうとすれば、決してとめられないんでしょうね。だって、あの人はもっと多くを求め、わたしが間違っていると思っているんだもの。母はわたしをひねり潰したいのよ。お父さんやおじいちゃんは偉大すぎて、その業績に傷をつけることはできない。でも、わたしならまだ駆けだしの役者だから」

「あんな女にチャンスを奪われたらだめよ、ケイティ」

「グランマ・リリー、もう奪われているわ」

ケイトは窓の正面の椅子の肘掛けにすとんと腰をおろした。かつて曾祖母が座って、ケイトがとんぼ返りをするのを眺めた椅子だ。

「シャーロットはかつてわたしにしたことを利用して真実をねじ曲げ、わたしから役者の仕事の喜びを根こそぎ奪いとった。もうあの世界に戻るかどうかわからない。戻りたいのかどうかも。わたしには責任があるし、ただ放りだすわけにはいかなかったから、このあいだの仕事は最後までやり遂げた。自分にできる最高の演技をしたと思うわ。でも、もうこれ以上は無理。わたしには人生が必要なの。それに、世の中には演じること以外に何があるのか見てみないと。将来何をしたいのか、何になりたいのかわからないけど、それがロサンゼルスで見つからないことはたしかよ。ばかげたウィッグをかぶらずに、ボディーガードなしで外出できるようになりたいの。同世代の子たちと一緒に過ごしたり、わたしの名字に関心がない男の子と出会ったりしてみたい。授業を受けたり、何か仕事をしたりするかもしれない。わたしはただ何かをするチャンスがほしいの。みんなにはらはらしながら見守られたり、保護されたりしない場所で」

「ニューヨークにもパパラッチはいるわよ」リリーが指摘した。

「でも、ロサンゼルスとは違う。グランマ・リリーだってわかっているでしょ。ニューヨークは映画や監督や出演者についていつまでも書きたてたりしない。わたしの望みはニューヨークへ行くことよ。どうか認めてちょうだい。十八歳になれば許可がなくても決断できるけど、わたしはグランマ・リリーの同意がほしいの」

玄関のドアがばたんと閉じる音がしたかと思うと、ミランダの末っ子が悲しげな声で〝ママ！〟と叫びながら駆けこんできた。

「フリン、あなたの目の前には透明の扉があるの」

「でも、ママ――」

「目には見えないかもしれないけど、そのドアが閉まっているからここには入れないわ。ドアが開いたら、教えてあげるわね」

フリンはまさに十二歳の少年にしかできない、みじめなうんざりした顔で立ち去った。

「ごめんなさい、ケイト。それで、あなたが言いかけていたのは？」

「もう話し終わったわ」

「胸が張り裂けそうだわ」リリーが口を開いた。「シャーロットがあなたから奪ったものを思うと。わたしがあなたをどんなに愛しているか知っているでしょう――フリンがわたしの孫息子であるように、あなたもわたしの孫娘なの。ところで、あの子の唇が切れていたのを見た？」そうつけ加えた。

ミランダは鉤針編みを続けながらうなずいた。「いつものことよ」

リリーはうなずくと、ケイトに視線を戻した。「ぜひあなたと一緒に暮らしたいわ。あなたも知ってのとおり、わたしは上演前からリハーサルやミーティングで大忙しになる予定なの。でも、ニューヨークにはほかにもあなたの家族がいる。もしそれがあなたの望みなら、エイダンに伝えるわ」

「ええ、それがわたしの望みよ。今はそれしか望まない。ありがとう」

「まだお礼を言うのは早いわ」リリーが立ちあがった。「さてと、面倒なことを先のばしにしても意味がないわね」

「わたしも一緒に行くわ」ミランダが編んでいたスカーフを脇に置いた。「フリンが唇を冷やしたか確認しないと」脇を通り過ぎながら、ケイトの腕をぎゅっと握る。

「上出来よ」

「ちょっとジャケットを取ってくるわ」モーリーンも立ちあがった。「一緒に散歩しましょう」

「わたしはお父さんと話すグランマ・リリーに付き添ったほうがいいんじゃないかしら」

「リリーにまかせておけば問題ないわよ」モーリーンはケイトの肩に腕をまわし、応接間から連れだした。「わたしはあなたと同年代の子をたくさん知っているの。ミランダや彼女の娘のマロリーも知っているはずよ。その全員が役者ってわけじゃないわ」

「そのなかにキュートな異性愛者《ストレート》の男の子はいる？　十八、九の男の子だとうれしいわ」

「ちょっと調べてみるわね」

開け放たれたケイトの寝室のドアをエイダンがノックしたとき、彼女はリリーが精一杯のことをしてくれたとわかった。

「お父さん。今ちょうど一階におりようと思っていたところよ。でも、あとにするわ」父がドアを閉めると、そうつけ加えて身構えた。「怒っているのね」

「違う、いらだっているだけだ。どうして幸せじゃないと教えてくれなかったんだ？」

「お父さんには解決できないもの」

「どうしてそんなことがわかる？ ああ、ケイトリン、教えてくれなければ、解決しようとすることさえできないんだぞ」

「やっぱり怒ってる。いいわ、怒っていて。でも、わたしはお父さんに泣きついたりしない。もう二度と。わたしには自分が何を望み、何を必要としているのか見極める権利がある。その一方で、シャーロットにはあのくだらないたわ言をなんでも鵜呑みにするマスコミにたれ流す権利があるのよ」

「シャーロットには、おまえが求めるものや必要なものをあきらめると言いだすまで不幸にする権利なんかない。おまえの状況が悪化すると思って、まだ使っていない手がある。マスコミを利用できるのはシャーロットだけじゃない！」

「わたしはそんなこと望んでいないわ！」想像しただけで、ケイトはみぞおちが震えた。「あの人はもっと事態を悪化させるに決まっている。その手の注目を浴びるのが大好きなんだから」

「決めつけるな。ぼくが汚い手を使わないからといって、そのやり方を知らないわけじゃない」

「たしかに、きっとお父さんならあの人を傷つけることができる」ケイトは認めた。「あの人はお父さんやわたしたち全員を侮っているから。あの人はわたしたちを、わたしたちを憎み、侮っている。だから……」

適切な言葉を選び、正しい口調で伝えるために、ケイトはベッドの支柱の彫り物を人さし指で撫でながらひと息ついた。

「お父さんが思うより、わたしはあの人をよく理解しているわ。あの日、リリーはシャーロットには魂がないって言ったの。魂がなくて母親失格だと」

「今でも覚えているのか？」

ケイトはまた父と目を合わせた。「あの朝のことは何もかも覚えているわ。怯えて目を覚ましたらお父さんがぎゅっと抱きしめてくれたことも、シャワーを浴びるとき、グランマ・リリーがそばにいるとわたしに知らせるためにデュエットしてくれたことも」

「それは知らなかった」エイダンが静かに言った。

「ニーナのパンケーキも、おじいちゃんとジグソーパズルをやったことも。暖炉の火がぱちぱち音をたて、朝靄が消え、海が見えたことも。あの人や、わたしや、みんなが言ったことも」

ケイトはベッドの端に腰かけた。「あの人だって覚えているはずよ――まあ、あくまでもあちら側の記憶でしょうけど。あの人は真実を書き換え、ヒロインや被害者を演じている――その場に合わせてより効果的な役を選びながら。でも、シャーロットがどんなふうに覚えていようと、どう記憶を書き換えようと、彼女にとって問題なのはわたしじゃない。あの人はわたしを利用してお父さんやおじいちゃんやグランマ・リリー、そしてサリヴァン一族を攻撃しているのよ、とりわけお父さんを。お父さんがあの人よりわたしを選んだから」

「選ぶまでもない。おまえは決して選択肢じゃないよ、ケイトリン」癇癪がおさまり、エイダンはケイトの顔を両手で包みこんだ。「おまえは宝物だ。アイルランドに一緒に戻ったらどうかな」

「それじゃあ、ただ隠れるだけでしょう。あのときは正しい決断だったし、当時のわたしには必要なものを与えてくれた。でも、今のわたしが求めているものじゃないのよ」

「なぜニューヨークなんだ？」

「ニューヨークなら国内にとどまりながら、ロサンゼルスから最大限離れられるでしょ。それがひとつ目の理由よ。グランマ・リリーがわたしの部屋を用意してくれるし、向こうにはモーリーンとハリー、ミランダとジャック、ニューヨークのいとこたちがいて力になってくれる。匿名ではいられないかもしれないけど、すぐには気づかれないと思うし、つきまとわれていると感じずにすむわ」

「ここではそう感じているのか」

「ええ、毎日。演じる仕事も、今はしたくない。役柄の感情がわいてこないの、お父さん。わたしたちサリヴァン一族にとって、役者は単なる仕事じゃないわ。わたしもそうであってほしくない。それに、シャーロットはこれで勝ったと思うはずよ。わたしたちはそうじゃないと知っているけど、彼女は勝ったと思いこみ、新しい人生に踏みだすかもしれない。その裕福な夫がどのくらい長生きするか知らないけど、シャーロットにあれこれ買い与え、その財力や影響力で彼女の社会的地位を押しあげるはずよ」

「おまえはシャーロットのことをよく理解しているな」エイダンは海が見渡せる窓辺に移動した。「ぼくは十年以上連れ添ったのに、彼女のために言い訳したり、見て見ぬふりをしたりするだけだった」

「わたしのためでしょう。たしかにお父さんはあの人を愛していたけど、わたしのために見て見ぬふりをしたり言い訳したりしていたのよ。そうでなければ、あんなに長く結婚生活を続けなかったはずよ」

「さあ、どうかな」

「それに、あれ以来誰とも真剣につきあっていない。わたしのためよね」

エイダンがぱっと振り向いた。「いや、そんなふうに受けとらないでほしい。ぼく自身のためだ。容易に人を信じられなくなったんだよ」ケイトのもとに引き返す。

「そうなっても当然だろう」

「ええ。でも、わたしのことは信頼できるでしょう、お父さん。わたしを手放せるくらい信頼しているでしょう？」

「この世でもっとも難しいことだよ」エイダンは娘を抱きしめた。「ぼくはしょっちゅうニューヨークへ通うことになりそうだ。そうなっても大目に見てくれよ。もうわかっていると思うが、おまえのおじいちゃんだってそうだぞ——何しろアメリカ大陸の反対側にリリーだけじゃなく大切な孫までいるんだから。つまり、ふたりして押しかけることになる」

「わたしにとってこの世でもっとも大事な男性ふたりね」

「毎日メールして、毎週電話してもらうぞ。メールは最初の一カ月でいいが、電話は残りの人生ずっとだ」

「ええ、いいわ」

エイダンはケイトの頭のてっぺんに顎をのせ、早くも娘を恋しく思った。

13

ニューヨーク

ニューヨークに移り住んで最初の数週間、リリーのコンドミニアムがあるアッパー・ウエスト・サイドからケイトが出ることはなかった。さらに行動範囲を広げたときも、リリーや、おばやいとこたちと一緒だった。

ニューヨークの晩冬の寒さに体調を崩していたこともあり、近場だけの生活でもあまり苦ではなかった。

何しろ外出はできたのだから——散歩のときはひどく厚着をしていたので、女優だと気づかれる可能性はゼロだった。ケイトは散歩にうってつけのニューヨークを楽しんだ。メイヨー州の小道や静かな通りとは大違いだが、長くのびる街道や混雑する交差点、無数の店やカフェやレストランといったすべてに刺激を受けながら、街を探索した。

大気中に春の気配がかすかに漂い始めるころには、かなり自信がつき、自由を謳歌するまでになっていた。

いとこたちを通じて同年代の人たちとも出会った。その多くはケイトの血筋に感心するほど無垢ではなかった。しかも彼らにとって、父や祖父の世代の役者はモーセも同然だった。

ケイトはそのことも気に入った。

やがて生粋のニューヨーカーのように早歩きになり、何度か乗り間違えたあと、地下鉄にも慣れた。ケイトはタクシーに乗るよりも、長距離を歩いたり、地下鉄に乗ったりするほうが魅力的に思えて好きだった。

多種多様な話し声や訛りや言語。豊富なスタイルや容姿。何より、誰もケイトに特に目を向けないことが最高だった。

ロサンゼルスを発つ前、ふたたびジーノにカットを頼んだ。今は前髪を斜めに流し、髪が揺れるシャープなヘアースタイルになっている。

時々、自分でも自分だとわからないくらいだ。

リリーのリハーサルが始まると、ケイトは週に一、二度劇場を訪ね、舞台から遠く離れた席に座り、芝居が進化する様子を楽しんだ。役者たちの声や、大きく響き渡るブロードウェイの歌声が、劇場の空間を満たしていた。

リリーの笑い声だわ。舞台を眺めながら、ケイトは思った。リリーというよりメイムの笑い声がとどろいている。役者のなかにはある役を演じるために生まれてきた人がいる。ケイトに言わせれば、メイムはまさにリリーのはまり役だ。

リハーサル中は常に消音にしてある携帯電話を取りだすと、父にメールした。

〝NY発、本日のニュース。わたしは今、舞台監督とキャストが第一幕第五場の立ち位置や動作を調整する様子を眺めているわ。今この瞬間、舞台にいるのはメイムとベラだけよ。リリーはレギンス、マリアン・キーンはジーンズをはいているけど、ふたりが衣装をまとった姿が目に浮かぶわ。一応伝えておくと、リリーのアシスタントのミミが彼女のお母さんを手伝うために、やむなくロサンゼルスに戻ったの。お母さんが足首を骨折したんですって。だから、とりあえず今はわたしがアシスタント代理よ。おじいちゃんが来週やってくることになって、グランマ・リリーはわくわくしているって、おじいちゃんに伝えて。グランマ・リリーはおじいちゃんを恋しがっているわ。もちろん、わたしも。それにお父さんも恋しい。ところで、わたしは腕全体にタトゥーをいれて、舌にピアスをつけるつもりなの。冗談よ。それとも、本気だと思う？〟

にやりとして、ケイトはメールを送信した。前の座席の背に組んだ両腕をのせ、顎をのせると、目の前で進行する魔法を眺めた。

休憩に入り、舞台監督が振付師や助手を集めるなか、リリーが客席に向かって呼びかけた。

「まだそこにいる、ケイト？」

「ええ、ここよ」巨大なトートバッグを肩にかけ、ケイトは立ちあがって舞台へと近づいて姿を見せた。

「あなたもこっちに来て」

劇場の左側のドアに向かい、廊下に出て、階段をのぼると、次のナンバーに備えてコーラスのメンバーがストレッチや発声練習やウォームアップをしていた。ケイトは歩きながら、早くもバッグのなかに手をのばし、舞台の下手に出た。

「プロテインバーと常温のミネラルウォーターよ」

リリーはその両方を受けとった。「ミミが職を失うんじゃないかと心配しそうね」

「わたしはミミが戻るまでグランマ・リリーの面倒を見ているだけよ」

「助かるわ」リリーは折りたたみ椅子にすとんと座り、脚をストレッチして足首をまわした。「生の舞台がどれほど身体的にきついかすっかり忘れていたわ。ミュージカルの舞台はその二倍よ」

「あとでマッサージが受けられるように予約を入れる？ ビルなら六時に予約できるわよ——さっき確かめたの。それと、七時半には〈ルイージズ〉からグランマ・リリーの好きなペンネやおいしいサラダが届くわ。炭水化物はエネルギーの源だもの」

「まあ、ケイト、あなたってすばらしいわ」

「すばらしいのはミミと、彼女が用意してくれた詳細なリストと膨大な連絡先よ」

「どうしてビルなんて名前のマッサージ師にお願いすることになったのかしら？　どうせならエステバンやスベンって名前の人がいいわ」

ケイトは指を動かした。「わたしの記憶が間違っていなければ、ビルは魔法の手の持ち主なんでしょう？」

「たしかにそうね。ええ、予約しておいて。それじゃ、あなたの意見を聞かせて。わたしたちのリハーサル、どうだった？」

「包み隠さず正直に？」

「ああ、もう」身構えながら、リリーは舞台袖の天井を見あげた。「遠慮なく言ってちょうだい」

「グランマ・リリーはこれまでマリアンと会ったことも共演したこともなかった。若いパトリック役のトッドやブランドンとも。でも、観客はグランマ・リリーが演じるメイムとベラが長年の親友で、パトリックがメイムの最愛の人だと信じるはずよ」

「そう」リリーは水をゆっくり飲んだ。「蓋を開けてみたら、遠慮のない正直な意見が気に入ったわ。もっと聞かせて」

「舞台は映画とはまったく違うわ、グランマ・リリー。映画はいくつかのシーンを撮影したら、座って待つ。けっこう待たされることもある。リアクション・ショットやリテイクのあとも待ち時間がある。でも、舞台はすべてがものすごいスピードで流れていく。それに、脚本を見ずに演じるころには、すべての台詞やしぐさ、ステップ、立ち位置やリズムを最初から最後まで頭に叩きこまなければならない。ちょっとした会話やワンシーンを演じるのとはわけが違う。全部だもの。だから、エネルギー量がまったく異なるわ」

「興味がわいてきた？」

「わたしが？」ケイトはかぶりを振ると、あえて舞台の中央に移動して客席を見渡した。オーケストラからアッパーバルコニーまで満席で、全員が自分を見つめているところを想像する。

おもしろ半分にすばやいサイドステップからタップを踏み、アピールするように両腕を振りあげた。リリーの拍手に、ケイトは笑った。

「わたしにできるのはせいぜいこれぐらいよ。きっと生の舞台に立つのは、すごく恐ろしいんでしょうね。そして――最高にわくわくすると思うわ。グランマ・リリーはこれから週に八回、夜公演を六回と昼公演を二回行うことになるのね。わたしにはとても無理。映画も舞台も、どちらも魔法よね」

ケイトはリリーのもとに引き返した。「どちらも魔法みたいな方法で物語を伝えるわ。そんな映画と舞台の両方ですばらしい演技をできる人には、驚くべき才能が備わっているはずよ」

「ケイティ。こんなプロテインバーより、あなたのおかげではるかに気分がよくなったわ」リリーは立ちあがって肩をまわした。「それじゃ、もう帰っていいわよ」

「クビってこと?」

「いいえ、ミミが戻るまではアシスタント代理を続けてもらうわ。でも今日はもう行きなさい。お友達にメールしてショッピングに出かけたり、コーヒーショップで待ちあわせしたりしていらっしゃい」

「本当に?」

「さっさと行きなさい。もしディナーの予定が変わったらメールをちょうだい」

「ええ、そうするわ。ありがとう。がんばってね」

マッサージの予約をするために携帯電話を取りだしながら、舞台の下手に出た。いきなり目の前にコーラスのひとりが現れ、ケイトははたと立ちどまった。

彼女はぱっと相手を見あげた。「ごめんなさい。歩きながらメールを打っていたものだから」

「こちらこそ邪魔してすまない。ぼくはノア。コーラスのメンバーだよ」

ケイトはノアのことを知っていた。前に見かけたことがある。彼を含む役者たちはコーラスの曲を何度もリハーサルしていた。疲れも見せずに――それとも、そう見えただけだろうか。

ノアを間近にして、ケイトはみぞおちが震えた。なめらかな肌は、ミセス・リアリーがハロウィーンの前の晩に作ってくれたリンゴ飴《あめ》のキャラメルのような色だった。ライオンを思わせる金色の瞳は、エキゾチックに目尻がつりあがっている。

ケイトは頭のなかで、ええと、と言葉につまった。

だがサリヴァン一族である彼女は、立ちまわり方を心得ていた。

「何度かリハーサルで見かけたわ。《ウィー・ニード・ア・リトル・クリスマス》であなたが披露したジャグリング、とってもよかったわね」

「あれは祖母に教わったんだ」

「本当に?」

「ああ。祖母は子供のころに実家から逃げだして、数年間サーカスにいたんだ――本当だよ。それと、ぼくは四時でリハーサルが終わる予定なんだけど、一緒にコーヒーでもどうかな?」

ケイトは頭のなかがかっと燃えあがったかと思うと、真っ白になった。

「そろそろ帰ろうとしていたんだけど……そのころなら会えるわ」

「よかった。じゃあ、四時半ごろ〈カフェ・カフェ〉でどうかな。すぐ近くの角にあぞ店だけど」

「ええ、知っているわ。オーケー。じゃあ、またあとでね」

ケイトはさりげなくその場をあとにして楽屋口まで歩き、外に出ると、念のためさらに三メートルほど歩き続けた。

それから甲高い叫び声をあげ、歩道でダンスを――アイルランドのダンスを踊った。その歩道はニューヨークの劇場街にのびているせいか、ほとんど誰もそのダンスに目をとめなかった。

ケイトはリリーのためにに予約を入れ、ディナーの注文を忘れないようにアラームをセットした。それから、ハーバード大学へ進学したいとこにメールした。一番頼りになる、分別があるいとこに。

〝今すぐ会いたいの。何時に〈セフォラ〉に来られる？　四十二番街にある店よ〟

返事を待つあいだ、ケイトは思案した。着替えに帰ったほうがいいかしら、それとも新しい服を買ったほうがいい？

ばかなことをするのはやめなさい。張りきりすぎよ。ただコーヒーを飲むだけでしょう。親戚でもない男の子からコーヒーに誘われたのは生まれて初めてだって、ノアに知られたいの？

〝最後の授業は二時四十五分に終わるわ。三時ごろはどう？〟

〝完璧よ。じゃあ、またあとで〟

〝何かあったの？〟

〝デートすることになったの！　ただコーヒーを飲むだけだけど、デートには変わりないでしょ〟

〝やったじゃない！　じゃあ、またあとでね〟

時間を潰さないといけなかったので、ケイトは歩調をゆるめ、ノアとの話題を考えた。四十二番街にたどり着くと〈セフォラ〉に入り、商品棚を見てまわった。

気がつくと、緊張していたせいか、買い物かごがほしくもない商品でいっぱいになっていた。そのあいだも携帯電話をしきりに確認していた。ケイトの番号を知らないノアがキャンセルのメールを送ってくるはずがないと、何度も自分に言い聞かせながら。

彼に番号を教えるべきだったかしら。

そのとき携帯電話が鳴り、メールの着信を知らせると、ケイトは小さな悲鳴をあげて飛びあがった。

〝今、店に入ったところ。どこにいるの？〟

〝メイク用のカウンターで落ちあいましょう〟

ケイトは、重そうなバックパックを肩に背負い、榛《はしばみ》色の瞳にまじめそうな黒縁眼鏡をかけ、ロマンティックなストロベリーブロンドを揺らしているいとこを見つけた。

「それで、相手は誰なの？　どこで出会ったの？　彼ってキュート？」

「ノアよ。『メイム』に、コーラスのメンバーで出演しているの。それと、間違いなく彼はキュートよ」

「役者ってことは、いくらか共通点があるわね。デートにはどんなスタイルで臨みたいの？」

「わたし――」

店内を歩きまわっていた店員のひとりが声をかけてきた――エメラルドグリーンのメッシュが入った漆黒の髪に美しいブラウンの目をしている。「ハイ、お嬢さんたち、何かお手伝いしましょうか？　もしよければ、ぜひアイメイクをさせてほしいわ」ケイトに言った。「それに、あなたも」

「メイクが必要なのは彼女のほうだけよ」マロリーがケイトを指さした。

「まあ。これからホットなデート？」

「ただコーヒーを飲みに行くだけよ」

「恋愛ってどこから始まるかわからないから。さあ、ここに座って。このジャーマインが魔法をかけてあげる」

ケイトは自分でメイクができるし、なかなかの腕前だと自負している。でも、今回は……。「あまり気合いが入っているように見せたくないわ。かといって、全然興味がないように受けとられるのもいやなの」

「わたしを信じて」ジャーマインはケイトの顎をつかみ、左右に向かせた。「あなたはいいものがそろっているわね。それを利用するわ。ちなみに」ジャーマインはメイク落としをさっと取りだした。「彼はどんな人なの？　その人にお友達はいる？」

マロリーが見守るなか、ジャーマインはメイクブラシを滑らせ、アイラインを引いた。

「そのアイメイク、気に入ったわ。もともと鮮やかなブルーの瞳がより際立っている」

「彼女はいいアイシャドーパレットを選んだわ。ブラウン系だけど退屈じゃない色合いよ。今日めざすのは、〝わたしは特に何もしていないわ。ただどうしようもなく美人なだけよ〟っていうメイクだから、ブラウン系がベストなの」

「あとで髪を編んであげる」マロリーが言った。「カジュアルにゆるく下のほうでまとめる編みこみにするわ。それならそのメイクと合うから」バックパックの外側のポケットから折りたたみのブラシと小さなラットテールコーム、いろいろなゴムが入った透明の小さなポーチを取りだした。

さすがミランダの娘だと、ケイトは思った。

「ヘアとメイクね」ジャーマインがケイトに向かって微笑んだ。「映画スター並みの扱いだわ」

ケイトは微笑み返しながらも内心思った。ああ、どうしよう、どうか映画スターみたいになりませんように。

ジャーマインがゴージャスなメイクを施してくれたあと、買い物をすませ、マロリーとともに店を出た。

「わたしはそろそろ帰らないと。山のように課題があるの。でも、詳細なレポートを待っているわ」

「わかったわ。一緒に来てくれてありがとう。こんなふうに緊張するなんて、まぬけよね」

「ただケイトらしくしていればいいのよ。彼がまぬけじゃなければ、またデートに誘うはずよ。そして、そのキュートな彼がろくでなしでなければ、あなたはまた彼と出かけることになる。ちょっとスピードをゆるめて。待ちあわせには五分遅れで到着したほうがいいわ。失礼なほどの遅刻はだめ、でも時間ぴったりに着くのもだめよ」

「わたしはそういうことも学ばないといけないのね」

「わたしの言葉に耳を傾けなさい。わたしは恋愛の達人なんだから」

マロリーはケイトと腕を組み、腰をぶつけた。

「たとえどんなに盛りあがっても、一時間以上長居しちゃだめよ。今回は一時間十五分まで。それが限度。その時間になったら立ち去りなさい。もし彼がもっとあなたと過ごしたいと思えば――きっとそう思うはずだけど――またあなたを誘ってくるわ。ちょっとスケジュールを確認してみないと、なんて言わないでね――そんなの不自然だし、つまらない駆け引きだから。ただし、本当に確認しないといけないなら話は別よ」

「わたしのプライベートの予定は白紙なの」

マロリーがさっきよりも強く腰をぶつけてきた。「そんなことを言っちゃだめよ！　もし彼が明日の晩にでも映画を観に行かないかって言ってきたら、その日をリピートするの。金曜日？　ええ、それなら大丈夫よって。もし彼が具体的な行動に出て、キスしようとしたらこたえてもいいわよ、あなたがそう望むなら。でも舌を入れたり、コーヒーショップのデートを長引かせたりするのはだめ」

「ふう、メモを取ったほうがよさそうだわ」

「あなたは役者でしょう。台詞や立ち位置は覚えられるじゃない。わたしはもう行かないと。ほんのいくつかの簡単なルールを忘れずに、リラックスして楽しむのよ」

マロリーは交差点の青信号に目をとめ、人だかりとともに道路を渡った。「詳細なレポートをちょうだいね！」

ケイトらしく。待ちあわせには五分遅刻。でも、時間厳守をモットーとするケイトからすると、それは自分らしいとは言えない。一時間十五分以上は居座らない。予定がつまっているふりはしない。ディープキスはしない。

監督の指示に従いながら、ケイトは自分でキューを出し、コーヒーの香りが漂うにぎやかな〈カフェ・カフェ〉に足を踏み入れた。

常に大人気のソファや安楽椅子はすでに埋まり、カウンターのバリスタたちは忙しそうだ。

彼女はふたり掛けの席に座るノアを見つけた。リハーサルのときのタンクトップではなく長袖Tシャツだった。歩きだしたとたん、あの美しいライオンのような目と目が合った。

「やあ。すごくすてきだね」

「ありがとう」ケイトは向かいの席に座った。「あのあとのリハーサルはどうだった？」

彼は目をぐるりとまわした。「まあ、徐々に完成に近づいているよ。やあ、トーリー」

「ノア。ご注文は？」

ノアがこちらを見て待っているので、ケイトはシンプルなものを選んだ。「わたしはレギュラーラテを」

「ぼくは低脂肪乳のダブルショットラテで。ありがとう、トーリー。今夜はダンスレッスンがあるから」ノアはケイトに言った。「ダブルショットが必要なんだよ」

「教えているの？　それともレッスンを受けているの？」

「週に三回レッスンを受けている。最初に言わせてもらってもいいかな、リリー・モローは女神だよ」

彼はまぬけでもろくでなしでもないと、ケイトは即座に判断した。「彼女は昔からわたしの女神よ」

「リリーもきみのことをそう思っているんじゃないかな。きみが劇場にいるとき、彼女は本当に光り輝いているから。あそこにいないときは――劇場にいないときは、どうしているんだい？」

「物事を理解しようとしているわ」

彼がゆっくりと優しく微笑むのを見て、ケイトは胸がどきどきした。

「ぼくもだよ」

そのまま会話が続いたが、話題に苦労することはなかった。あまりに気楽で、緊張していたことを忘れた。携帯電話のアラームが鳴るまで、一時間ルールのことも頭から抜け落ちていた。

「ちょっと失礼、ごめんなさい」ケイトは携帯電話を取りだすと、アラームを消した。「ディナーを注文し忘れないようにアラームをセットしておいたの。わたしはグラ――リリーのアシスタント代理をしばらく務めることになっているから。そ、そろそろ仕事に戻らないと。今日は楽しかったわ。ありがとう」

「あの、きみが帰る前にちょっといいかな。土曜日の晩にパーティーがあるんだ。キャストの一部と――一般人がストレス発散するパーティーだ。きみも来ないか？」

まず日にちをリピートする。そう自分に言い聞かせながらも、心のなかでは歓声をあげていた。「土曜日？　ぜひ行きたいわ」

ノアが携帯電話をさしだした。「ぼくの連絡帳にきみの番号を登録してもらっていいかい？」

もちろんやり方は知っている。友達としょっちゅう番号を交換しているから。ただ、二度目のデートに誘ってくれた人と番号を交換するのは初めてだ。ケイトは自分の携帯電話をノアに渡し、彼の電話を受けとった。

「九時に迎えに行こうか？」ノアは彼女に携帯電話を返した。「その前にきみがピザを食べたいなら話は別だけど」

まあ、どうしよう！「ピザは大好きよ」

「じゃあ、八時に行くよ。住所をメールしてくれ」

「ええ、そうするわ」ノアはキスしようとはせず、ケイトはそのことにほっとしているのかがっかりしているのか自分でもわからなかった。「コーヒーをどうもごちそうさま」

店を出たケイトが、ノアの視界に入らない場所まで遠ざかったところで喜びのダンスを踊っていたとき、トーリーが彼をちらりと見ておどけた顔をしてみせた。

ノアは満面の笑みを浮かべ、胸をてのひらで叩いた。

約束の土曜日、ピザを食べてからパーティーに行き、クラブでダンスを踊って春の甘い花の香りに包まれながら情熱的なキスを長々と交わしたあと、ケイトはノアがブロードウェイのコーラス仲間ふたりと一緒に借りている狭いアパートメントの小さな寝室の細長いベッドで彼の下に横たわっていた。

初体験にぼうっとなったケイトにとって、でこぼこしたマットレスはうねる雲のようで、隣のアパートメントから壁越しに聞こえる激しいラップは神々しい天使の歌声に聞こえた。

比較はできないけれど、これまで書かれたありとあらゆる歌や詩や十四行詩《ソネット》の本質をついさっき味わったと揺るぎなく確信していた。

ノアが顔をあげてケイトの瞳をじっと見つめると、彼女はまるで偉大な恋愛小説の主人公のような気分になった。

「初めてきみを目にしたときから、こんなふうになりたいと思っていた。あの日、きみはブルーのセーターを着ていた。リリーがきみを舞台裏に案内してきたが、ぼくはびびってきみに話しかけられなかった」

「どうして?」

ノアは彼女の髪を指に巻きつけた。「第一に、きみが途方もなくきれいだったから。第二に、リリー・モローの孫娘でもあるからだ。きみがリハーサルを見に来るようになると、ぼくはジレンマに陥り、もう耐えられなくなった。それで思ったんだ。もしコーヒーに誘って断られたとしても、少なくともきみのことを考えすぎて死ぬことはないって」

ノアが頭をさげてケイトの唇や頬やまぶたにそっとキスをすると、彼女の胸は早鐘を打ち、ホルモンが分泌された。

「わたしだってすごく緊張したわ。でも、あなたと話してみたら」ケイトはノアの頬に手をあてた。「緊張しなくなったの。今回のこともすごく緊張したけど、あなたに触れられたとたん、緊張を忘れたわ」

とはいえ、これはケイトにとって初めての経験だ。

「あの、気持ちよかったでしょう?」

彼が考えこむような顔でケイトを見たので、不安が一気にこみあげた。

「うーん……どうだろう。もう一度やってみたほうがいいんじゃないかな。念のため、確かめるために」

不安が喜びに変わった。「ええ、念のため、確かめるためにね」

真夜中を過ぎたら地下鉄ではなくタクシーを使うようリリーに釘をさされているため、ノアはケイトがタクシーを拾えるよう八番街まで歩いて送ってくれた。

手をつないでゆっくり歩きながら、ケイトにはニューヨークの街がまるで映画のセットのように見えた。外灯に照らされた水たまりや濡れた路面がきらきら光り、このうえなくロマンティックだ。

「家に着いたらメールしてくれ」

「あなたはグランマ・リリー並みに口うるさいのね」

「それだけきみを気にかけているってことだよ」ノアはケイトを抱き寄せて、もう一度キスをした。「明日の晩、ダンスレッスンに来ないか。きみは動きにキレがあるし、ダンスが好きなんだろう」

ノアの言うとおりだった。体はなまっていたが、彼に言いくるめられて参加した二回のレッスンはどちらも楽しかった。それに、レッスンに行けばノアがいる。

「わかったわ。じゃあ、レッスンでね」

今度はケイトのほうがノアをハグし、するりとタクシーに乗りこんだ。「六十七丁目と八番街の交差点まで」運転手にそう告げると振り返り、ノアが見えなくなるまで眺めていた。

それから、携帯電話を取りだしてダーリーにメールした。

〝処女のまま死なずにすんだわ!〟

その言葉を胸に抱きしめて窓の外をうっとりと眺めるケイトを乗せて、タクシーは八番街を北上した。

ダーリーの返信を見て、ケイトはぷっと噴きだした。

〝これであなたもわたしたちの仲間入りね。さあ、詳細を聞かせて〟

その春、ケイトはダンスレッスンを受け、新たにヨガも習い、ふと思いたってニューヨーク大学のさまざまな夏期講座を受講することにした。

フランス語を選んだのは、言葉の響きに惹《ひ》かれたからだ。映画学は、もう演じる気にはなれなくても、まだショービジネスに関心があったからだ。シナリオ講座は自分にも書けるかもしれないと思って選択した。

そして、週に一度はコンドミニアムでニューヨークの夜景を眺めながら、リリーとふたりだけでディナーを食べた。

「あなたがこれを作ったなんて信じられない」

ケイトは称賛の言葉を浴びながら、リリーがバジルとトマトのペンネをまたひと口食べるのを眺めた。「わたしもよ。でも、けっこうおいしいでしょ」

「ケイティ、これは〈ルイージズ〉並みにおいしいわ。でも、店長には内緒よ。イタリアンブレッドも焼いてくれたのね」

「楽しかったわ。アイルランドでひいおばあちゃんと一緒にパンの焼き方を近所の人から教わったの。パンを作っていたら、アイルランドやひいおばあちゃんのことを思いだしたわ。それに、グランマ・リリーを驚かせたかったの」

「こんなに驚いたのは、最初に白髪を見つけたとき以来よ——今回のサプライズのほうがずっとうれしいわ。あなたのおじいちゃんが今度訪ねてきたときに、また作ってくれたりしないわよね？」

「おじいちゃんが恋しいのね」

「何かを恋しがる時間もエネルギーもなさそうに思えるけど、正直ヒューに会えなくて寂しいわ。あの忌々しい老いぼれの罠《わな》にはまっちゃったから」

「前からわかったの？」ケイトは十八歳の誕生日にノアからもらった小さなハート形のゴールドネックレスをもてあそんだ。「つまり、出会ったときから、おじいちゃんを愛してるってわかったの？」

「出会ったときに惹かれたけど、そんな自分が無性にいらだたしかった。わたしは最初の結婚で大失敗し、女優としてもハリウッドでないがしろにされそうな年齢に達していた。実は、あのころは男性の誘いを断っていたの。大学生の子供がふたりいて、映画女優であり続けるために必死だったから。そこに、彼が現れたのよ」

「しかも、とびきりハンサムだったわけね」ケイトは眉をくねらせて、リリーを笑わせた。

「ケイティ、あの人は人一倍どころか人三倍の容姿を備えているわ。きっと神様が選《よ》りすぐりのパーツで作りあげたのね。話をもとに戻すと、ハリウッドである一定の年齢に達したわたしは、ヒューが恋心を抱く相手のすごくエキセントリックなおばの役をオファーされたの——少なくとも彼女の母親役ではなかったわ。彼のほうが二十歳も年上だってことは誰も気にしなかったし、話の筋にからんでもいなかったわ」

「でも、グランマ・リリーは実生活でヒーローを手に入れたんでしょう」

「ええ、そのつもりはなかったけど、そうなったわね」孫娘をじっと見つめながら、リリーはまたペンネをつついた。「あなたはもう大人だから話すけど、わたしは——わたしたちは——ただすばらしいセックスをして後腐れなく別れるつもりだった。お互い再婚する気はまったくなかったの。わたしは最初の結婚に失敗し、彼は亡き妻とほぼ完璧な結婚生活を送ったから」

リリーは話や食事のペースを整えるために、フォークを置いてワインをひと口飲んだ。「オリヴィア・ダンはヒューの最愛の伴侶だった。ヒューとわたしがこれはセックスだけの関係じゃないと気づき始めたとき、どんなに彼といるのが楽しくても、わたしはその事実とじっくり向きあわなければならなかったの。そんな最愛の女性がいる男性と一緒になれるのか、彼はわたしにもそれだけの愛情を抱いてくれるのかって」

通し稽古《ゲネプロ》の前夜だけ自分に許可しているグラス一杯のワインをまたひと口飲んだ。

「わたしが導きだした結論は、それだけ人を愛せる男性がわたしを愛してくれるなら、別れるなんて愚かだってことよ。それに、わたしの母がまぬけな娘を育てるはずがないもの」

「わたしは生まれてからずっとグランマ・リリーとおじいちゃんの関係を見てきて、愛がどういうものかわかったわ。愛しあっていればあんなふうになれるんだと思った」

「だったら、わたしたちは正しいことをしたのね」リリーはワイングラスを置いた。

「ちょうどいい機会だから、あなたが切りだすのを待っていたことがあるんだけど、何も言ってくれないから、熊のようにこっちから蜂の巣をつついてみることにするわ。

鼻を刺される羽目にならないといいけど。ケイティ、あなたとノアがつきあっていることを公にしないのはすてきだけど……」

「わたし……」

「どうしてあなたが隠そうとしているのか、理解はできるわ。でもケイティ、あそこは劇場なのよ。わたしたちはゴシップ好きの集まりで、セックスやドラマが大好きなの」

今後の展開に対する不安と秘密にしなくてもよくなった安堵が、ケイトの胸で入り交じった。「グランマ・リリーがどう反応するかわからなくて」

「あなたがわたしになんでも話せると思わなかったってことは、わたしはどこかで何か間違えたのね」

「いいえ、なんでも話せるって知っているわ。ごめんなさい。フェアじゃなかった。秘密にしていたのは、ほとんどわたしが理由なの。今まであまりにも平和で、みんながわたしの記事を読んだり噂を聞いたり何か言ったりしているんじゃないかって心配しなくてもよかったから。母は自分の婚約や盛大な結婚式の計画に夢中で、今はわたしのことを持ちださなくてもマスコミの注目を浴びているし、わたしはもうなんのネタも提供したくなかったの。ダーリーには打ち明けたし、マロリーも知っている。ノアのルームメートたちも。グランマ・リリーにも何度か話そうとしたんだけど……どうやって切りだせばいいかわからなくて」

「じゃあ、まずはこうしましょう。わたしはルールを破って二杯目のワインを飲むことにするわ。あなたもつきあって。お祝いだから」

リリーがボトルを取りに立ちあがる前に、ケイトがさっと席を立ってキッチンからボトルと自分のグラスを持ってきた。「もしかして、わたしはグランマ・リリーにお酒を勧めることになるの？」

リリーがケイトの手をぽんと叩いた。「あなたのせいにしてわたしは自分を甘やかしているの。そのすてきなネックレスは彼にもらったの？」

「ええ、誕生日に」

「彼はポイントを稼いだわね。思いのこもったプレゼントだわ。彼は誕生日以外でも、あなたに優しくて思いやりがある？」

「ええ。いつもわたしがタクシーに乗る場所まで歩いて送ってくれて、走り去るまで見届けてくれるし、無事に帰ったらメールしてほしいって言うわ。わたしの話にちゃんと耳を傾けてくれるの。彼のおかげでまたダンスレッスンを受けるようになって、どんなにダンスが恋しかったか気づいたわ。彼がつきあっていることを黙っているのは、わたしがそう頼んだからよ」

「実は、ノアのことを尋ねてまわったの――それはわたしの特権であるだけでなく」

ケイトが口を開きかけたが、リリーは続けた。「わたしの義務よ。だから、彼が深酒をしたりドラッグに溺れたりせず、仕事に真剣に打ちこんでいる若者だと知っている。ノアの家族は興味深いわ。わたしたち南部出身の女性が称賛するような家族よ。彼が勤勉なことは、この目で確かめたわ。それに、いい役者ね。すごくいいわ。彼なら出世するはずよ」

その言葉がケイトの心のなかで光り輝いた。人生でもっとも大切な女性からの称賛の言葉だ。「彼は舞台が大好きなの」

「見ればわかるわ。さてと、大事なことをきかせてもらうわよ。あなたは、あなたたちふたりは、あの手のことをちゃんと気をつけてるの？」

「ええ。これからもちゃんと気をつけると約束するわ」

「わかったわ。じゃあ、ノアにはあなたと外で落ちあう代わりに、この家に来てもらわないとね。あなたのお父さんやヒューには何も話していないし、今後も話すつもりはないわ。それを決めるのはあなただから。マスコミに知られたくないっていうあなたの気持ちも理解できるし」身を乗りだして、リリーはケイトの手をつかんだ。「でも、いずれ真実はもれるわ、遅かれ早かれ。ふたりとも、それに対する心の準備が必要よ」

「彼にそのことを話すわ」

「よかった。で、今度はいつ会うの？」

「明日のリハーサルのあと……」ケイトはリリーが眉をつりあげたことに気づいた。

「玄関まで迎えに来てもらうわ」

14

ケイトはリリーとノアがすんなり打ち解けたことを喜んだ。大好きなふたりが座って舞台の話をしているのを聞くのがうれしくてたまらなかった。

リリーがぜひディナーに来てほしいと招待すると、ノアは彼女とケイトに花を買ってきた。それがほぼ決定打となった。

『メイム』がサンフランシスコやシカゴで上演されたときは、ケイトはふたりのことが恋しくて胸が痛むほどだった。

だが、ふたりが舞台に集中しなければならないこともわかっていた。その数日間で、彼女はひとり暮らしの仕方を学んだ。

テラスでさわやかな空気に包まれながら、ケイトは生まれて初めてテイクアウトの中華料理を箱から直接、立ったまま食べていた。不安や悪夢にさいなまれることもなく、今は日課を繰り返す日々だ。

毎日長いウォーキングをして、ヨガも練習している。ダンスレッスンも受けている。

もっとも、レッスンに出るとノアを恋しく思う気持ちがいっそう募ったけれど。午後は、数週間後に受講する講座のリサーチに費やした。

映画の脚本の執筆に二度チャレンジしてみたが、どちらもひどい出来で捨てた。それでも授業は受けるつもりだ。

おそらく自分には文才がないのだろうけれど、まあいい。麺をすくいながらテラスを移動し、せわしない世界を見おろした。いつか、わたしは自分の居場所を見つける。あのせわしない世界か、どこか別の場所で。でも今は、この穏やかな幕間《まくあい》の日々が、わたしの必要とするすべてを与えてくれる。ここでのわたしは有名人ではなく、売店に立ち寄っても自分の顔写真や見出しにでかでかと書かれた自分の名前を目にすることはない。

子供のころはアイルランドがそれを与えてくれた。今はニューヨークが憩いの場となっている。わたしももう子供じゃないし、この時間や幕間の日々を使って、自分の才能や能力の有無を模索しよう。

写真や芸術の授業も受けようかしら。それとも……。

「いずれわかるわ」彼女は屋内に入り、ガラス戸を閉めて街のざわめきを締めだした。

タブレットを手に腰を落ち着けると、写真学についてリサーチした。人を眺めたり、相手の話に耳を傾けたりするのが好きだし、わたしはいい写真が撮れるかもしれない。

カメラでその瞬間や表情や雰囲気を切りとってみよう。まずは携帯電話のカメラで練習すればいい。キャンパスに少し慣れるためにニューヨーク大学へ行く前に、朝起きたら近所を散歩しよう。

そのとき携帯電話のアラームが鳴り、ぱっと手に取った。

「いよいよね」

サンフランシスコで舞台の幕があがるところや、照明やセットを頭に思い描く。

「みんな、成功を祈っているわ」

ケイトはもう少しリサーチをしようとしたが、できなかった。オープニングアクトや、オーケストラの音色やビート、会話やざわめきが聞こえるようだ。観客はあそこで笑い、あそこで拍手したかしら。舞台にすっかり魅了されただろうか。

あわただしいバックステージや衣装替え、ウォームアップ、あわててキューが出されるところを想像した。

ケイトは立ちあがって戸締まりを確認し、寝室に入る前に照明を落とした。不安を和らげるために、ヨガマットを敷き、リラクゼーションのヨガを始めた。

しょっちゅう時計を確認しなければ、もっとリラックスできたはずだが、三十分かけてなんとか不安を和らげた。

ストレッチしながら時間も引きのばそうと、タンクトップとパジャマ代わりのコットンのショーツに着替え、いつものスキンケアを丁寧に行った。

そのままベッドに入った。

テレビをつけ、次々にチャンネルを変えるうち、放送中の映画を見つけた。カーチェイスや爆発の映像によって、ミュージカルの舞台が完全に頭からかき消えた。

思っていたよりヨガは効果があったらしく、マット・デイモン演じるジェイソン・ボーンが悪党を始末しているうちに眠りに落ちた。

やがて電話の音でぱっと目覚めた。あわててリモコンを探してテレビを消す。「ノア」

「起こしちゃったね。明日の朝まで待つべきだった」

「そんなことをしたら、あなたの顔を殴るって言ったでしょう。もう起きたから、話を聞かせて」

「いくつか改善点はある」

物音や話し声、背後のざわめきが聞こえる。「話を聞かせて」ケイトは繰り返した。

「最高だった」ノアの驚嘆したような笑い声に胸があたたかくなった。「本当にすごかったよ。劇場は満席で、スタンディングオベーションだ。カーテンコールが十二回。十二回だよ」

「やっぱりね！　そうなると思っていたのよ！　本当におめでとう」

「評論家がなんて言うかはまだわからないけどね。ああ、ケイト、リリーが舞台に登場したときの歓声をきみに聞かせてあげたかったよ。きみのおじいさんは最前列に座っていた。キャストのパーティーにも来るそうだ。きみが恋しいよ」

「わたしもあなたが恋しいわ。でも、おめでとう。あなたたちの舞台が絶賛されて本当にうれしい」

「人生で最高の夜のような気分だよ。さあ、眠ってくれ。明日またメールするよ」

「あなたはお祝いしてきて。あなたがブロードウェイで華々しい初日の舞台に立つときは、わたしも観に行くわ」

「絶対だよ。じゃあ、おやすみ」

「おやすみなさい」

ケイトは携帯電話をベッド脇の充電器に置くと、自分自身を抱きしめた。

微笑みながら寝具にくるまり、眠りに落ちた。ふたたび携帯電話が鳴ったとき、彼女は吐息とともにまた微笑んだ。「ノア」

「言いつけを守らなかったわね」

人工的な声が響いたとたん、ケイトはベッドから飛び起きた。「えっ、なんですって？」

今度は音楽が流れ、質問する声がした。「今夜はひとりぼっちなの？」

肺がぎゅっと締めつけられたが、手探りで明かりをつけ、あえぎながら部屋を見まわす。

母の声がささやいた。「あなたはひとりぼっち」一瞬沈黙が落ちたかと思うと、甲高い声が響いた。「あなたは隠れられないわよ」

パニックに襲われ、あわててベッドから抜けだし、膝から落ちた。

ふたたび音楽が流れだした。アップビートの陽気な音が恐怖に満ちた音楽に変わる。

「待っていて、今行くわ！」

ホラー映画の笑い声だ。暗い地下室から霧に包まれた墓地に響き渡るような強欲な笑い声。

電話が切れた瞬間、ケイトはわっと泣きだした。

今度は番号を変えただけではなく、携帯電話を捨てて新しく買い替えた。誰かに打ち明けるべきかどうか、ケイトは悩んだ。初日の夜公演を間近に控えた今、タイミングとしては最悪だ。だが、最終的にノアに打ち明けた。

〈カフェ・カフェ〉の席でノアがケイトの手を握りしめた。「前にもこういうことはあったのかい？」

「ええ、去年ロサンゼルスにいたときに。あのときは録音だった。今回は感じが違ったけど、やっぱり録音だと思う」

「どうして今までお父さんに言わなかったんだ？」

「ノア、父がどんな反応をするか話したでしょう。わたしを心配するあまり、がんじがらめに守ろうとするって。それに、あのときは本気でどこかのろくでなしのいたずらにすぎないと思っていたの」

「でも、こうしてまたいやがらせがあったわけだ。警察に行こう」

「わたしは携帯電話を捨てたのよ」思いださせるように言った。「パニックになって、うかつにも捨ててしまったの。それなのに、警察に何ができるの？　第一、あれは本物の脅迫じゃないわ」

「誰かを怯えさせようとするのは脅迫行為だ。きみは母親の仕業だと思うかい？」

「いいえ。あの人ならやりかねないけど、いやがらせをするとしたら、自分の声は使わないはずよ。最初の電話はあの人が出演した映画の台詞だった。きっと今回もそうよ」

「ケイト、犯人はきみがひとりだってことを知っていたんだぞ」

「ええ」ただ、ケイトにはこれまで考える時間があった。冷静になって考える時間が。

「わたしをめぐる報道のことは話したでしょう。わたしがニューヨークでグランマ・

リリーと一緒に暮らしていることを皮肉る記事がいくつかあったし、ニューヨーク大学の講座に申しこんだことまで取りあげられていた。『メイム』がサンフランシスコで初日を迎えることも大々的に宣伝されていたし、だから……」

「今回の件はリリーに話すべきだ。ぼくも一緒に行くよ」

「えっ、今？」

「ああ、今だよ」

「グランマ・リリーを動揺させたくないわ。今そんなことをするわけには――」

ノアはコーヒー代をテーブルに放った。「きみが話さないなら、ぼくから伝える」

その言葉にケイトの怒りのスイッチが入った。「そんなのおかしいわ。これはわたしの問題で、決めるのはわたしよ」

彼は黙って立ちあがると、ケイトの手をつかんで立ちあがらせた。「きみは今すぐ問題に対処しなければならない」

激怒したケイトは反論したり、威嚇したりしたが、ノアはびくともせず、早歩きでコンドミニアムをめざした。彼女が大好きな金色の目をこわばらせ、冷酷非情な顔つきで。

リリーの反応は事態を好転させなかった。

「なんですって！」

マッサージをしたばかりのリリーはまだローブ姿で、リビングルームをせかせかと歩きまわった。

「これが二度目？　どうして最初のときに言わなかったのよ」

「わたしはただ――」

「言い訳は聞きたくないわ」ケイトがノアに非難がましい目を向けるのを見て、リリーは目をすがめた。「それと、ノアを責めるのはやめなさい。彼は正しいことをしたわ」

「グランマ・リリーにできることは何もないわ」ケイトが口を開いた。

「いざとなったら、わたしに何ができるか、あなたには見当もつかないでしょうね。でも、何も知らなければ手の打ちようがないわ。わたしはあなたに対して責任を負っているの。あなたが十八歳だろうが百八歳だろうが、関係ないわ。わたしには責任があるのよ。まずわたしたちがすべきことは、警察への通報ね」

ケイトはまたパニックに襲われそうになった。「ちょっと待って、お願い」激しく憤っているリリーに近づくのは途方もない勇気を要した。「通報したらどうなるの？　わたしは携帯電話を捨てちゃったのよ。たしかにばかだったけど、もう取り返しがつかないわ。わたしがあの電話について覚えていることを警察に話したとして、それでどうなるの？」

「わたしは警官じゃないんだから、そんなのわかるわけないでしょう」

「わたしはある程度、その後の展開が予想できるわ。被害届を出せば、それが外部にもれ、すぐにタブロイド紙に書きたてられる。そして世間に広まったら、わたし宛に山ほど電話がかかってくるはずよ」

「ああ、もう！」リリーはローブをひるがえして部屋を横切ると、テラスに面したドアをぱっと開けて外に出た。

「これで満足？」ケイトはノアに言い放った。

「満足かどうかの問題じゃない。ばかなことは言わないでくれ。リリーはきみを愛しているから怒っているんだ。ぼくも同じだよ。ぼくも怒っている」

「そんなことを言われても、今はなんの助けにもならないわ」嘘よ、少なからずわたしの支えになっている。ケイトは身構えながら外に出た。

「今まで黙っていてごめんなさい。最初の電話がかかってきたときに誰にも話さなかったのは、もし話せばお父さんに映画への出演を許可してもらえないと思ったからよ。でも、わたしはやりたかったの。どうしても。きっとお父さんはやらせてくれなかったはずよ」

「ええ、きっとそうね」リリーがつぶやいた。

「今回の電話のことをすぐに打ち明けなかったのは、グランマ・リリーが初日の夜公演を控えていたからよ」

リリーがぱっと振り向いた。「わたしにとってあなたより舞台のほうが大事だと思ったの？　わたしにとってあなたよりも大事なものがこの世にあると思ったの？」

「いいえ。わたしにとってもそれは同じよ。最初の電話がかかってきたとき、マスコミは母が出所したことや、わたしのことや、わたしが出演する新たな作品について書きたてた。そしてつい最近は、わたしがニューヨーク大学の講座を受ける予定だってことが小さく取りあげられ、結婚式に関するあの人のインタビュー記事が山ほど掲載されているわ。きっと、誰かがこのタイミングでわたしを狙ったのよ」

「シャーロット本人がやった可能性もあるわ。あの女ならやりかねない」

「あの人ならもっと巧妙な共犯者を雇えるでしょう」

リリーの髪のように真っ赤な太陽が川面《かわも》に照りつけ、反射した光で金属や窓ガラスが光った。

「どちらの電話も録音だったわ、グランマ・リリー。聞けば、すぐに録音だとわかるようなものだった。あれは多重録音のつぎはぎだったわ。あの人は今や億万長者なんだから、お金をかけてもっといいものが作れるはずよ。でも、そうじゃなかった」

「シャーロットじゃなかったとしても、状況は改善しない」

「でも、わたしはこんな電話のせいで自分の生活をとめるわけにはいかないの。電話がかってきたときは最悪の気分だったけど、それでも自分の人生をとめられないわ」

リリーは日陰に戻り、椅子に座ってテーブルを指で叩いた。「そんなことは誰も望まないわ、ケイティ。たしかに、警察に関してあなたの言うことは一理ある。今回はね。でもまたかかってきたら、違うやり方で対処するわよ。携帯電話は捨てずに通報し、警察に調べてもらいましょう」

「わかったわ」

「とりあえず今は、もし求められたら記録を提出できるように、二回の電話について思いだせることをすべて書きだしておいて。それからエイダンに電話をかけて、このことを打ち明けなさい」

「でも――」

「いいえ」リリーは燃えるような目で指を突きたてた。「絶対にそうしてもらうわよ。わたしたちの業界では、不健康なコミュニケーションと呼ばれるものがよく起こるわ。あなたは今、同じ業界にいるわけではないけど、エイダンには知らせるべきよ。それに、ボーイフレンドとも仲直りしなさい。ノアは正しいことをしたわ。彼がそうしたのは、あなたを愛し、心配しているからよ」

「彼のやり方は気に入らないわ」

リリーは両方の眉をつりあげた。「肘鉄をくらわせるくらいに?」

「そこまでじゃないけど」

「だったら、仲直りしてきなさい、今すぐに。それから、わたしに冷たいコーラを持ってくるようにノアに伝えて——彼の分もね。あなたがエイダンと話すあいだ、わたしたちはここに座っているわ。わたしがあなたの味方になってあげる。途中までエイダンと話したら、わたしのところに携帯電話を持ってきて」

逃げ道を失ったケイトは、ノアが待つ屋内へと引き返した。「あなたのやり方は気に入らないわ」

「わかっているよ」

「わたしは自分自身の人生に対処して、自ら決断をくだせるようにならないといけないの」

「これはそういう問題じゃない。きみだってわかっているはずだ。今は混乱するあまり認められないだけだろう」ノアはケイトがかっとなって言い返す前に近づき、両手で彼女の顔を包みこんだ。「きみがそんなふうに苦悩しているのを見るのは耐えられない。そんなきみを傍観することしかできないなんて」

彼はそっとキスをした。「リリーがこのことを知った今、きみはもうそんなふうに苦悩することはなくなるよ」

「そうかもしれないけど、今度は父に打ち明けないといけないの。きっと大変なことになるわ。それと、リリーからの伝言よ。あなたはふたり分のコーラをテラスに持っていって、わたしが父に電話をかけるあいだ、彼女と一緒に座って待つようにって」

父とは感情的な激しいやりとりになって大変だったが、最後はリリーがなんとかおさめてくれた。おかげで、ケイトがもっとも恐れていた事態にはならなかった。ロサンゼルスに戻ってこいと命じられることはなかった——まあ、そんな命令は断固拒否するが。こうして、ケイトは自分の人生を続けるチャンスを得た。


初日の夜公演の前に、家族や友人のエネルギーが充満する劇場で、最終のゲネプロが行われた。ケイトは初めて、すべてが——照明や音楽やセットやコスチュームがそろった舞台を観た。客席は、舞台に立つ愛する人々の成功を何よりも望む人々で埋めつくされていた。

その日、ケイトは初めてノアの家族と顔を合わせ、それも人生における大きなステップのように感じられた。

その初日前夜は批評家たちも来ていたため、ケイトはバックステージにとどまった。批評家とマスコミは深くつながっているし、祖母やボーイフレンドから注目をさらうようなリスクは冒したくない。

初演前のレビューを待つキャストとともにやきもきしていた彼女は、批評家からの絶賛を祝った。

上演のない月曜日の劇場で、ケイトはノアとともに午前のダンスレッスンを受け、その後ふたりで彼女が通うことになるニューヨーク大学のキャンパスツアーを行った。「すごく広かったわ」ケイトは地下鉄の駅まで歩きながら言った。「だけど、あれもほんの一部なのよね。圧倒されそう」

「きみなら大丈夫さ。大丈夫どころか、きっとうまくいくよ」

一緒に階段をおり、アップタウン行きの電車に乗った。

「わたしは私立学校出身で、家庭教師に教わっていたのよ」

「かわいそうなお金持ちの白人女性か」ノアはそう言ってケイトを笑わせ、肘打ちされた。

「たぶん広大なキャンパスのせいね」ふたりは回転扉を通り抜けた。「それと、人が多いせい。夏期講座でさえ、ものすごい数の学生が受講するんだもの。でも、いい面もあるわ」彼女はメトロカードを取りだした。「そのおかげで目立たずにすむから。

『チェンジ・オブ・シーンズ』が二週間後に一般公開されるの。ほかのキャストたちはすでにキャンペーンで各地をまわっているわ」

「その映画は一緒に観よう」

「えっ、どうしようかしら」彼女はむずむずするのを振り払うように肩をすくめた。

「きみは逃げられないぞ」

地下鉄のプラットフォームにはふたりの女性がいた。そのうちのひとりはふっくらした頰の赤ん坊をベビーカーに乗せていた。女性たちが早口のスペイン語で話すあいだ、赤ん坊はリング形のオレンジ色のおしゃぶりを思いきり嚙んでいた。その近くでは、ビジネススーツ姿の男性が親指で携帯電話をスクロールしている。その隣には、だらんとしたバスケットパンツをはいた小柄な男性が、しゃがんでピザをむさぼりながら、イヤフォンから聴こえる音楽に合わせて頭を揺らしていた。

あたりにはピザや汗、誰かが焦がしたオニオンリングのにおいが漂っていた。

「あの作品の撮影当時は人生でかなり最悪の時期だったの」

ノアはケイトの腕を撫でおろした。「それも一緒に行く理由だよ。そうすれば、そのころは最悪だったとしても、今はすごく幸せだと思えるだろう。一緒に昼間の回を観に行こう」近づいてくる地下鉄の音がトンネル内に響き渡るなか、彼女の手をつかんだ。

ドアが開くと乗客がどっとおりてきて、待っていた人々が乗りこんだ。「これから公園に行かないか?」ノアは彼女の手を引いて座席へと導いた。「日ざしを浴びながら散歩して、屋台でホットドッグを買おう」

そうすれば、ノアは明日の晩のことを考えずにすむ。初日の夜公演のことを。

「いいわね。まずはコンドミニアムにバックパックを置いて、日ざしを浴びながら散歩するための靴に履き替えるわ」

ノアはくたびれたナイキのスポーツシューズを見おろした。「ぼくは新品の靴を買ったほうがよさそうだ」

「じゃあ、散歩のあとは買い物ね」

彼が視線をそらした。「きみは靴を何足持っているんだい?」

「そんなの関係ないでしょう」ケイトが取り澄まして言った――そのあまりにも取り澄ました口調に、ノアはにやりとしてキスをした。

それから、ふたりはノアが買う予定の靴や散歩のことを話した。あとでほかの友達と合流してもいいし、彼のアパートメントに行ってもいい。少なくとも、ノアのルームメートのひとりは午後はオーディションで、たしかもうひとりは昼間の仕事のシフトが入っているはずだ。

これが自分の人生を生きるということなのだ。卑劣な電話や強引なマスコミのせいで、もう立ちどまったりしない。

「ふたつのプランを組みあわせましょう」エレベーターからおりてコンドミニアムに向かいながら、ケイトは言った。「今誰もいないのなら、まずあなたのアパートメントに行きましょう。だって、そんなことめったにないもの。今の荷物を置いていけば、そのあと散歩に行って靴を買うときも身軽だわ」

「それか」ノアは鍵を取りだす彼女の髪を撫でた。「ぼくのアパートメントから一歩も出ないか」

「あなたならそう考えるでしょうね」

ケイトは笑いながら瞳をきらめかせ、彼とともに家に入った。

「あっ、ケイティが帰ってきたぞ！」

ヒューがテラスから部屋に戻ると、満面の笑みを浮かべて両腕を広げた。

「おじいちゃん。明日来るはずじゃなかったの？」

ケイトはバックパックを床に落とし、足早に近づいて祖父をハグした。

「わたしたちはおまえとリリーを驚かせることにしたんだ。それに、おまえが男のダンサーたちと一緒のところをつかまえてやろうと思ってね」ヒューはケイトの左右の頰にキスをしたあと、ノアに目をやった。「まんまとつかまえたぞ！　きみはあのジャグリングをする才能豊かなダンサーだな」

「はい、ありがとうございます。ノア・タナカです」ノアはヒューと握手した。「数分待ってもらえれば、もっと男のダンサーを呼んできますよ」

ヒューは噴きだし、ノアの背中を叩いた。

「大丈夫だよ、リリー。ぼくは大丈夫だから」

ケイトは声がしたほうにぱっと顔を向けた。「お父さん」

駆け寄って父をぎゅっと抱きしめると、エイダンに体を持ちあげられた。

「おまえの顔をよく見せてくれ。写真やスカイプじゃ実物とは違うからな」エイダンはケイトを少し遠ざけた。

エイダンがどれほど巧みに隠そうとしても、父をよく知るケイトは父の懸念を読みとった。

「わたしは大丈夫よ、お父さん。大丈夫どころか絶好調だから」

「見ればわかる。おまえに会えなくて寂しかったよ」

「わたしもよ。もう明日の準備は万端ね。グランマ・リリーが劇場へ向かう前に、みんなで遅めのランチを食べましょう、近所でしゃれたランチを。それから劇場まで歩いて、楽屋口から入るの」

「ああ、そうしよう。父さんとぼくは早めに到着して、おまえを驚かせたかったんだ」

リリーがケイトをじっと見つめた。「驚いたでしょ！　エイダン、彼がノアよ。コーラスのメンバーなの」

「ずっとコーラスのままじゃないと思うぞ」ヒューが言った。「ノアには存在感があるからな」

「光栄です、ミスター・サリヴァン。おふたりにお会いできてうれしいです」

「こちらこそよろしく。ブロードウェイの舞台に立つのは初めてかい？」

「実は三度目です。でも、『プレイビル』に載ったのは一回だけで、あとの二回は十日で舞台が打ち切られました。でも……ぼくはそろそろ失礼したほうがよさそうですね」

「わたしたちはこれから、世界一すてきな女性ふたりをランチに連れていくつもりだ」ヒューが横から口をはさんだ。「きみも一緒にどうだい？」

「えっ、ええ、ありがとうございます。でも――」

ああ、もう。ケイトは次の一歩を踏みだすことにした。

「いいわね、ランチ」手をのばして、ノアの手をつかむ。「実は、ノアとわたしはつきあっているの」

父の顔に驚きがよぎる。同時に、かすかに悲しみもにじんでいた。「ちょっと待ってくれ。これは未知の領域だ。〝つきあっている〟っていうのは……」

「お父さん、わたしはもう十八よ」

「そうだな。そういうことか。じゃあ、ランチには絶対来てもらうよ。時間をかけて、ノアを尋問しないといけないからな」ケイトが反論しようと口を開くと、エイダンは警告するような声で指さした。「これは父親の役目だ。具体的にどうするかはまだ考え始めたばかりだが。リリー、ランチの店はほんの数ブロック先だと言っていたね」

「ええ、そうよ。散歩するのに最高なの」

エイダンは歯をのぞかせながら、ノアに向かって微笑んだ。「そう感じるのは、全員じゃないかもしれないが」

ランチのあと、ケイトはノアとともに家族と反対方向に歩きだし、道の角まで来たところで顔を両手で覆った。

「本当にごめんなさい！」

「いや、よかったよ。奇妙な展開だったけど、まあよかった。最初はちょっと恐ろしかったな。いや、すごく怖かった」

ノアは額の汗をぬぐうふりをした。

「さっき、きみのお父さんは具体的にどうするかまだ考え始めたばかりだって言っていたけど、のみこみが早かったね。レストランへたどり着く前に、ぼくの生い立ちを根掘り葉掘り聞きだしたんだから。そのあとは〝で、次はどうするつもりだ？〟って質問されて、ぼくは〝え、えーと、まずプリンシパルダンサーをめざし、台詞のある役を手に入れ、それから主役になりたいです。そのためには努力が必要ですが、いつか主役を務めたいです〟なんて答えていた」

「きっと実現するわ」

「そのためにがんばるつもりだよ。とにかく、きみのお父さんから、きみを傷つけるやつには神々の怒りの鉄槌《てっつい》が振りおろされると重々頭に叩きこまれた」

別に父がそう言ったからといってなんの問題もないが、ケイトはノアの腕をつかんでしがみついた。「家族はわたしを守ろうとしているだけなの」

「大丈夫だよ、わかっているから。ぼくは人を傷つけないし、ましてや大事な人にそんなことはしないと答えた。きみのお父さんはその答えが気に入ったようだ。ランチを食べ終えるころには、かなり好感を持ってもらえた気がしたよ」

「あなたは最高だったわ」ケイトはそれを証明するためにキスをした。「あなたのアパートメントに行けなくてごめんなさい」

「いや、今となってはそんなことをするほうが変だよ。それに、お父さんたちにも失礼だ。あの尋問のあとで、ぼくも少し回復する時間がほしいし」

「わたしが次回を楽しみにしているって言ったら、少しは慰めになるかしら」ケイトは後ろを振り返った。「もう戻ったほうがいいみたい」

「あとでメールしてくれる?」

「もちろんよ。じゃあ、明日バックステージで。幕があがったときには最前列の真ん中に座っているわ」

ケイトがコンドミニアムに戻ると、すでに祖父母は姿を消し、父がひとりテラスに座っていた。

彼女もテラスに出て父の隣の椅子に腰をおろし、待った。

「愛しているよ、ケイトリン」

「わかっているわ、お父さん。わかっている。わたしもお父さんを愛しているわ」

「ぼくの頭の一部はいつまでも、おまえを見ると幼い少女の姿を思い浮かべてしまう。親っていうのはそういうものなんだよ。ぼくがどうしてもおまえを守りたいと思う理由も理解できるだろう」

「ええ。でも、わたしがうまく自分を守れるようになってきたこともわかってほしいの」

「だからといって、ぼくの気持ちは変わらない。いやがらせの電話の件を心配していないふりをしたり、おまえを包みこんで守れないと認めたりする気もない」

「今回は対応がまずかったけど、もしまた同じようなことがあったらちゃんと対処するわ。単に、お父さんやグランマ・リリーやおじいちゃんと約束したからじゃなく、名無しのろくでなしのせいでまたばかみたいに怯えるつもりはないから。ニューヨークでの生活は楽しいわ。ここに引っ越したおかげで距離を置くことができた——お父さんじゃなく、ほかのすべてのことから。二回目の電話でパニックになったのは、最初はノアからの電話だと思ったからなの。あのときは寝ぼけていたから」

「最初の電話も、おまえがひとりで眠っていたときにかかってきたんだろう」

「ええ。でも、いつが狙い目か見極めるのは簡単よね。深夜はみんな無防備だから。誰が犯人か知らないけど、向こうはその弱点を突いてきたのよ。でも、もうその手にはのらないわ。二本目の電話まで数カ月の空白期間があったし、もしこれでなんの騒ぎも起こらなければ、きっといやがらせもやむと思うわ」

「もしやまなかったら?」

「お父さんに知らせるわ。約束する」

「おまえが話してくれなかったのは、電話のことだけじゃないぞ」

「つきあっている恋人のことを父親に打ち明けるのは、ちょっと気まずいわ。お父さんはもうノアに会って話もしたし、どんなにいい人かわかったでしょう」

しばしエイダンは押し黙り、椅子の肘掛けを指で叩いていた。

やがて、父が態度を軟化させた。

「たしかに、人がよさそうな若者だ。きちんと会話もできるし、自分の人生の目標を理解し、仕事に対する倫理観も備えているようだ。それでも、棒でぶん殴ってやりたい気分だが」

「お父さん!」ケイトは鼻を鳴らして噴きだした。「冗談はやめてちょうだい」

「まあ、いずれそういう気持ちも薄れるだろう。たぶんな」彼はふたたび娘に向き直った。「ほかにもいろいろ尋ねたいことがあったから彼にはきかなかったが、いつからつきあっているんだ？」

「二カ月前からよ」

「ノアを愛しているのか？」

「そうだと思うわ。一緒にいると幸せなの。ノアのおかげでダンスレッスンも再開したし。それまで、どんなにダンスが楽しかったかすっかり忘れていたの。彼が理由でニューヨーク大学の講座を受けることにしたわけじゃないけど、試してみようと思うだけの自信を築けたのは、ここでの普通の生活のおかげよ。普通の暮らしができるっていいことだわ」

ケイトの顔を見つめてエイダンはうなずき、街を見渡した。「おまえをニューヨークに行かせるのは簡単なことじゃなかった。でも今は、おまえが正しかったと素直に言える。ここでの生活はおまえにとっていいものだったんだね」

「だからって、お父さんが恋しくないわけじゃないわ。それにおじいちゃんや、コンスウェラも。あの庭やプールも恋しい。ああ、特にプールはすごく恋しいわ。でも……」ケイトは立ちあがってテラスの前方に移動した。「どこでも好きな場所を歩き、友達とコーヒーを飲んだりクラブに行ったりできることがうれしいの。ジーンズや靴をふらっと買いに行けることも。時々わたしをじっと見る人がいたり、見覚えがあると言われたりすることもあるけど、誰もわたしのことなど気にしないわ」

「もうじき、おまえが出演した映画が一般公開される。それを機に状況が変わる可能性はあるぞ」

「それはわからない。状況は変わるかもしれないけど、あまり騒がれたり、騒ぎが長引いたりしないことを願うわ。いずれにしても、以前ほど無防備な気分じゃないの」彼女は父に向き直って微笑んだ。「わたしは強くなったから」

シャーロットはすべてを手に入れた。途方もない資産家をまんまとつかまえたし、その婚約者は彼女を世界一チャーミングで魅力的な女性だと信じ、甘やかしてくれる。年齢のわりにセックスも問題なくこなし、そのことにこだわりを持っていた。それに、手に入れるものを思えば我慢する甲斐は十二分にある。

シャーロットは今、五千平方メートルを上まわるホルムビー・ヒルズ一の豪邸で暮らしていた。大理石の壁、二十室あるベッドルーム、舞踏室、ダイニングルームが二部屋——広いほうのダイニングルームには八十人が着席できる特注のゼブラの木のテーブルがある——に、百名を収容できる映画館。シャーロットには専用のビューティーサロンが用意され、続き部屋の化粧室にはクローゼット二部屋と、うれしいことに靴を収納するための部屋まであった。

コンラッドが惜しみなく買ってくれる宝石は金庫室にしまってある。

二万四千平方メートル以上の敷地にはプールとクレーコート、エレベーターつきの二階建てガレージ、複数の庭園、六つの噴水──そのうちのひとつはシャーロットを模した彫像が中央に据えられている──パッティング用のグリーン、鯉《こい》が泳ぐ池を備えた小さな公園があった。

シャーロットが自由に指図できるスタッフが三十名いて、そのなかには社交事務担当秘書、専属メイド二名、運転手、ヘアメイク係、毎日の食事を決める栄養士が含まれている。

さらに、シャーロットはメディアスペシャリストとも契約していた。シャーロットの記事をマスコミに提供したり、彼女が出席するすべてのイベントで必ず写真を撮ってもらえるように手配したりするのが仕事だ。

もちろん、三機あるプライベートジェットはどれでも利用可能で、ハワイのコナ・コーストの豪邸やトスカーナの別荘やルクセンブルクの城、英国の湖水地方の領主館にだって好きなときに行ける。九十メートル以上の大きさを誇るメガヨットの利用も言うまでもない。

コンラッドの腕に導かれ、上流階級の仲間入りも果たした。ハリウッドだけでなく世界中の上流階級に。

コンラッドはシャーロットが個人的に選んだ脚本の権利を買いとり、映画を制作する予定だ。シャーロットが主演を務めるその復帰作が大ヒットすれば、自分にふさわしい名声と称賛を得られるだろう。

だが、それだけでは不充分だ。ベリーと粉末の亜麻仁入りのギリシャヨーグルトや、卵一個分のほうれん草オムレツ、発芽パンとアーモンドバターがのった朝食用トレイとともにベッドに座りながら、三流映画監督のスティーヴン・マッコイが『トゥデイ・ショー』でケイトや、あの子が出たくだらない映画について延々と語るのを聞かされているとあっては。

「これはさまざまな人間に焦点をあてた家族の物語ですが、オリーブはこの作品のかんじんかなめな存在です。ケイトリン・サリヴァンはその核を担ってくれました。彼女はプロ意識を持って下準備もしっかりしていましたし、監督として一緒に作品を作ることができて楽しかった。サリヴァン一族が倫理観のある、名高い一族なのも当然ですね。彼女はそれを次世代に受け継いでいくことでしょう」

「まったく、くだらないったらないわ」

逆上するあまり目の端に涙がこみあげるなか、映画のワンシーンが流れた。

そこには若くて初々しい、美しいケイトが映っていた。

それだけでも忌々しいのに、そこら中で映画の予告編が流れ、まるでシャーロットを平手打ちするかのようにその映画が絶賛されている。

わたしならこの状況を正せるわ。

シャーロットは受話器をつかんだ。わたしに七年間も刑務所暮らしをさせたあの小娘にレポーターをけしかけて、代償を払わせてやる。


『チェンジ・オブ・シーンズ』の全国公開初日に、タブロイド紙が攻撃を仕掛けた。市内中の売店に〈ケイトリンのニューヨークの愛の巣とセックス〉という衝撃的なタイトルが躍った。表紙を飾っていたのはヘルズ・キッチンのアパートメントの写真や、ケイトとノアが楽屋口の外でキスを交わす写真だ。近隣住民のインタビューに加え、派手なパーティーの記述、未成年のふたりが飲酒やドラッグをやっているという憶測が記事になって掲載されていた。ノアの人生や家族に関する長々とした詳細も。

「ごめんなさい」ケイトはノアとともにリリーのリビングルームに立っていた――正確には立っているのは彼女だけで、ノアは歩きまわっていたが。

「やつらは母さんの家まで押しかけた。ターシャもつかまえて――二年前に一瞬つきあっただけの女の子もつかまえて、ぼくが浮気したというコメントを引きだした。ぼくはそんなことしていないのに。おまけに、ぼくがドラッグをやっていると書きたてている——実際にそう書いてあるわけじゃないが、ほのめかしている。母さんはすっかりまいっているよ」

ノアが歩きまわりながら怒鳴り散らすあいだ、ケイトは黙っていた。何が言えるだろう?

「やつらは、ぼくが『メイム』のキャストになれたのもきみのおかげだとほのめかしている。オーディションを受けたときは、きみと知りあってもいなかったのに。そのうえ、ぼくが嫉妬するからきみが映画のオファーを断ったとか、きみはぼくに牛耳られているとか」

彼が息切れしたところで、ケイトは唯一言える言葉を口にした。もう一度。「本当にごめんなさい」

ノアは両手で顔をこすった。「きみのせいじゃない。ただ……何もかもやつらに汚されたように思えて」

「わかるわ。でも、この状況はそんなに長く続かないはずよ。タブロイド紙は映画の一般公開開始にタイミングを合わせただけ。リリーはそう思っているし、わたしも同感よ。どんなにいやな気分か、わたしにもわかるわ。でも、この状況は長くは続かない」

ノアがケイトを見た。「きみがそう言うのは簡単だよ。いや、悪かった。ぼくだけじゃなく、きみもつらい思いをしているとわかっているのに。でも、これはハリウッドのゴシップだ、ケイト。きみはこの手のことに慣れているはずだ」

ケイトは萎縮した。「わたしと別れたいの？」

「いや、そうじゃない」ついにノアはケイトに近づき、抱きしめた。「そんなことは望まない。ただ……どう対処すればいいかわからないんだ。きみはどうやって対処しているんだ？」

「この状況は長くは続かないわ」ふたたび言った。だが、平穏な幕間の日々が終わってしまったのではないかと、ケイトは怖くてたまらなかった。


グラント・スパークスは詐欺のやり方を心得ていた――長期的な詐欺でも短期的な詐欺でも。刑務所に入った直後は恐怖と怒りに襲われたが、生きのびるためには人生でもっとも長期的な詐欺を、さまざまな武器を用いながら継続的に行うことだと悟った。

いや、おれだけじゃなく誰にとっても人生でもっとも長い詐欺になるはずだ。

グラントが囚人仲間から目をつけられず、医務室の厄介にもならずにすんでいるのは、こっそり密売品を仕入れているからだ。つまり、重要なポストの刑務官に賄賂を渡しているわけだが、手駒になる人物に一発で狙いを定め、そいつに言うことを聞かせる方法を見極めるのはそれほど難しくなかった。

今も塀の外には情報提供者がいて、グラントは本物の煙草を十箱注文しては、ひと箱の値段をつりあげ、そいつと儲けを山分けしている。

酒やマリファナもいい商売になった。だが、強いドラッグには手を出さなかった。煙草を売ったのがばれても平手打ちぐらいですむが、ヘロインを売りさばけば、とんでもないことになる。よくて刑期の延長、悪ければ腹を刺されかねない。

グラントのもとにはハンドクリームからスパイシーソースまで幅広い注文が寄せられ、間違いなく届けてくれると評判は上々だった。

そうやって、誰にもいちゃもんをつけられないよう、身を守った。

また、与えられた作業は必ず文句を言わずにこなし、目立たないようルールに従った。刑務所の聖なるろくでなしに神の力や祈りで徐々に説得され、毎週日曜日は礼拝にも行っている。

読書のおかげで――聖書や名作や自己啓発本のおかげで――不潔極まりない刑務所の洗濯室から図書室へと配置転換された。

グラントは規則正しくエクササイズを続け、文字どおり何かと人の役に立つパーソナルトレーナーとなった。

塀の外の特定の人物たちについて常に把握するため、こっそり手に入れたタブロイド紙に目を通していた。おれを刑務所に放りこんだあのガキは、あれから二本の映画に出演した。そして、おれを裏切ったあばずれがマスコミ相手に罪を悔い改めた母親を演じていることも承知している。

しかも、あの女が老いぼれた億万長者と婚約した記事を読んで、やりきれない気持ちになった。あの女にそんな大物詐欺師の才能があるとは夢にも思わなかった。ある意味称賛に値するのかもしれない。

だが、いずれにしても、いつか仕返ししてやる。

あのガキがニューヨークのダンサーとよろしくやっている記事を見て、絶好の機会がめぐってきたと悟った——きっとそのダンサーはゲイに違いない。グラントはあのガキにどう仕返しするか、誰に依頼していくら報酬を払うか、時間をかけて計画を練りあげた。

出所間近の囚人とコネを作っておいたのが、役に立ちそうだ。グラントにはもう、どうやって仕返しをすればいいか、はっきりとわかっていた。

ケイトは二週間も経たないうちに学校が嫌いなことに気づいた。何時間も教室に座って授業を聞いても——興味を引かれず、新たな扉が開かれることもないと。それどころか、赤の他人がお膳立てした部屋に閉じこめられている気分だった。

ただし、フランス語の授業は例外だ。言語を学んだり、発音を練習したり、フランス語のルールや飾り書きを学んだりするのは楽しかった。

映画学は途方もなく退屈だった。映画を分析し、隠れた意味や隠喩を見つけることに興味を抱けなかった。彼女にとって、その授業は映画がスクリーンにもたらす魔法をかすませるものだった。

だが、どのクラスも最後までやり遂げるつもりでいた。サリヴァン一族は途中で放りだしたりしない。そう自分自身に言い聞かせ、講義を受け続けた。

「わたしが元役者で、家族も同業者だからって、そういうことをわたしが知っていると思いこんでいるの」

ケイトはノアの小さなベッドで彼に身を寄せながら、最高の月曜日を味わっていた。

「きみは知っているはずだよ」

「彼らが求めているようなことは知らないわ。演劇の授業なら、もっと貢献できるかもしれない。でも、なぜアルフレッド・ヒッチコックが『サイコ』のシャワーシーンに細かいカット割りを使ったのか、なぜスピルバーグが『ジョーズ』でドレイファスが演じた役を最後まで生かすことにしたのかなんてわからない。わたしがわかっているのは、どちらもすばらしい作品で、怖い映画だってことだけよ」

肩につきそうなくらいのびた彼女の髪をノアが物憂げに撫でた。「演劇の授業も受けたいのかい？」

「いいえ。それはあなたにまかせるわ。あなたはブロードウェイ一の人気役者だもの。実は――」

「なんだい？」

ケイトは振り返って彼の肩にキスをした。「この話ができないと思うなんてばかよね、もうあの騒動はおさまったんだから」

「きみが言ったとおりになったね」ノアが彼女にお返しのキスをした。「きみの話に耳を傾けるべきだったよ」

「あのときはみぞおちを蹴られたように感じたはずよ、ノア」

「いや、もっと下を蹴られたような気分だったよ」彼はそう答えてケイトを笑わせた。

「さっきわたしが言おうとしたのは、大学の人たちから――学生部長からも『メイム』のチケットを取れないかってきかれたことよ」

「いつだってVIP用の席はある程度確保してあるよ」

ケイトはかぶりを振った。「一度でもそんなことをすれば、きりがなくなるわ。あっ、もう行かないと。明日は朝から授業があるし、まだ課題を読み終えていないの」

「泊まっていけたらいいのに」

「わたしもそうできたらって思うわ。でも課題を終わらせないといけないし、リリーに十二時ごろ帰るって言っちゃったの。もう真夜中だわ」

ケイトは着替えるためにベッドから抜けだした。彼もベッドから出るとため息をもらした。

「本当に送ってくれなくていいのよ、ノア」

「ぼくのガールフレンドにはエスコートがつくんだ」

ケイトは座って靴を履き、体が引きしまったダンサーの彼がジーンズをはくのを見守った。「あなたのガールフレンドで本当にうれしいわ」

ノアは毎週月曜の晩にそうしているように、今夜もケイトがタクシーでアップタウンまで帰れるように八番街まで歩いて送ってくれた。彼女は初体験のあと、初めて送ってもらったときのことを思いだした。肌寒い霧雨ときらきら光る濡れた路面を。今は長い夏のほてった夜気のなかを歩いている。月や星は雲に覆われ、蒸し暑かった。

「家に帰ったらメールしてくれ」いつものように彼は言った。

ふたりは名残を惜しむように最後に長々とキスを交わした。

ケイトもいつもどおり、通りの角にたたずむ彼を眺めた。

タクシーが視界から消えると、ノアはポケットに両手を突っこみ、イヤフォンを取りだして帰り道に50セントの曲を聴いた。頭のなかでビートや歌詞に合わせたステップを振りつけ、どう磨きをかければいいかダンスレッスンのインストラクターにアドバイスをもらおうと考えながら。

九番街まで来たとき、襲撃者たちが彼に襲いかかった。

ケイトはエレベーターに乗ったところで、ノアにメールを送った――リリーがテラスに座っているのが見え、ノアがいつもの笑顔の絵文字を送り返してこないことには気づかなかった。

「またわたしの帰りを待っていてくれたの？」ケイトはテラスに出た。

「わたしはこの蒸し暑さを楽しんでいるのよ。南部出身だから。それに故郷の思い出がよみがえるわ」

「だから、ここにミネラルウォーターのボトルとグラスがふたつ用意されているの？」

「帰ってきたとき、あなたは喉が渇いているんじゃないかと思ったのよ」その言葉を証明するように、リリーはグラスに水を注いだ。「それと、数分わたしとつきあってくれるんじゃないかと思って」

「どちらもグランマ・リリーの予想どおりよ」これから読まないといけない課題が頭をよぎったが、ケイトは腰をおろした。

「ノアは元気？」

「ええ。ノアとはうまくいっているわ」このテラスで何をきかれるかわかっていたケイトは、そうつけ加えた。「しばらくはひどい状態だったものの、だからって彼を責められない。でも、騒動はおさまったわ。全部でたらめだったし、タブロイド紙にはほかにもネタが山ほどあるから」

「よかった。わたしのやることリストから、それを消せるわね。さてと、あなたはその夏期講座がどのくらい嫌いなの？」

ケイトは息を吐きだした。「わたしは隠し通せなかったのね。大嫌いってわけじゃないわ。たとえば、太陽千個分の激しさで嫌っているわけじゃない。ニューヨークの熱帯夜ぐらいでもないわ。ただ夏期講座の授業が、あるいは学校が嫌いなの。何もかも好きになれないわ。試してみるまで、学校嫌いだなんて気づかなかった。でもフランス語は例外よ。あれは唯一の楽しみなの。ジャドール・パルレ・フランセ・エ・パンセ・アン・フランセ」

「最初の部分だけ理解できたわ――あなたはフランス語を話すのが好きなのね」

「ええ、それにフランス語で考えるのも。フランス語を話すにはフランス語で考えないとね。夏期講座はあと数週間だし、最後までやり遂げたいと思っているわ。そのあとは、社会人向けのフランス語会話のクラスを探して、写真学のコースを受けたり、ダンスレッスンに復帰したりするかもしれない。まだほかのことはわからないけど、考えているわ。学んだことや得意なことを活《い》かす方法を」

「いずれわかるわ」

ケイトはそうなることを願った。腰を落ち着けて課題を読み始めたとき、ひとつわかっていたのは、将来映画学を教えるつもりはないということだった。

午前六時をまわった直後、ノアのルームメートからの電話でケイトは叩き起こされた。

15

恐怖に全身をわななかせ、ケイトはナースステーションへ駆け寄った。「ノア・タナカはどこ？ 受付でこの階だと言われたんです。彼——彼はゆうべ襲われて、殴られたと。わたしは——」

青地に黄色のデイジー柄という陽気な白衣の柄とは対照的な冷たさで、看護師はあくまで事務的にきき返した。「ご家族の方でしょうか？」

「いいえ。彼のガールフレンドです。ノアは——」

「申し訳ありませんが、患者さんのことはお話しできない規則になっています。ミスター・タナカはご家族以外、面会謝絶です」

「会わせてください。無事かどうか確かめさせて。けがの程度も知らないんです。せめて——」

「お教えすることはできません。お待ちになるんでしたら、待合室は廊下のすぐ先、右側にあります」

「でも――」

「待合室に」看護師は続けた。「ご家族が何人かいらっしゃいます。ご家族とお話をするのは自由ですから」

ケイトはようやくのみこんだ。「ああ、そうよね。ありがとう」

別の看護師が電話の応対をしに歩み寄ってくる。「お気の毒に」

最初の看護師は廊下を走り去るケイトを見つめた。「患者さんが？　それともあの子？」

ノアの弟イーライが、イヤフォンをしたまま小さなソファの上で体を丸めて眠っているのが見えた。

「起こさないで」コーヒーと紅茶が用意されている小さなカウンターの脇に、ノアの姉ベッカが立っていた。「やっと寝たところなの」

「ベッカ」

「あっちに座りましょう」紙コップにティーバッグを浸し、ベッカは二脚の椅子が並ぶほうへ歩いていった。

疲れきった様子で、もつれた黒髪はうなじでくしゃくしゃにまとめられている。ノアと同じ金色の目の下にはくまができていた。グレーのレギンス、黒いTシャツにはコロンビア大学のロゴが入っていた。

ベッカはそこの医学生で、ノアが舞台に注ぐ情熱に負けず劣らず真剣な情熱を、医学の勉強に傾けている。

「電話でけがをしたって聞いただけで、そのあとすぐに飛んできたんです。わたしはノアに会わせてもらえなくて。病院は何も教えてくれないんです」

「それが規定だから。面会許可者リストにあなたを加えるわ。だけど、今ノアは眠っているの。脳震盪《のうしんとう》を起こしていて、鎮痛剤は投与できない。父と母が付き添っているわ。祖母とエアリアルは、食事をとりにいましがた出かけたところ」

「お願い」ケイトはベッカの手を握った。「彼の容態を教えてください」

「ごめんなさい。頭が少し混乱していて。病院から電話があったの、ゆうべ……いいえ、今日の夜明け前だったわ。わたしたちが病院に到着したときには、すでに警察が来ていた。ノアは意識不明で運びこまれてきたけど、そのあと意識が戻って、何が起きたかを警察に話そうとしたわ。脳震盪に左目の網膜剥離《はくり》、眼窩《がんか》骨折、これは両目よ、それに鼻の骨折」

ベッカは目をつぶり、紅茶を飲んだ。涙がひと粒こぼれ落ちる。「頬骨骨折、これも左側。肝臓損傷、腹部損傷」

まぶたを開いてケイトと目を合わせる。「連中はノアを殴打したの。ふたりがかりで。一方的に殴り続けた」

ケイトは自分の両腕を抱えて体を揺すった。「ノアは大丈夫なんですか?」

「網膜剝離手術、それに左右の眼窩骨折も手術が必要でしょうね。専門医に診てもらうことになっているわ。頰骨がずれているから、それも手術することになると思う。とにかく腫れが引いて、ノアの容態が落ち着くのを待っているところよ」

「どうしてこんなことに」ケイトは息を吸いこんでから吐きだし、両目を指で押さえた。「何があったんですか? なぜ彼がこんな目に?」

「あなたをタクシーに乗せたあと、アパートメントへ引き返していたところを襲われたと話しているわ」

「そんな、ひどい」

「相手はふたり組だったと思う、と。そいつらを追い払った目撃者たちもそう証言しているわ。ふたり組の男で、目撃者たちによるとどちらも白人みたい。ノアが覚えていることはほとんどなかった。歩いていたら、背後からいきなり誰かに殴られて。どんな相手だったかはわからない。目撃者たちからも半ブロック離れていてよく見えなかったし。だけど、襲撃者たちの声は聞こえたそうよ。連中はノアを殴りながら……」

「何を言ったんですか?」言葉をつまらせたベッカの腕をケイトは握った。

「有色人種、ホモ野郎って。それから、白人の娘にまた手を出したらこんなもんじゃすまないぞって。もう一度ケイト・サリヴァンに手を触れたらペニスを切ってやる、と言っていたそうよ」

「な――」言葉が見つからなかった。頭のなかは真っ白で、声を出そうにも言葉がない。

「もちろん、あなたのせいじゃないわ。だけど母は……特に母は……。それを聞いて、ノアの姿を目にして、母がどんな気持ちだったかは理解してちょうだい」

理解はできなかった。何ひとつ理解できなかった。「わたし、どう言えばいいのかわからない。どうすればいいの？　どう感じればいいの？」

「あなたも警察から事情聴取を受けることになるわ」

「彼にこんなことをする人の心当たりなんてありません。ベッカ、ないと誓うわ」

「あんたが知っている必要はない」ソファの上で、イーライがイヤフォンを外して目を開け、ケイトを見ていた。その目に、十五歳の少年の目に、深い嫌悪感がにじんでいる。「相手はあんたを知っていた」体を転がしてソファからおりる。「散歩に行ってくる」そう言って、少年は歩み去った。

いいえ、知らない。ケイトは心のなかでつぶやいた。相手はわたしのことなんて知らないわ。

「イーライは腹を立てているの」ベッカは弁解した。「今は、自分の兄が白人の女の子をめぐって白人の男たちに病院送りにされたことしか考えられなくなっていて」

ケイトは毎日身につけている小さなハートのペンダントを握りしめた。「ご家族は、わたしをノアに会わせてくれるかしら？」

「大丈夫よ。そうするようノアにも頼まれているの。父と母は、今はどんな気持ちだろうとノアが望むようにするわ。ここで待っていて。母と話してくるから」

ケイトは待った。体が震えて吐き気がする。リリーが心配して待っているのはわかっていたので、話を少し省いてメールを送った。

〝彼は眠っているわ。ゆうべ、ふたりの男に襲われたそうよ。けがをしているけど命に別状はないみたい。これから会ってくるわ。帰宅したらすべて報告するわね〟

即座にリリーから返信があった。

〝彼のために祈っているわ、あなたのためにもね〟

ケイトは立ちあがり、うろうろと歩きだした。待合室でじっと座っていられる人なんているのだろうか？　愛する人の姿を目にしてこの手で触れるまで、遅々として進まない時間をどうやって耐えるの？

待合室の外ではブザー音が響き、せわしない足音がした。電話が鳴っている。コーヒーを飲む気にはなれなかった。紅茶を飲む気にも。ただノアに会いたかった。彼の両親が通り過ぎていった。母親は夫にもたれかかって顔をそむけている。ノアのように長身で、ノアのように細身の父親は、通り過ぎる間際にケイトへ目をやった。

その目には悲嘆と疲労がにじんでいたが、恨みや非難の色はなかった。

そのまなざしを見て、ケイトの目からぽろぽろと涙がこぼれた。

「病室へ案内するわ」廊下へ続く戸口の前にベッカが立っていた。「意識が戻ったり遠のいたりを繰り返しているの。目を覚ましても、痛みがあるから、長くはいられないわよ」

「ええ、ノアの顔を見られればそれで充分です。顔を見たら、それ以上お邪魔はしません」

「あなたのせいじゃないわ、ケイト。状況のせいよ。外で待っているわね」ベッカは戸口で立ちどまり、疲れてどんよりとした目でケイトの視線をとらえた。「ノアがあなたに会いたがる限りは、わたしが面会スケジュールを組んで調整する。これ以上母の神経をぼろぼろにしたくないの。あなたが面会に来るのに都合のいい時間を連絡するわ。最初は短時間だけになるけど。ノアにはたっぷりの安静と休息が必要だから」

「長居はしません」

覚悟を決めてケイトはドアを押し開けた。

ショックを受けずにはいられなかった。彼の美しい顔は、嵐雲のように凶暴な青あざに蹂躙《じゅうりん》されていた。膨れあがって顔が変形している。左のまぶたは真っ赤に腫れて盛りあがり、右目は黒や黄色、紫のあざに囲まれていた。

白いシーツの上で彼はぴくりともせず、色褪せたブルーの病衣から突きだした両腕は、さらなる青あざと肌を這う醜い擦り傷に覆われていた。息をしていないかとつかの間ひやりとしたが、彼の胸板が上下するのが目に入り、心電図モニターのピッピッという音が聞こえた。

ノアに駆け寄り、彼の体を自分の体で覆って、持てるエネルギーを注ぎこんであげたかった。彼に力を与え、痛みをすべて消し去ってあげたかった。

けれどそうはせず、ひとつしかない窓に朝の光をさえぎるカーテンが引かれた薄暗い部屋に、足音を忍ばせてゆっくりと入っていった。彼の手を優しくそっと取る。

「あなたが目覚めたときにそばにいたい。あなたと話をしたい。だけど、あなたには休息が必要だから。毎日お見舞いに来るわ。そしてご家族が許してくれる範囲でここにいる。リリーがあなたのために祈っているわ。一緒にいられなくても、わたしの愛はあなたとともにあるのを忘れないで」

頭をさげて彼の手にキスし、入ってきたときと同じように、足音を忍ばせてゆっくり退室した。

真夏の太陽に照らされ、ケイトはむしむしした暑さのなかを家まで三十ブロック近く歩いた。

朝の早い時間で、店舗は閉まり、観光客は大半がまだ出てきていない。この時間にいるのは犬を散歩させる人や、幼児連れの乳母、公園へ向かうランナー、早朝のミーティングに出席するビジネスマンくらいだ。ケイトが彼らに注意を払わないように、繁華街を歩く彼女に誰ひとり目をとめなかった。

あざだらけで重傷を負った恋人を病院へ残して去ったのは、ノアには彼を愛する家族がいるからだった。今やケイトを憎んでいる家族が。ベッカでさえそうだろうとケイトは思った。ベッカがノアと会わせてくれたのは、彼がそれを望んだからだ。ベッカを責めることはできない。ノアの家族を誰ひとり責めることはできなかった。ノアは、ケイトをどれほど責めるだろう？

ようやく涼しいロビーへと足を踏み入れ、エレベーターに乗って廊下を歩き、玄関へたどり着いてなかへ入った。

「ケイト。ああ、大変だったわね。ほら、こっちへ来て座りなさい。歩いて帰ってきたの？　何か飲み物――」

かぶりを振ると全身ががくがくと震えだし、ケイトは化粧室へ駆けこんだ。ずっと抱えていた吐き気が突きあげる。あわててあとを追ってきたリリーが、ケイトの髪を後ろでまとめて持ち、反対の手でタオルを取ってくれた。

「大丈夫よ、ケイティ。もう大丈夫」

冷たい水でタオルを濡らし、ケイトの額をぬぐってから、うなじをふいた。

「さあ、横になりましょうね。こっちへいらっしゃい」ケイトを引っ張り、泣き崩れそうな彼女の体を支え、あやしながら寝室へ連れていってベッドに寝かせた。「お水とジンジャーエールを持ってくるわね」

リリーは急いで出ていき、グラスふたつを手に戻ってきた。「先に水を飲みなさい。そう、いい子ね」枕を立ててケイトを寄りかからせる。「ゆっくり少しずつ飲むのよ、そう、そう。落ち着いたら、シャワーで汗を流してすっきりしなさい。着替えを出しておくわ」

その前にと、リリーはベッドに腰かけ、汗で湿った髪をケイトの顔からどけた。

「話を聞かせてもらえる?」

「ふたり組の男がノアを、グランマ・リリー、その男たちはノアを叩きのめしたの。手術になるわ、それも一度ではすまない。わたしがタクシーに乗ったのを見送り、自宅に戻ろうとしていたところをふたり組に襲われたそうよ。その男たちは彼を殴り、ひどい言葉を浴びせかけた。わたしが白人で、彼はそうじゃないからって。男たちはわたしの名前を口にしたのよ。ノアは重傷を負って、ベッドで動くこともできずにいた。彼のご家族はわたしを恨んでいるわ」

「そんなことはないわよ」

「あるのよ」腫れぼったい目から涙がさらにこぼれた。「彼のお母さんはわたしを見ようともしなかったし、彼の弟はわたしと同じ部屋にいるのもいやだったみたい。ふたり組の男は、わたしの名前を出してノアに暴力を振るったのよ」

「それはその男たちが醜い人種差別主義者《レイシスト》で、頭の凝り固まったろくでなしだからでしょう。あなたのせいではないわ。彼のご家族は恐れと不安を、怒りと不安を感じているのよ。時間を与えてあげなさい。お医者さんはなんておっしゃっているの？」

「わかるのはベッカから聞いた話だけよ。脳震盪を起こしているから今は鎮痛剤を投与することはできなくて、落ち着いたら手術をすることになるみたい。ほんの数分だけ会ったけど、ノアは眠っていたわ。病室に長居することはできなかった。だって……」

「いいのよ。ノアは若くて体力があるし、ダンサーほど鍛えられた体を持つ人はそうそういないわ。さあ、ジンジャーエールを少し飲んで」

ケイトに飲み物を飲ませてシャワーを浴びさせ、新しい服に着替えさせる。リリーは時計を見てロサンゼルスとの時差を計算し、ヒューに電話をするのはあとにした。わざわざ起こして、こんな知らせを耳に入れることはない。エイダンもそうだ。

ケイトの気持ちが落ち着き次第、舞台監督へ電話を入れよう。ミミが来るまであと一時間ある。リリーは思案した。自宅で仕事をするようミミにメールを送り、重要な電話以外は取り次がないでほしいと頼んだ。

あとはお茶をいれて、それから——。

「グランマ・リリー」

リリーは振り返った。ケイトは濡れた髪をうなじで結んでいた。輪郭をあらわにした顔が、ひどく幼く、ひどく悲しげに見えた。

「座っていて。お茶をいれてくるわ」

「わたしは大丈夫。シャワーを浴びたら落ち着いたわ。戻したこともよかったみたい。もう平気よ。お茶はわたしがいれるわね。体を動かしていたいの」

ケイトはキッチンへと歩きかけて立ちどまり、リリーを引き寄せて抱きしめた。

「ありがとう」

「感謝されるようなことは何もしていないわよ」

「ううん、何もかも感謝しているの。グランマ・リリーは昔からずっと、わたしのお母さんとおばあちゃんでいてくれた。わたしにとって、グランマ・リリーはなくてはならない存在なの」

「わたしを泣かせるつもりね」

「お父さんとおじいちゃんにはまだ連絡していないんでしょう?」

「あと一時間待とうと思っていたところよ」

「わかったわ」ケイトは体を引いた。「お茶をいれてくる。そのあとで、どうすればいいか一緒に考えてくれる？」

「ええ。ふたりで考えましょう」

キッチンへ向かおうとしたところで固定電話が鳴った。

「わたしが出るわ」リリーが受話器を取った。「リリー・モローよ。ああ、フェルナンドね。まあ」キッチンへ視線を向ける。「わかったわ。お通しして」

キッチンで、ケイトは真っ赤な缶をしげしげと眺めていた。「エネルギーアップ・ティー。これって効くの？」

「そこそこね。コーヒーも用意したほうがよさそうだわ」

「コーヒーのほうがいい？」

「さっきの電話はロビーにいるフェルナンドからだったの。刑事が二名、あなたの話を聞きに来るわ。さっさと終わらせるのが一番だと思って」

「ええ」ケイトは缶を戻し、リリーがセックスの次に最高だと断言するコーヒーマシンに向き直った。「わたしで力になれるなら。自分に何ができるのかわからないけど、やれることがあるかもしれない。わたしは本当に平気だから、グランマ・リリー」

「それはあなたを見ればわかるわ。あなたは昔から強い子だったもの、ケイト」

「いつもそうだとは言えないけど、強くなる方法は知っているわ。コーヒーを四人分に分けるわね」ケイトは青ざめた顔に笑みを浮かべてみせた。「小説や映画に出てくる刑事みたいに、コーヒーはブラックで飲むのかしら?」

「すぐにわかるわよ。わたしが出るわ」チャイムが鳴ると、リリーは言った。

リビングルームを突っ切りながら部屋をちらりと見やり、ケイトとともにメインソファに座れるよう、客に勧める場所を考える。ケイトに支えが必要になったときのために近くにいたかった。

リリーは玄関ドアを開けた。

どんな相手を予期していたにしろ、それは白髪まじりの茶色い髪をジュディ・デンチ風のベリーショートにした中年女性と、こぎれいな短いドレッドヘアで、飲酒年齢に達しているのかも怪しげに見える黒人男性ではなかった。

どちらもスーツを着ていた——男性は仕立てのいいチャコールグレーのスーツ、女性は型崩れした黒のスーツだ。

ふたりそろって警察バッジをかかげてみせた。

「ミズ・モロー、ライリー刑事です。こちらはパートナーのワッサーマン刑事」

ライリーは——中年女性のほうだ——アイスブルーの目をまっすぐリリーへ向けた。

「なかへどうぞ。ケイトリンはコーヒーを用意しているわ」

「すごい眺めですね」そう言いながら、ワッサーマンが黒い目で、ガラス張りのドアとその外側、そして室内にある、ありとあらゆるものを観察していることにリリーは気がついた。

「ええ、そうでしょう。どうぞおかけになって」ソファと向かいあう椅子を選んで身振りで勧めた。「ノアのことはわたしたちもショックよ。ケイトリンは先ほど病院から戻ってきたところで。彼を傷つけた男たちを見つけてくれるよう期待しているわ」

「被害者のことは公私にわたってよくご存じだったんでしょうか？」ライリーは腰をおろしながらメモ帳を取りだした。

「ええ、もちろん。ノアはとても才能があり、本当に優しい青年よ。わたしも彼にはとても好感を持っているわ」

「彼に危害を加えたがる相手に心当たりはありますか？」

「いいえ。まったく思い当たらないわ。彼は劇場関係者から本当に好かれていたし。彼については悪口ひとつ聞いたことがないわ。ケイトが彼とつきあい始めたとき、彼の評判や素行はしっかり調べたけれど」にっこり微笑んで告げる。「わたしのオーディションには合格したわ」

コーヒーをのせたトレイを持ってケイトが現れると、ふたりの刑事が立ちあがった。

「ケイトです」

「ライリー刑事です、ミズ・サリヴァン。こちらはわたしのパートナーのワッサーマン刑事」

「コーヒーにお砂糖は？」

「砂糖はけっこうです、クリームを少しだけ」ライリーが言った。

「ぼくはクリームと砂糖の両方で」ワッサーマンが言い、ケイトはそれぞれのコーヒーを用意した。

「今朝早く、ノアのルームメートから電話をもらい、病院へ直行しました。どんな理由があって彼にあんなひどいことをしたのか、わたしには理解できません」ケイトはコーヒーを手渡すと、リリーの横に腰かけた。「男たちが彼になんと言ったのかは、ノアのお姉さんから聞きました。それもわたしには理解できません」

「被害者とはどれくらいのつきあいになるのかしら？」ライリーが質問する。

「つきあい始めたのは二月の初めごろです」

「誰かに反対されたことは？」

「彼とつきあうのをですか？　いいえ。なんの理由ででしょうか？」

「あなたがそれまでつきあっていた男性とかはどうです？」ワッサーマンが水を向ける。「あるいは、被害者の以前の交際相手とか」

「ノアはこれまでに何人かと交際しているようだけど、わたしを初めてデートに誘ったときは誰ともつきあっていませんでした」

「あなたのほうは？」ライリーが促した。

「いません。それまで誰ともデートをしたことがなかったんです」

ワッサーマンは驚いて眉をつりあげた。「誰とも？」

「アイルランドで暮らしていた数年間は、出かけるときはいつもグループで、男の子とふたりで出かけたことなんてありません。わたしの人生に嫉妬深い元恋人はいません。ノアの人生にも、そういう人はいないと思います。あんなひどいことをするような人、少しも心当たりがないんです。もしも知っていたら、ほんの少しでも心当たりがあれば、今すぐ話しています。あなたがたもご覧になったんでしょう。男たちが彼にどんな仕打ちをしたのかを。犯人はわたしの名前を出して、ノアに暴力を振るったんです」胸元にさがるハートのネックレスをぎゅっと握る。「十歳のときにわたしの身に起きたことはご存じですよね。この世には残酷な人がいることも、彼らがどんなひどいことができるかも知っています。だけど、ノアにあんなことをする人、わたしは知りません」

「月曜日の行動をすべて話してもらえますか」

ケイトはライリーにうなずいた。「月曜は劇場がお休みなので、午後から彼と一緒に過ごしました。ニューヨーク大学でクラスをふたつ受講したあと、彼とコーヒーショップで待ちあわせて。いつもの待ち合わせ場所、七番街と四十六丁目の角にある

〈カフェ・カフェ〉です。ふたりが初めてデートをしたお店なんです。たしか、一時にノアと会って、それから彼のアパートメントへ行きました。彼のルームメートは日中働いているのでふたりきりになれるんです。夕食は友人たちと合流しました。八時ごろだったかしら、お店は〈フットライト〉、ブロードウェイと四十八丁目のところです。みんなの、ダンサーたちの溜まり場です」

思い返すとまるで何年も前のことに、別の人生のことのように思えた。

「食事のあと、何人かはクラブへ繰りだしたけれど、月曜日は唯一舞台のない日だから、わたしとノアは彼のアパートメントへ戻りました。夜の十二時近くに彼が八番街まで送ってくれて、わたしはそこからタクシーに乗りました。今日の午前のクラスまでに読んでおく課題があったので。ノアはいつもわたしを八番街まで見送ってくれるんです」

ケイトの声が割れ、リリーは体を寄せて孫娘の手を取った。

「いつも八番街まで、と」ライリーが繰り返す。「夜の十二時というのも、決まってそうだったんですか？」

「たいていはそうです。わたしは火曜の午前中にクラスがあるので、ノアはいつもわたしと一緒に歩き、わたしがタクシーに乗るまで待ち、走り去るのを見送ってくれました。車のなかから振り返ると、ノアは姿が見えなくなるまで通りの角で見送っていました。ノアは――」

ケイトは言葉を切り、かたかた震える手でコーヒーカップをおろした。「月曜の夜はほとんど決まってそうしていた。ああ、なんてことなの。男たちは知っていたんだわ、彼が月曜の夜の十二時ごろに八番街でひとりになるのを」

「被害者が脅迫を受けていたか、ご存じじゃないですか?」ワッサーマンは彼女の注意を引き戻そうと、身を乗りだした。「彼があなたとデートをしていること、もしくは白人女性とつきあっていることについて、人から何か言われたことは?」

「いいえ、知りません。脅迫されていたら、ノアが話してくれたはずです。ええ、それははっきりしているわ。それに、彼とつきあっていることを理由に、後ろ指を指されたことは一度もありません。ノアを助けてくれた人たちは犯人を見たんですか?」

ライリーはワッサーマンにちらりと目をやり、ごく小さくうなずいた。

「目撃したふたりの男性は、バーで一杯やって店から出てきたところでした。角を曲がり、被害者が襲われているのを目撃したので、やめるよう怒鳴りながら被害者のほうへ駆けだすと、襲ったふたり組は東の方向へ逃げていきました。現場は暗く、半ブロック離れていたので、犯人の姿をはっきり見ることはできなかったそうです。ビールを数杯飲んだあとでしたし」

「だけど、とめてくれた」ケイトはささやいた。「警察と救急車を呼んでくれた。暴行をとめてくれた。お姉さんの話では、ノアも誰に襲われたのかはほとんど見ていないそうですね」

「被害者からは再度話を聞きます」ライリーが請けあった。「何か思いだすかもしれませんから。有名人にはファンレターが届くこともありますよね。なかには度が過ぎたファンや不健全な妄想を抱く人もいると思いますが」

「わたし宛にファンレターが届くとしても、送付先は映画会社かわたしのエージェントです。それに、わたしは有名人というわけじゃないわ」

「あなたは四本の映画に出演している」ライリーが指摘した。「それに、たびたびメディアの注目を浴びているわ。被害者との関係が騒がれたのはそれほど前のことではないでしょう」

「ファンレターではないけど……」ケイトはリリーの手を握りしめた。「電話がかかってきたことはあります」

「どんな電話ですか？」ライリーは問い返した。

「六月の地方公演で祖母とノアが留守にしていたとき、わたしの携帯に電話がかかってきたんです」

ケイトはそのときの電話の内容と、冬にロサンゼルスでかかってきた電話のことをすべて話した。

「その携帯電話はもう手元にないと?」

ケイトはライリーに向かって首を横に振った。「処分すべきじゃなかったと、あとになって気がつきました。だけどあのときは――」

「その電話を持っているのもいやだったんですね」ワッサーマンが言葉を引きとった。「おふたりとも、ほかに不審な電話がかかってきたことはありませんでしたか? 間違い電話や、出たとたんに切られたことは?」

「いいえ、ありません」

「そんな電話はなかったわね」リリーが断言する。「あの電話が今回の暴行事件に関係していると考えているの?」

「調べてみるべきでしょうね。ほかに、見知らぬ人から接触されたことはありませんか?」ライリーが尋ねる。「なんであれ、不安を感じたことは?」

「いいえ。外へ出ると、祖母に気がつく人はたくさんいますし、声をかけられることもたまにあります。わたしも、最後に出演した映画が公開されて、街中で呼びとめられることはあるけど、不快な目に遭ったことは一度も」

「ニューヨーク大学で講座を受講しているんですよね」ワッサーマンはにこりと微笑んでから手帳に目を落とした。「あなたにことさら興味を示した人はいませんでしたか? デートに誘われたことは?」

「二度ほど誘われたけれど、ボーイフレンドがいると断ったら、それきりです」

「被害者とは大学で講義を受けたあとに落ちあうことが多いんですね。つまり、あなたたちは一緒にいるところをよく見られているわけです」

ケイトはライリーを見つめ返した。「ええ。それは白人の娘が、白人ではない男と一緒にいるところを、という意味でしょうか」

ライリーはケイトをじっと見返した。「人種差別が動機なら、これは憎悪犯罪《ヘイトクライム》で深刻な犯罪です。予兆があれば、警察は把握しておく必要があります」

「思い当たることがあったら、必ず知らせます」

「一緒に夕食をとった人たちの名前を教えていただけますか？　何か気づいた人がいるかもしれない」ワッサーマンが説明した。「あなたや被害者をやたらと見ていたとか、そういうことでもいいんです」

「ええ、かまいません。だけど、名字がわからない人もいるわ」

「それはこちらで調べます」ライリーはからになったカップをおろした。

「おかわりはいかがですか？」

「いえ、けっこうです。おいしいコーヒーをごちそうさまでした」

ケイトは覚えている名前を教え、立ちあがった刑事たちとともに腰をあげた。「犯人が見つからないかもしれないのはわかっています。映画みたいに常に一件落着とはいかないことは。だけど、ノアがこんな目に遭う理由は何ひとつないんです」

「わかっています」ライリーはメモ帳をポケットへ戻した。「あなたがたにしてもそうです。お時間を取っていただき感謝します。大変参考になりました」

「玄関までお送りしましょう」リリーは刑事たちを見送ってから、ケイトのもとへ戻ってきた。「大丈夫？」

「ええ。たとえ解決につながらなくても、知っていることをすべて話したことで捜査が動くわ。自分ひとりで抱えこんでいても埒《らち》があかないもの」

「そうね。わたしはヒューに連絡するわ。あなたもお父さんに知らせなさい。舞台監督にも電話を入れなくちゃ。今夜の舞台でノアとわたしの代役を立ててもらわないといけないもの」

「だめよ。グランマ・リリーまで舞台を休むことはないわ」

「今夜はあなたをここにひとりきりにしたくないのよ」

「わたしだって、リリー・モローの『メイム』を観に来る劇場いっぱいの観客をがっかりさせたくない。ショーは続く、そうでしょう、グランマ・リリー。それはわたしたちふたりともが知っている。わたしなら大丈夫だから。ノアと面会できると、ベッカからメールが来るかもしれないし。面会できなくても、面会許可者リストに載せると彼女が約束してくれたから、病院に容態を尋ねることぐらいはできるわ。ノアに花束を送るか持っていくかして、彼のことを思っているって伝えることもね」

「ねえ、今夜は劇場へいらっしゃい。舞台袖から見学するといいわ。病室でノアと一緒にいられるなら別だけど、そうでなければわたしと劇場へ行きましょう。それなら安心だわ」

「わかった。お父さんに電話するわ」

四時にベッカからメールをもらい、十五分の面会を許された。

ケイトは元気が出るように夏の花を選んで持っていった。部屋はカーテンが引かれたままで薄暗かった。けれども今回はノアの右目が薄く開き、彼女が入ってくるのを眺めていた。

ケイトは彼のもとへ急ぐと、片手を取って口づけした。「ノア。ごめんなさい、本当にごめんなさい」

「きみのせいじゃない」

言葉とは裏腹にノアの右目はよそを向き、彼の手がケイトの手を握り返すことはなかった。

その瞬間、彼は変わってしまったことをケイトは察した。口では彼女のせいではないと言っているが、それは本心ではない。ノアの心はすでに彼女から一歩離れていた。

それでもケイトは毎日お見舞いに通った。手術のあいだは携帯電話を握りしめて自宅で待機し、ベッカが彼の容態をメールで報告してくれるのを待った。

ノアが退院し、療養のために家に——両親の家に——戻ると、一日に一度はメールを送った。一日に一度きりだ。ノアの心がさらに数歩離れたのはわかっていたから。

夏は、恋人のような熱気をはらんだままいつしか秋になっていた。ケイトはふたつの成人教育コースに申しこんだ。ひとつはフランス語会話、もうひとつはイタリア語だ。

外国語を学ぶのはおもしろかった。あと半年は外国語の探求と自分自身の探求に費やすことにした。そのあとは、持てる技能を使って何をしたいか決めなくてはならないだろう。

会いに行きたいとノアからメールをもらったとき、ケイトは心の準備ができていた。日時は水曜の午後。昼公演があるからリリーは留守のときだと彼女は気がついた。

十月に入って公園の木々は鮮やかな黄金色に染まり、黄葉が川面に映るさまは光が躍っているようだった。あたたかな日だったので、アイスバケットに氷を入れてコーラの瓶をさし、ベランダへ出しておいた。夏から変わっていなければ、ノアはコーラが好きだった。

チャイムが鳴ると、不安は胸の片隅に押しこんで鍵をかけ、玄関へ行ってドアを開けた。心の準備をしていたのに、やっぱり心臓がとまりかけた。

「ノア。元気そうね。ああ、会えて本当によかった」

彼は無精ひげを生やしていた。顎と上唇の上だけ少し濃い。以前よりも年上に見える。少し痩せたようだけれど、体を動かせばきっとすぐにもとに戻るだろう。

彼と目が合い、ケイトはその奥にあるものを読みとった。

「ベランダに出ましょうか。景色がいいの。コーラを用意してあるわ。リリーから聞いたんだけど、先週劇場に顔を出したそうね」

「ああ、みんなの顔を見たかったんだ」

「今すぐ舞台に復帰できそうに見えるわ」微笑みかけて栓を抜く。サリヴァン家の人間は役の演じ方を心得ていた。

「舞台には戻らない。『メイム』の舞台には。あの役はカーターが三カ月やることになった。いずれにしても、彼から役を奪いとるつもりはないよ」

さしだしたグラスを彼は受けとらず、ケイトはそれをテーブルに置いた。ノアが壁のほうへ歩いていく。

「あなたを襲った男たちは捕まらなかったんでしょう」

「ぼくは相手を見ていないし、何も覚えていないんだ。ちゃんと見た者は誰もいない」ノアは肩をすくめた。「警察はできるだけのことをやってくれた」

自分の声に苦々しさが混ざるのを、彼は気づいているのだろうか。

「まだ偏頭痛がするとベッカから聞いたわ」

「少しね。そうひどくはない。いずれなくなると医者に言われたとおり、次第によくなっているし。ダンスのクラスには復帰したよ。ボイストレーニングも受けている。聞けばわかるだろう、声がまだ本調子じゃない。『ヘディング・アップ』のオーディションを受けたんだ。新作のミュージカルなんだけど、受かったよ。準主役だ」

「ああ、ノア」抱きつきたかったが、ふたりのあいだには彼の背後にあるものと同じくらい硬い壁があるのを感じた。「すごいわ、本当にすごい。おめでとう」

「これから忙しくなる。ワークショップにレッスン、リハーサル。初の主要キャストだから、舞台に集中したい。つきあっている暇はなくなる」

心の準備はできていると思っていた。それでも別れの事実が胸に深々と突き刺さる。

「ノア、あなたのために本当によかったと思っているわ。あなたが望み、一生懸命努力して勝ちとったことを口実に使わなくてもいいのよ。わたしたちはあの恐ろしい夜を最後に、もうつきあっているとは言えないでしょう。たったひと晩ですべてが変わることもあるわ」

「きみのせいじゃないと、頭ではわかっているんだ」

「いいえ、それは嘘」ケイトの口からも苦々しさがこぼれ落ちる。彼女はなんとかそれを押しとどめようとした。「襲われたのはあなただもの。病院送りにされ、痛みに苦しみ、自分でつかんだ役を失ったのはあなたよ。少なくとも心のどこかで、わたしのせいだと思っているはずだわ。事実かどうかは関係なく、あなたはわたしのせいだと感じている」

「ぼくには無理なんだ、ケイト。報道されていることをどう受けとめればいいのか――家族はぼくから隠そうとしたけど、あの夜の話は報道で見たし、聞いた。相手はきみの名前を出してぼくを殴った。どうしたってそのことが忘れられないんだ」

「男たちの言ったことは、暴行と同じくらいあなたを深く傷つけた。報道もあなたを深く傷つけた。だからわたしを責めるのね」

「きみを責めてはいない」

ケイトはただ首を横に振った。「あなたはわたしを責めているわ。あなたの家族も。わたし自身、少しのあいだは自分を責めたけれど、もうそんなことはしない。あなたと恋に落ちたのはわたしのせいではない。あなたの心が離れたのもわたしのせいではない」

ノアは視線をそらした。「ぼくにはもう無理なんだ。それがぼくの出した結論だ。ぼくはきみとはもう一緒にいられない」

「あなたは、ありのままのわたしを見て、ありのままのわたしを求めてくれた最初の人だった。そのことは絶対に忘れない。今はあなたの気持ちは変わり、もうわたしと一緒にはいられない。だから、わたしもあなたとはいられないわ」

ケイトは深く息を吸いこんだ。「あなたはきちんとわたしに会って、それを伝えてくれた。わたしも誰も恨むことなく別れを受け入れるわ」

テーブルからグラスを持ちあげる。「舞台、がんばってね、ノア」

「もう行くよ」

彼はガラス張りのドアへと向かいかけ、足をとめた。「ごめん」

「わかっているわ」彼が去ったあと、ケイトはつぶやいた。

それから腰をおろし、顔のない他人がふたりから奪い去った初恋を思い、静かに涙を流した。


（上巻終わり）

◉訳者紹介　香山 栞（かやま　しおり）
英米文学翻訳家。サンフランシスコ州立大学スピーチ・コミュニケーション学科修士課程修了。2002年より翻訳業に携わる。訳書にワイン『猛き戦士のベッドで』、ロバーツ『姿なき蒐集家』『光と闇の魔法』『裏切りのダイヤモンド』(以上、扶桑社ロマンス) 等がある。

永遠の住処《すみか》を求めて（上）

発行日　2020年7月10日　初版第1刷発行

著　者　ノーラ・ロバーツ
訳　者　香山 栞

発行者　久保田榮一
発行所　株式会社 扶桑社

〒105-8070
東京都港区芝浦1-1-1　浜松町ビルディング
電話　03-6368-8870(編集)
03-6368-8891(郵便室)
www.fusosha.co.jp

印刷・製本　図書印刷株式会社

Printed in Japan
ISBN978-4-594-08549-0　C0197